意林®轻文库

绘梦古风系列 064

灼灼繁花煌煌天下③

别角晚水
BIEJIAOWANSHUI
著

北方妇女儿童出版社
·长春·

图书在版编目（CIP）数据

灼灼繁花，煌煌天下. 3 / 别角晚水著. -- 长春：北方妇女儿童出版社，2019.4

（意林·轻文库. 绘梦古风系列）

ISBN 978-7-5585-3380-8

Ⅰ. ①灼… Ⅱ. ①别… Ⅲ. ①长篇小说—中国—当代 Ⅳ. ①I247.5

中国版本图书馆CIP数据核字(2019)第065885

灼灼繁花，煌煌天下③

ZHUOZHUO FANHUA，HUANGHUANG TIANXIA ③

出版人	刘　刚
出版统筹	师晓晖
策　划	安　雅　张　星
责任编辑	吴　强　王　婷　吴宛泽
图书统筹	鹿鸣昔
特约编辑	崔馨予
绘　图	清　茗
书籍装帧	胡静梅
美术编辑	王　春
作家经纪	卢晓凤
开　本	880mm×1230mm　1/32
字　数	300千字
印　张	7
版　次	2019年4月第1版
印　次	2019年4月第1次印刷
印　刷	嘉业印刷（天津）有限公司

出　版	北方妇女儿童出版社
发　行	北方妇女儿童出版社
地　址	长春市龙腾国际出版大厦
电　话	总编办：0431-81629600
	发行科：0431-81629633

定　价	26.80元

目录

本册简介

门派

慕颜洲：享尽天时的神秘门派，其居住地宛如世外仙境。门人以女子居多，武功博采各派之长，行事我行我素。

一粟海：有百年历史的大派，以匡扶天下泽被苍生为主旨，医术和幻术双绝，被视为当今江湖最权威的名门正派。

长离宫：于地下建宫，美轮美奂，门人通晓奇门术数，尤其擅长用毒，诡谲不羁，被视为邪门歪道。

人物

岳泠澜：慕颜洲少主，清冷又毒舌，有着世间最耀眼的皮囊和最不堪的身世。

离雎：岳泠澜心头的月亮，颜色无双，命途多舛，身份成谜。

阿筝: 身份神秘的绿衣女子,自称是长离宫普通门人,却武功奇高,爱慕岳泠澜。

莫青璃: 江湖人称“羽衫观音”,慕颜洲洲主,抚养岳泠澜长大,对他感情复杂。

汐回: 岳泠澜的师妹,慕颜洲乃至江湖上医术数一数二的女子,温柔和顺。

棠: 夜明生的未婚妻子,二人因误会分开,如今终于找到夜明生,进入岳泠澜的队伍中。

香老: 容魄城第十五任香老,对师父紫宸游感情复杂。

霁霏: 长离宫的假宫主,阿筝的亲妹妹。

第一章 雨雾林霏开

阿筝也不管那女子有没有醒透，捏住她的下巴就开始擦她唇边的酒汁：“一点儿一派之主的样子都没有。”

“我本来就不是嘛！”那女子嘟囔着，朝阿筝的胳膊偎去。

阿筝一爪子罩住她的脸，撇撇嘴：“真是看不惯你顶着我的模样犯蠢。”

说话间，她指上已经悬了张人皮面具，而那被揭下假面的女子丝毫不恼，反笑道：“宫主大人，就算是卸磨杀驴，你动作也轻点儿嘛，我被你扯得脸都疼了。”

这女子，生了一张极其干净纯真的脸，大眼薄唇，声音又娇又媚，还带了些微微的稚嫩。她再次靠向阿筝，甜甜地道：“姐姐，我想你了。”

这句话，她曾写在信上，托长离三劫交给阿筝，现在，她又当着阿筝的面说了一遍，咬字绵软无比，听得人骨头都酥了。

“让你坐镇长离也不是一回两回了，还是一点儿长进都没有，一遇事就只会喊姐姐。”阿筝嘴上责备，可还是伸出手揉揉她的脸，谁让她刚才喊被扯疼了？

那女子抱住阿筝的胳膊，正想蹭一蹭，眼神却突变冷厉——阿筝左肩上衣衫破损，凝着暗红的血迹不说，还隐约可见伤痕。

“是谁伤的你？”她站起身来，依然笑着，眼角抽了抽，“我去杀了他！”

“霁霏，活着不好吗？”阿筝觉得很心累，她一把按下不知天高地厚的妹妹，省得她真跑去岳冷澜那里找死。

霁霏是在她执掌长离之后寻回的亲妹妹。师父辞世后，她坐拥偌大的长离宫，在日复一日的孤独和寂寞里挨着。她希望有人陪她、懂她，只要有那么一个人就可以了，就像师父在世时一样，她需要的温暖本就不多。

于是，她想到了这个被自己遗弃在雪天的妹妹。到了今日，她已经记不清为了找回妹妹，经历过的艰难坎坷，她只记得去接霁霏的时候，这个饱经命运捉弄的小女孩朝她仰起可爱的圆脸，眼里竟然全是笑意。

没有一丝怨怪和仇恨，这正是时年十五的冷折鸢渴慕的温暖。

她妹妹原名不叫霁霏。这世间哪有那么多绝处逢生又否极泰来的好事？她的妹妹没有遇上什么善心的侠客，而是在一个又一个人贩子手中辗转，最终流落到烟花之地，“霁霏”便是这孩子抽中的花名。她的花名和她的人生一样，向来由不得她做主。

说来也是讽刺，在这花街柳巷，别人抽到的姓和名大多庸俗不堪，偏她抽到了“林”姓，配上“霁霏”这个名字，颇有些世家小姐的风范。也不知这是不是她在回到阿筝身边后，仍不愿改回旧时名姓的原因。不过，阿筝也从来没有勉强过霁霏，毕竟就连她自己也不希望再被人唤作“卿愿”，她的父母，除去给了她生命，又为她做过什么呢？她凭什么要顺他们的意？她才不要做“卿愿”，对她来说，那已经是上辈子的事了。

正值韶龄的林霁霏，除了后背上一块小小的烙印，冰肌无瑕。她很聪明，从不做徒劳的努力，所以当其他姐妹因为挣扎或者反抗弄得遍体鳞伤时，她早已穿着华衣美服对络绎不绝的客人勾起天真又不失妩媚的笑。而她身上唯一的伤痕，便是那块烙印，她记不得来源，阿筝却很清楚。那块烙印，正是阿筝在她两岁时，出于嫉妒故意烫上去的。当年，她们一个懵懂无知，一个满心怨恨，谁又会想到，多年之后的姐妹相认，这块烙印竟成了第一要证。

霁霏很爱笑，是阿筝让她第一次哭出声来。自把霁霏接回长离，阿筝没有流露出任何歉意，甚至没有对过去的事解释一句，她只是沉默着，把她能想到的最好的东西都捧到霁霏面前去。读书习字、机关术数、谋略决断，她尽数教给霁霏，全无藏私。

她从来都没有提过霁霏的那段风尘往事，似乎毫不关心自己的妹妹在幼小的年纪遭遇过什么。可当某一日，霁霏提前完成当天的功课，跑去找阿筝时，发现阿筝最爱的那张印满虞美人的桌案上，摊了本名册，上面所有的名字，都被朱笔勾去了。

霁霏岂会不知，用朱笔勾去名字的含义是什么？她又怎么会忘记，那些名字的主人，曾经如何欺侮伤害过她？或许对阿筝来说，杀一册子的人根本不算什么，可对霁霏来说，这意义宛若赐她重生。她习惯了粉饰太平，习惯了用笑容来保护自己，她从不敢直视自己的内心，她以为从记事时起，她悲伤和哭泣的权利就已经被剥夺了，所以她不知道该怎么哭。

是阿筝把这权利还给了她。她伏在阿筝怀里，哭了一整晚，仿佛是要把前半生的眼泪都补回来似的。在这之后，她们开始形影不离。

霁霏知道，比起“冷折鸢”，她姐姐更喜欢做“阿筝”。冷折鸢是一派之主，肩上担子极重，无时无刻不绷紧心弦，无法有片刻懈怠，但若单纯地只做阿筝，她便可以自由自在，为所欲为。

从前，阿筝每回出宫都得精打细算，提前安排好长离宫的一切事宜，避免大权旁落，更不敢长期离宫。可自从有了霁霏，一切都不一样了。

在阿筝不愿做冷折鸢的日子里，霁霏就是她的障眼法。她们配合得天衣无缝，长离门人皆知，为了掩人耳目，冷折鸢离宫办事时爱以假面示人，所以江湖中人对她的容貌从来没有一致的说辞，可谁又会想到留在宫中的“宫主”那一张脸也是假的呢？

除了长离三劫，怕是再无人知晓这件事了。凭他们三人的修为，一旦联手，本不必惧怕阿筝，但每每离宫，他们还是不得不服从阿筝的命令，就连称呼上也须时刻小心，谨记宫中尚有“宫主”坐镇，只因他们的元身被禁锢在紫冥渊，阿筝又将控制的方法悉数教与了霁霏，现下除了忍耐别无他法。

何况，上一任宫主对他们三人有知遇之恩，他们在长离又生活多年，到底也有些感情，不到万不得已，总不至于生出反心。

说起上一任宫主……

“姐姐，你见过你师父了吗？”霁霏小声道。

阿筝有些疲惫地“嗯”了一声，揉着眉心。如果不是急着见他，她又何必马不停蹄地赶回来，连破损的衣服都来不及换，肩上的伤也没有好好处理？她自是见过师父，确认他没有大碍，再来找霁霏的。这样说来，当日雪语那一击，倒是给了她一个离开的绝佳理由。

她的师父，长离宫前任宫主冷落，曾经是她唯一信赖的人。他养大她，教导她，把长离宫交给她，他给了她无上的荣耀，也给了她卸不下的重担。她现在的姓氏便是承自他的，连“折鸢”这个名字也是他取的。

她曾半开玩笑地问他：“师父，您的师父是不是跟您一样，对自己的弟子怀着满满的恶意？不然为什么你叫‘冷落’，我叫‘折鸢’？傻子都知道，折了翅膀的鸢鸟，还不如死了好！”

当时，冷落慷慨地为她普及了民间风俗：“我没有师父，我的名字是我娘亲起的，她说了，给孩子起贱名，这才好养活，一看你就没常识。”

很长一段时间里，即使身处高位，周围簇拥着如云的追随者，阿筝依然觉得，在这空阔的长离宫中，只有她和冷落两个人，他们相依为命。她不曾询问过冷落的过去，单单看他平日里偶尔表露出的晦暗神情，她便懂得，他的过去，不会比她幸福。

他们就这样，互相了解，互相取暖，她一度以为，他们会一直这样相处下去，永远不会分开。所以，哪怕在他过世之后，她也不肯将他下葬。他离开时正值盛年，不过是在炼毒时不小心沾染上了一些，又不是什么天下无双的奇毒，他怎么就一病不起，怎么就……死了呢？

她的师父，怎么可以这样轻易地死去？她连仇人都没有，连复仇都不可以，她只能守着他的尸体，她的心情再不会有人明白，她的感情也再没有人可以倾诉，她拔出短箫，却不知道可以指向谁，她快要疯了。

她想，只要她救活师父，他们回到从前，一切就能恢复如常。所以，她不远万里从束孤寻来碧落木棺保存冷落的尸身，她不允许宫中任何门人祭拜他，因为在她心里，他一直都活着。

一开始，不思珉是极其隐秘的宝物，因它历来为皇家所有，寻常百姓并不知晓。但她为了复活冷落，遍阅大极典籍，更亲身赶赴若清，潜入皇宫查探多次，才得知有这么一件传闻中可以起死回生的宝贝。

于是她安排暗人，多方查探不思珉的下落，直到北堂家的旧部找上长离宫，告诉她不思珉和慕颜洲的渊源。那时，羽衫事件尚未发生，涧花已经忍受不了绝梦蛊的夜夜侵蚀，她还没有离开慕颜洲，就已经私下写了书信托萧渺交给北堂遇的残余亲信。

萧渺接到书信时，并不知道涧花为了解蛊已经决定向长离求援，出卖不思珉的秘密，而后来，阿筝戴着人皮面具接见改头换面的唐似漪时，她们对彼此的底细同样一无所知。这场相逢，从一开始就已是处处暗藏机心。

再后来，阿筝命门人大肆宣扬不思珉的归属，却故意隐而不表它的真实作用，毕竟对江湖中人而言，起死回生远不如绝世秘籍诱人，而对未知的好奇，本身就是最强大的吸引力。一时间，关于不思珉功效的猜测席卷了整个江湖，这东西被传得神乎其神，人人都知道它是慕颜洲的镇派之宝，人人都对它的作用各执一词，既然没个统一的说法，只知道不思珉是当世无匹的好东西，那就先抢过来再说。

自此，各门各派明里暗里对慕颜洲的探访接踵而至。在接回霁霏之前的那个夏夜，慕颜洲刚刚解决了一拨觊觎不思珉的滋事者，阿筝趁乱率领长离三劫偷袭，然后，她第一次遇见了岳泠澜。

如果说，冷落的死让她变得狂乱，那么，岳泠澜清冷疏离的那一眼让她的心突然沉静下来。

他似乎并不在乎她夜闯慕颜洲的目的，更不关心她是谁，他只支起一根手指放到薄薄的唇边，示意她噤声。

他没有和她之前见过的那些人一样，为她的姿容感到惊艳，要知道她虽然戴着人皮面具，但舞草的手艺当世绝无仅有，做的人皮面具赛过多少绝色美人。可岳泠澜甚至没有正眼看她，只轻轻拍打着怀中已经熟睡的女孩儿，他淡淡紫眸中的温柔，仿佛是冰天雪地里开出的唯一的花朵。

她脑中忽地起了一个闪念：她要摘下那朵花。

为什么不可以呢？她这一生，有什么东西，是她经过后天努力，还不曾得到过的？眼前这少年凭什么是例外？

她一直以为，有冷落一个人的关心和爱护就够了，可现在，她觉得不够。这少年对那女孩儿的感情，和她师父对她的感情是不一样的，而这两种感情，她都要得到。

都说薄唇的人薄情啊，可他为什么会用那种溺死人的目光看着那个女孩儿，为什么会无比轻柔地唤她："小玉钩，萤火虫都飞过来了，不起来看看吗？"

那女孩儿迷迷糊糊地应道："月生君，我已经睡着了。"

他笑："睡着了，还能说话呀？"

那一刻，阿筝蓦地想起了冷落，想起他临终之时，握着她的手道："阿筝，你若觉得身上的担子太重，你若不愿……"

他没来得及说完那句话，苍白的指已经缓缓滑落。

师父，若我不愿，你又当如何呢？

她再也无法听到他的答案了。

于万人中央，她接受四方顶礼膜拜，无人不恭敬地唤她"宫主"，只有冷落，会在私下里唤她"阿筝"。她突然很想知道，这句"阿筝"如果从岳泠澜口中说出来，会是怎样的口吻。

六年后和岳泠澜的重逢，她早已忘记了"小玉钩"这个称呼，若非那日将他从水中拽出，听他冷漠地表示"你不是小玉钩"，她根本就不会想起来，早在六年以前，这个称呼便横亘在她和岳泠澜之间。

可她死死记住了“月生君”，记住了这个风姿如月华的少年。

她骗他，是血妖精告诉她的，其实血琉璃哪里会有闲心去记这种琐碎的小事，分明是她，一旦入了耳，便再也没有忘记过。

她为他做了那么多她不可能为别人做的事，可他到最后，还是用那样伤人的眼神看她，说“有没有罪，你心里清楚”。

她当然清楚，她是有罪的，可她偏要在离开前还往他心里扎一根刺，偏要理直气壮地质问他，若有一日，他发现他冤枉了她，结果会怎样？她还是会忍不住设想，如果她是冤枉的，如果她不是冷折鸢，如果她手上没有沾满暮雨的鲜血……岳泠澜会不会为驱逐她感到后悔？

暮雨临死之际，已是一个字都说不出来。所以岳泠澜到现在为止，并不知道她就是冷折鸢对不对？那么，如果她瞒到底，他们之间，会不会还有可能？

她的眉拧得越来越紧，说话声也越来越低，霁霏听她断断续续地说完这些天发生的事，睁着大眼睛摇头道：“姐姐，你变了。”

阿筝抬起头，眉间一凉，是霁霏在轻抚她的眉心。

“你变得心软，做事瞻前顾后，这不像你。”

阿筝笑着看她：“怎么说？”

“你骗那个唐似漪说给她配药，把她带到林子里，还故意在她面前表现出‘冷折鸢’根本就不重视‘阿筝’，其目的有二，一是让她做个把风的，让事情顺利；二是拿她当挡箭牌，等事情一了，大家都会知道是她内通长离害了夜明生，此事跟‘冷折鸢’有关，却和‘阿筝’无关，这样，在他们面前，作为‘阿筝’的你就可以撇干净了，对不对？”

阿筝眨眨眼，霁霏说得全对啊，她这样处理难道不妥当吗？

霁霏又道：“你用‘碎玉乱琼’去对付那个暮雨，不是为了杀她，恰恰是为了留她一条命，因为如果不是雪语被唐似漪拦下，如果大家及时赶到，暮雨的伤只会蔓延到大脑和嗓子，她会变傻变哑，但不至于死去，对不对？”

阿筝笑得更开心了，妹妹这样聪明，做姐姐的很欣慰。

“姐姐，你几时变成这样了？”这回轮到霁霏皱眉了，“那不过就是个奴婢！贱命一条，杀便杀了，何须理由？若不开心，便杀人泄愤，若开心，便杀人取乐，左右不过是动动手指的工夫罢了！何况那个贱人偷听长离的秘密，根本就是死不足惜，若是在以前，你必定早将她杀了以绝后患，可如今你竟千方百计想放过她，要知道施展‘碎玉乱琼’极费精力，她怎么配呢？”

霁霏蹲下身，握住阿筝的双手：“你不是一直告诉我，快意人生就该随心所欲，对也好错也好，做便做了，不必遮掩吗？为什么要撇清关系？你的目的本来不就是把不思珉抢到手，好救你师父吗？现在我们至少已经知道它确切的下落了，便用整个长离宫和慕颜洲硬碰硬又何妨？若是换了我，早就和他们撕破脸了，真要打起来，谁输谁赢还不一定呢！”

“问题是，我不想和岳泠澜撕破脸啊！”阿筝捏捏霁霏的指，她还小，怎么会懂男女之间的事？

“你若喜欢他的模样，让阿碧照着他的容貌做一张人皮面具不就可以了？”霁霏不死心。

阿筝敛起笑容：“我是真的喜欢他，不单单是他的容貌，我要得到他这个人，你懂不懂？”

真的……喜欢？

什么是真的喜欢？霁霏拉下脸，就像阿筝喜欢她这个妹妹，这样的喜欢吗？还是像阿筝喜欢冷落那样的喜欢呢？无论是哪一种，她都很不高兴。

她忽然想起了什么：“半个多月前，阿血回宫时曾提起，你没来由地受了重伤，损了他近十年的修为才勉强恢复，这件事，是不是也跟岳泠澜有关？”

“那时他需要‘桃花雪’，我便为他炼了，十年修为，并不很严重。”

霁霏忍住火气："你肩上的伤，是不是也是他干的好事？"

阿筝闻言忽然抬头，双手捧住霁霏的脸："不，你记住，雪语是离睢的鸟。"

霁霏咬牙："我记住了！那女人抢你喜欢的男人不算，还敢伤你，姐姐你放心，我不会放过她的！"

阿筝弯着眼温柔地笑："我知道你最乖。"

"那接下来我们该怎么做？"霁霏有些兴奋地望着阿筝，一副"我已经磨刀霍霍就等你一声令下"的表情。

阿筝想起刚才去看师父的情景，他的状况并没有她想得那么糟，虽然额上眼角出现些许皱纹，好在大体如初。但无论如何，这表示碧落木棺的功效已经开始减退，如果再不行动，谁知道冷落的身体会不会迅速恶化？

问题又绕回来了。

"还是得把不思珉弄到手。"阿筝沉声道。裹着夜明生血液的锁灵草已经被带回来了，稍加时日，她就能操控他的血质，找到合适的人选来作为新的筹码，对抗其他已经被字石选中的人。这并不难，难的是从岳冷澜手里把不思珉夺过来。

她扶住额："这还不是最让人头疼的。就算不思珉到手，人也齐了，还得集字，我们事先并不知道这块字石要我们集的是哪几个字，如果猴年马月才能完成呢？怕只怕师父撑不到那个时候。"

"姐姐，你糊涂了？"霁霏凑到她身边，"难道就我们着急？慕颜洲连少主都出动了，不思珉对他们来说一样重要，他们想要复活的那个人一样等着它救命呢！要我说，倒不如让他们先去集齐他们那部分的字，我们坐享其成，不是更好？"

她越说越觉得自己聪明："姐姐，你若觉得硬抢胜算不大，那就来个出其不意，先得到他们的信任，再把不思珉偷过来。他们不是还不知道你的真实身份吗？我配合你再演一场戏，让他们知道你是清白的，有什么都冲‘冷折鸢’来，你就可以重新和他们结盟啦！或者，让我这个假宫主当着他们的面把你逐出长离也可以呀，想想看，你为了他们梨花带雨不胜娇羞地叛出长离，他们一定会感动得不得了！”

她正说得天花乱坠，后脑勺猛地吃了一拳。

阿筝甩甩手：“我先打得你梨花带雨不胜娇羞！尽知道想当然，一点儿实战经验都没有，你以为就你聪明，他们都是草包？你演他们就信？欲盖弥彰不懂吗？岳泠澜的眼睛比你姐姐我还毒！就你这小身板这三脚猫的功夫，还敢跑到他面前去演戏，骗不骗得了他还另说，他若真以为你是冷折鸢，十个你都不够他杀的！”

说着，她把霁霏晾在一边，不自觉地看了看自己的手——这双手，沾了暮雨的命。他不会放过冷折鸢的，她心里有数。

再者，即便退一万步，事情真像霁霏想得那样顺利，集字的过程依然费时，她不知道慕颜洲那边要救的人是什么身体情况，可她不敢拿师父的命去赌，当下最要紧的，应该是节约时间。

她到底该怎么做，才能在最短的时间里集齐那六个字呢？六个人，一人一字，缺一不可，但现在她和岳泠澜他们已经近似决裂，她无法得到他们的配合，就算字都集齐了，怎样才能抢到不思珉，又是一个新的难题。

这一重重问题压得她喘不过气，见她脸色凝重，霁霏也不敢表露自己的委屈，只能缩在一旁嘀咕道：“不思珉这玩意儿这么麻烦，怎么还有这么多人来跟我们争呢？慕颜洲就算了，一粟海凑什么热闹，抢得比我们还积极，好像抢到了就完了，都不用集字似的……”

听了这话，阿筝眼前一亮，但一时半会儿又想不出什么，便先打发霁霏去照看冷落，省得这丫头晃来晃去地影响她思考。

霁霏走后，正殿再次沉寂下来。周围跳动的光影搅得阿筝心神不宁，她挥袖熄灭殿中灯火，在一片熟悉的漆黑里，她的心定了，思路也渐渐清晰。长夜幽冷，仿佛有一个细小的声音在她耳边飞进穿出。

“冷折鸢”，那个声音说，“你看，你还是适合在黑暗里生活，认命吧。”

你既然早就习惯和黑暗为伍，就应该清楚，它才是永远不会背弃你的盟友，只有在它的怀抱里，你才会安心，才会冷静思考。为什么还要一次次地幻想，倘若可以只做阿筝，你是不是有机会靠近那个清辉泠泠的少年，他是不是也能像携住离雎的手一样，把你从一望无际的黑暗里救出来？

因为，爱有所求，偏偏求之不得啊！

“我不认命……”她抱住膝，轻声自语。

回环曲折的地下暗河在长离宫内穿梭，缓慢却不停歇。霁霏举着萤灯，沿着河道走到最深处，跳上一叶小舟。随着她唇间轻诵出的口诀，小舟顺流而下，漂漂荡荡，转眼便驶到一座石山前。

在小舟即将撞上石山的那一刻，山门洞开，刹那间光亮一泄而出。长离宫人人喜暗，只有这山洞里的人向往光明。

长离宫中再没有一处像这里一样透亮，可除了阿筝和霁霏，谁也没有进来过。即便是长离三劫，也无法得知确切通道。

霁霏的脸上依然挂着天真的笑容，离洞中那具碧色的棺木越近，她的笑意也越深。

尽管四周都燃着人鱼烛，霁霏依然抬起萤灯，往棺中冷落的脸照去。她想看得更清楚一些，看看这男子究竟有什么魔力，让阿筝为他奔波这么多年。

他并不算多好看的男子，气质又阴郁，虽说在盛年逝去，可比他年轻英俊的男子单单在长离宫就一抓一大把。唯一特别的地方，大概在于他的眼睛，他睫毛很长，眼角微微垂着，霁霏竟能从他紧闭的双眼中瞧出一种与他的身份年龄都不匹配的稚气。这种少年气和阴郁感的叠加倒的确比较难得。

萤灯缓缓移过，停在冷落的腰际，那里，缠住他身体的藤蔓一侧刚刚结痂。碧落木是一种永生木，无须阳光和水源就能不停生长，长到一定程度后停下，不荣不枯，即使有人损伤了它，它也能快速结痂自愈。

冷落的身体就是这样被碧落木的藤蔓缠绕着保护至今的，按理，他根本不会长出皱纹。霁霏盯着他腰侧的那条藤蔓，轻轻把它拨到冷落身后，掩住结痂的部分。

她边拨边道："你莫要怪我，如果我不砍伤碧落木，你的身体不发生些变化，我又有什么理由让姐姐早些回来看我呢？我想她了呀。"

她趴在碧落木棺上，掰着手指玩："我要姐姐只关心我一个，你是个死人，我就不跟你计较了。但她现在好像又有了新的目标，我已经忍了一个，不想再忍第二个。"

手边的人鱼烛动了动，霁霏及时收住声，若无其事地转过头，对迎面走来的阿筝笑着招手。

"我要出宫一趟，你和以前一样，戴好面具，留在长离照顾师父。"阿筝交代道，见霁霏一脸茫然，她打了个响指，"多亏你的提醒，我知道接下来该做什么了。"

莫名其妙被夸了一通，霁霏越发茫然了。

阿筝伸手掐了掐霁霏的圆脸："你自己之前不都说了吗？十渡为什么比我们还着急？好像只要她抢到字石，不用集字就能取出不思珉似的？那换个角度想……"

"你的意思是，十渡她可能真的有办法可以不通过集字，就直接取出不思珉？"霁霏茅塞顿开。

阿筝眯着眼看着她笑："先前，我们一味地钻牛角尖，总觉得集字这事儿难于登天，其实根本不必这样迂回。仔细想想，最初，就是离雎把字石的情况告诉我们的，她一个没有过去的人，对字石的了解自然是来自一粟海，既然她都知道，十渡一定更清楚。"

姜还是老的辣，十渡作为一派掌门，在对字石了如指掌的前提下，知道另外的破解之法完全有可能。这么一想，十渡的种种行为就都在情理之中了，正是因为她有别的办法可以解开血契，不用集字也能直接取出不思珉，所以她才这样无所顾忌，对她来说，只要抢到字石，她就已经赢了。

“真聪明，不愧是我的亲妹妹。”

听阿筝这样说，霁霏的笑微微僵了一瞬，又很快恢复了：“那你这次出宫，是要去找十渡吗？”

“既然她极有可能掌握捷径，不找她找谁？”

“但一粟海在苍墓峰上，越过去可就是柬孤了。虽然柬孤表面上已是大极的属国，但它在边境蠢蠢欲动不是一朝一夕的事了，你就这样孤身前去，路途遥远不说，就不怕遇上危险吗？之前单单为了寻这口碧落木棺，你吃了多少苦头，难道你都忘了吗？”

“看来你还真不禁夸，”阿筝往阶上一坐，“我自是知道一己之力再强也无法与万人为敌，上次是为了师父，我不得不深入柬孤腹地，跟柬孤人争夺棺木，这才遇险。但这一次，就算我再往苍墓峰去，那也是直接到一粟海，又怎么会跟柬孤人起冲突呢？况且，谁说我要去一粟海了？”

霁霏完全被她绕晕了，蹲下身巴巴地望着她：“可你不是说要去找十渡……”

“你也知道一粟海远得很啊，那如果你是十渡，明明已经知道不思珉的下落了，还会跑回一粟海去傻等吗？”阿筝戳戳霁霏的脑袋，“你就不能过过脑子？”

霁霏垂下头，的确，她虽机敏，但论思虑周全，还是不如阿筝。十渡不但不会走远，甚至可能还在萱城，要找到她并不难，江湖上谁家还没几个线人？

“行了，我这就去了，你好好照顾师父，也保护好自己。”阿筝刚要起身，衣袖却被霁霏拉住，只见她吸吸鼻子，装可怜道：“姐姐，这次能不能带我一起去？”

开什么玩笑！

“当然不行啊，你若是跟我都走了，长离怎么办？”

“你苦心经营这么多年，长离各处早已能各司其职，各尽其责，只要再稍微安排一下，出不了什么乱子的，我们又不是离开很久！”

“不行，不怕一万就怕万一。”

“见过我本来面貌的人极少，自我随你回了长离，除了你的宫室基本上就没出去过，即便被谁瞧见了，也只会以为我是你的一个普通婢子罢了，不会有什么差错的。”

阿筝微怔：“你会不会怪我太自私，把你困在长离这么多年，都不让你出去？”她当然知道，霁霏只是在找能跟她出门的理由，并非埋怨她，可说者无心听者有意，她确实觉得，自己束缚了霁霏的自由。

霁霏忙摇头：“姐姐，我怎么会怪你？我愿意为你做任何事！”

阿筝几乎就要被她说动了，这些年，她孤身在外，虽然可以号令无数门人，但其中，又有哪一个是她真正的朋友？她何尝不想身边能陪着一个可以让她全心信任的人？

“可是，即便长离的日常事务可以暂时放下，紫冥渊那边，绝不能缺人看守。万一阿血他们趁我们都不在，抢回元身怎么办？”

“这还不简单？”霁霏嗤笑一声，“我这就去给他们的元身加点佐料，在我们回来之前，谁碰他们的元身，谁就得死，连他们的元身也一起下地狱！”

“你疯了？”阿筝斥道，“凡事都得考虑长远，他们三个是长离除我之外最强的门人，若真杀了他们，岂不是自折羽翼？”

“我没疯！”霁霏极不服气，“我就是想着长远，才有此计的。你难道忘了，是你教我的，当舍则舍，要是他们真的胆敢借机作乱，说明他们已有不臣之心，不会再为你所用，那留下他们的命干吗？”

她靠近阿筝，轻笑道：“姐姐，你也别装了，我才不信你会一条退路都不留，由着他们威胁你呢！要是这么多年过去，你还没私下培养些可以替代他们的人，你还会是十五岁就坐稳一派高位的冷折鸢吗？要是一个门派，长期以来就靠同几个人支撑，早就玩完了！”

很长时间，阿筝都没有说话。霁霏说得分毫不差，显然是了解她的。她的确早就开始培养新的可用之人，就算长离三劫现在便死了，也不会动摇长离宫的根基。可是，她一直不想做得这么绝，毕竟一旦破釜沉舟不留后路，就算长离根基仍在，元气也必将大损。再者，长离三劫到底为她鞍前马后多年，无论他们心里有多么勉强，但论迹不论心，她多少也有些不忍。

她瞥了眼霁霏，这丫头眸中闪着冷光，毫不掩饰自己的狠戾。

阿筝突然想起，当年师父牵着她的手，两个人走在漫天大雪中。他告诉她，他早就知道她还有亲人，他选择她做徒弟，是因为她无视自己亲人的生死，她足够心狠。

“阿筝你看，你的心，就和这冰雪一样冷。”他说。

他说得对，她也一直都是这么以为的，但今天，听了霁霏这一番话，她却止不住地想，倘若在那个雪天，她顾念姐妹之情，带着师父找到霁霏，他或许就不会再选她了。因为霁霏，比她还要心狠。

“姐姐？”见她出神，霁霏连唤了她好几声，语调一如平常的甜软。

阿筝转头看她：“你真的想去？外头不比宫里，我未必保护得了你。”

“我会自己保护自己，不会拖你后腿的！”霁霏听她松了口，喜不自禁，“我是真的想去见识一下，最重要的，是想跟你一起去。”

她握上阿筝的臂：“姐姐，让我跟你一起去吧，你下不了的狠心，我替你下，你做不了的决断，我替你做。”

阿筝忽地笑了，霁霏狠毒又怎样，偏执又怎样，在旁人眼中心术不正又怎样？至少，这是她的亲妹妹，永远不会背叛她。

事不宜迟，她能想到十渡或许对取出不思珉另有办法，岳泠澜就想不到吗？她不得不防。不能再拖下去了，必须赶紧出宫，赶在岳泠澜之前找到十渡。

她抚上霁霏的脸：“好，我们一起去。”

根据线报，十渡因为先前行香境的失败大大损耗了修为，又被岳泠澜报复性地打了一掌，暂时没法跑远，正躲在萱城南郊的一座小山里疗伤，境遇要多悲惨就有多悲惨。可等阿筝赶到南郊时，她抬头望望天，恶狠狠地踹了身边的线人一记窝心脚：“长离养你是为了听你吹牛吗？你这么厉害那宫主你来当？”

这是“一座小山”？眼前这座山的高度都快赶上苍墓峰了，爬山极其费劲不说，要在山里头找到十渡无异于大海捞针。这没用的东西，连十渡确切的位置都没摸清楚就敢跑过来邀功，要不是看这里一片荒芜连个花花草草都没有，阿筝真想一刀结果了他让他做花肥！想到这里，她越发气不过，又连踢了线人几脚。

那线人趁自己还有一口气，连滚带爬地告饶着跑了，留下阿筝和霁霏两个大眼对小眼。霁霏刚想说话，阿筝示意她别开口，眼里浮现出一贯的狡黠。

霁霏顺着她的目光望去，只见山脚下，有一个黑衣男子正在舞剑，他身形飘逸，剑术也很不错，只是霁霏看惯了长离宫中的美人，便也不觉得那男子有多特别。相比之下，倒是他斜插在腰间的匕首惹眼些——那把匕首丑得很，上面还黑一块红一块的……

难不成，是血迹？毕竟隔得有些远，霁霏看不真切，只能求助阿筝：“他是谁？”

“我们的引路人。”阿筝望着远处的墨争凡，笑得很愉快，“小妹，你留在这儿等我，别让不相干的人发现你。”

霁霏听话地退到隐蔽处。她虽然很想寸步不离地跟着阿筝，但她也清楚，敌明我暗是再好不过的形势，她既然是阿筝的秘密武器，就不能盲目地暴露自己，白白地失了先机。再说，她和阿筝这次离宫，相处的时间还多着呢，不必急于这一时，反正冷落的身体其实是被她刻意破坏的，现在她不在，他有碧落木罩着，还能撑很久。

墨争凡刚挽出一朵剑花，后颈突然撞上一道凛冽的疾风，他一个激灵，下意识地回身一刺，剑尖与阿筝的短箫碰在一起，瞬时弯了下来。

阿筝收回短箫，笑得像只狐狸："一回生二回熟，我们这都第三次见了，小哥哥，你就是这样对熟人的？"

她娇滴滴地喊完"小哥哥"，如愿看到墨争凡微黑的一张脸不自觉地起了点绯红，于是满意地勾过他的肩，道："走吧，带我去见你师父。"

墨争凡原本被她弄得有些晕头转向，听了这话顿时清醒过来，一句"你休想"哽在喉头，还没来得及提剑，肩窝上已被阿筝狠狠一按，他疼得冷汗直冒，偏偏她还是一副娇媚可爱的神情："每次见到我都刀剑相向的，真是让人家伤心死了。我说小哥哥，我们又不是没打过架，你虽然武功不错，但也不是我的对手，到头来还不是要乖乖顺我的意，那又何必浪费时间呢？"

她几乎整个人都贴在他身上，小小的梨窝微微一现，墨争凡心头一麻，额上又起了一阵大汗，不知是因为疼痛还是因为别的什么。他索性闭上眼，努力不去看她："妖女，你杀了我好了！我是不会出卖师父的！"

肩上的压力突然消失了，阿筝笑得前仰后合："上回你也是这么说的，记不记得我那时候是怎么回答你的？"

墨争凡的脸色霎时涨得更红了，那时，她说他长得不错，她舍不得。

"怎么，害羞啦？"阿筝觉得无聊的时候调戏一下这些比岳冷澜简单得多的人还是蛮好玩的，"你就这么想听我说舍不得你呀？"

墨争凡的喉结不由控制地动了动，他极力装出自然的样子，朝阿筝瞄了一眼……她真的很美，即便他见惯了离睢那样的美人，也无法否认阿筝的美丽。对了，离睢……他先前怎么就没发现，阿筝的神韵和离睢有些相似呢？虽然离睢没有梨窝，举止更不像阿筝这般大胆无状，但她们含着嘲弄微微笑起来的样子，简直宛若一人。

对墨争凡这种近乎痴迷的目光，阿筝自是早就见怪不怪了，她看了眼天色，脸上笑容散去："好了，带我去见十渡，不要让我说第三遍。"

墨争凡刚想再次拒绝，她已不耐烦地讥讽道："就你这脑子，是怎么做人家大弟子的？你真以为十渡是让你来把风的？她让你像傻子似的戳在这儿，就是为了让我发现你，再跟着你去见她！"

阿筝的话犹如当头棒喝，墨争凡被打得蒙了。那日寒潭边上，十渡眼见他被阿筝划伤脖子依然无动于衷，他虽觉得难过，可从未真正怪过她，归根结底，是他这个做徒弟的技不如人，才会被阿筝制住来要挟自己的师父。可是，十渡可以骂他打他，甚至可以杀他，但她怎么能从头到尾，连最基本的信任都不给他？

先前，十渡一度怀疑是他出卖了自己的肉身所在，这才导致行香境的失败，现在，她又让他来这山下看守，他也真是蠢，对她的命令言听计从，到头来却还要阿筝来点破她的真实意图。他觉得自己可怜又可笑，心底涌上的层层寒意让他不自觉地握紧双手，直到带着阿筝见到十渡时，他那双手被握得青筋毕露，依然没有松开。

十渡心中早就料定岳泠澜他们会来找她，但她没有想到最先上门的会是阿筝。她一言不发地看着阿筝进屋，目光往门外瞟了瞟。

阿筝丝毫没把自己当外人，一屁股坐在红木凳上就开始抓一旁的零嘴吃："前辈是有钱啊，疗个伤还有四合院住，不知道的还以为你是来游山玩水的呢。"

见十渡不说话只顾往门外看，她又笑道："别看了，我是一个人来的，后面可没有千军万马。"

十渡示意墨争凡关门，这才用正眼看了阿筝，心想这丫头神情坦荡，吃得不亦乐乎，并不像是在说谎，但转念一想，又觉得她向来诡诈，自己又被岳泠澜害得重伤未愈，绝不能掉以轻心。

于是十渡往后退了几步，坐到稍远处的太师椅上，这才咳了一声：

“你来做什么？”

明知故问。阿筝轻嗤一声：“我来，是想和你谈笔生意。我们都打开天窗说亮话吧，十渡掌门，你有办法可以不用集字就直接从字石里取出不思珉，对吧？”

十渡吃了一惊：“你怎么知道？”

阿筝盯着她的神情，吐出颗枣核，许久，才闷闷道：“该死，我想左了！”

就凭十渡刚才本能的反应，她一定有打开字石的捷径，她也确实是在等他们上门来和她谈条件，但问题是，十渡用来和岳泠澜交易的筹码，并不是这条捷径！因为岳泠澜代表的一直都是慕颜洲的利益，而慕颜洲的目的和十渡一样，都是得到不思珉，即使他也猜出十渡有直接取出不思珉的办法，他也不会为此来找十渡。他们任何一方都不可能放弃不思珉，所以无论他用什么东西做交换，十渡也不会告诉他另一种取出不思珉的方法的。

阿筝气得想掀了果盘，眼看手指都要够到边上了，她突然停了下来，脑中灵光一现——等等，十渡没有回一粟海，还故意让墨争凡被发现，就是在等岳泠澜他们，这是千真万确的，既然打开字石的捷径不是她的筹码，那她拿来逼岳泠澜交出不思珉的筹码又是什么？

阿筝的手最终还是伸了出去，她捉了颗酸梅抛进嘴里，含含糊糊地说：“老实说吧，你是不是在离雎身上种了什么新的东西？”除此之外，她想不出十渡还会有什么高明的招数。

十渡平静下来，阿筝却忍不住笑了：“怪不得那天在崖上你嘴里叽里咕噜地喊什么‘你们还会来找我的’，原来是在这儿等着呢？看来我今天来找你，还真是歪打正着了。”

“什么意思？”

“我说你蠢啊，就这个意思！”阿筝白了她一眼，“用来用去就只会用同一个蠢办法，上次碰的钉子还不够你受的？我不管你这回又在离睢身上动了什么手脚，我只想提醒你，用她要挟岳泠澜这招，不管用的。”

她擦擦手，起身走近十渡：“你太小看你的徒弟了，虽然我不喜欢她，但也不得不承认，她是有几分烈性的。上一回你把她捉去，她往自己身上划了多少刀，你知道吗？没错，她是岳泠澜的死穴不假，但她为了岳泠澜也可以不要命的，你要是逼紧了她，她给你来个自尽，看你怎么收场。”

十渡瞪着阿筝，双唇紧抿。这死丫头说得不错，她先前怎么就没想到这一层？

“你瞪我干吗？”阿筝没好气地道，“现在只有我能帮你，我奉劝你对自己的救星客气一点儿。”

“就凭你？”十渡冷笑。

“就凭我，并且，只有我。”阿筝也笑，“我说了，歪打正着，你还算运气好的，接下来我跟你谈的这笔生意，你肯定喜欢。”

她边说边又摸了块蜜饯吃：“我知道你心里苦得很，不思珉抢不到，好好的乖徒弟又被拐跑了。不如我们合作，我帮你想办法，让你人财两全。”

十渡见她眼波流转，似胸有成竹，不像有假，迟疑片刻，问道：“这是你自己的意思还是冷折鸢的意思？”

“我看你真是老糊涂了，”阿筝没有一刻停止过施展自己的嘲讽技能，“长离宫和慕颜洲还有你们一粟海有什么区别？不是一样挖空心思地想要得到不思珉？所以这怎么可能是我们宫主的意思？”

十渡忍住怒意：“既然如此，我又该如何相信你？相信你违逆冷折鸢来帮我，什么都不求？”

“今日我孤身前来，等于将自己的性命都交到你手上了，难道还不够有诚意？你说我违背宫主的意思，可说到底，我也不过是长离宫的一名门人而已，这一路上我为长离尽心竭力，抢不过你们是因为力有不逮，实在是无可奈何的事，只要你们不说，宫主又怎么会知道其中另有曲折？

再说了，既然是生意，自然是有进有出，谁告诉你我什么都不求？”阿筝说着，瞥瞥不远处的墨争凡，又看看十渡，语声娇软，“墨争凡要离睢，你要不思珉，而我，要岳泠澜。”

十渡和墨争凡同时一怔，只见这绿衣女子漫不经心地转着短箫，薄薄的刀光在眸中时隐时现，她歪着头，笑得人心头发颤：“岳泠澜最信任的就是离睢，所以如果离睢想要拿到不思珉，那一定是轻而易举的事。你们说，要是离睢拿了不思珉再交给你们，你们既得了宝物，一粟海又收回了这个徒弟，我还可以借机和岳泠澜在一起，让他知道离睢靠不住，我才是他应该选择的人，难道不是皆大欢喜？”

一石三鸟，自是皆大欢喜，可这谈何容易？

阿筝见十渡面露难色，知道她已经有所动心，又道：“其实很简单，离睢现在之所以站在岳泠澜这边，是因为她觉得你禁锢她的记忆又诓骗她多年，她全心信赖岳泠澜，不相信你。那如果反过来呢？如果她知道，一直骗她、玩弄她的是岳泠澜，你说她会有什么反应？”

她绕到十渡身后，轻声道：“如果我没猜错，他们之间并不是无懈可击的。岳泠澜一定有事情瞒着她，无论这事儿是好是坏，至少，我可以确定，他到目前为止并没有告诉她真相，说明他现在还不能说。既然他不说，那就让我们来说。”

十渡沉思了一会儿，低声道：“你当真没有骗我？你有办法？”

阿筝抱头：“我一没问你直接取出不思珉的办法是什么，二没和你抢不思珉，我骗你什么了？离睢要是拿到不思珉，她也是交给你，又不会给我，骗你我有什么好处？”

十渡再次缄口不语，好半天才道：“你要我怎么配合？”

阿筝长舒一口气，不管怎样，十渡还算是个聪明人。她重新回到凳子上坐下：“办法我暂时还没有，不过待会儿就有了。只要你告诉我，离睢是怎么从慕颜洲到了一粟海的？当年究竟发生了什么？有人告诉我，离睢早在六年前就死了，你知道这件事吗？”

风穿堂而过，墨争凡将大门关上，窸窣细语声被隔绝在屋子里，了无痕迹。

霁霏在山道上重新瞧见阿筝时，太阳还没有落山，比她预想得要早很多。她兴奋地朝阿筝奔去，跑出好几步才发现情况有些不对，阿筝脸色煞白，眼睛一眨不眨，只是机械地拖着步子往前冲。

眼看她就要掠过自己身边，霁霏忙抓住她的手，却只觉手心一凉，继而就是一阵剧痛——阿筝反捏住霁霏的手，用力之大几乎是要将这手腕折断。

霁霏疼得流出了泪："姐姐，是我！"

阿筝这才回过神来，慌忙放手，她见霁霏腕上一片红肿，心中微疼，想要道歉，出语却低哑得像是哽咽："你……"

她"你"了半天都没有吐出句完整的话来，霁霏以为她是在自责，忙道："这点儿伤不碍事的，你别担心……"

可阿筝摇了摇头，定定地道："你为什么要这么对我？"

紧接着，她像顿时卸了浑身力气，跌倒在地，低吼出声："岳泠澜，你为什么要这么对我？"

霁霏吓了一跳，扑上前道："发生什么事了？是十渡不肯把直接取出不思珉的办法告诉你？这跟岳泠澜有关系？"

阿筝一把抱住她，哭道："离雎六年前就已经死了，是岳泠澜亲手埋的她，就在碧海青天！不仅阿碧看到，十渡也看到了……"

霁霏愣了一下，让阿筝如此失态的竟然不是不思珉的得失，她就真的这么在意那个男人吗？

"那现在这个离雎是谁？"被阿筝哭得心乱，霁霏只得暂时压下不满，顺着她的话梢询问。

"她只是一个替身！是真离雎的复刻而已！"

霁霏愣住了，复刻？大千世界本就无奇不有，她虽不曾见过真正的复刻者，却也在长离宫珍藏的古籍中多多少少有过了解。书上说，古时有的人贪生怕死，为了给自己在危急关头留一条生路，就会耗尽修为去培养专属的复刻者。复刻者原本也只是普通人，但他们身上往往有正主需要的东西，记忆、容貌，甚至是五脏六腑，他们一旦被正主复刻，就会渐渐长成正主的模样，拥有正主想要他们拥有的记忆，当正主需要他们时，他们的身体和灵魂都会成为备用的仓库，供正主予取予求。

复刻他人本就是禁法，无论复刻者最后是被正主剥夺了精神还是身体的一部分，对有正常是非观的人来说这都过于残忍。自复刻的那一刻起，复刻者的命运就已经注定，作为正主的私有物，他们必须随时准备着在正主需要的时候牺牲自己。往小了说，可能是一只眼，一张脸，更有甚者，就是全部的灵识。正主可以借此永葆青春，而失去利用价值的复刻者呢？怕是和灰尘沙砾都没有区别。

当然，霁霏是不会觉得此法残忍的，她甚至有些激动，因为如果这种秘术真正存在，那她岂不是会有更长的时间、更多的机会来做自己喜欢的事？何况依照阿筝的说法，现在这个假离雎，还不是活人的复刻，她的正主已经死去，

这是多么神奇的一件事啊！她本就想知道让阿筝死活不肯放手的男人到底是何方神圣，现在听说他这么有本事，她更想会会他了。

胸口一热，阿筝的泪让霁霏的思绪飞回。她叹了口气，理顺了阿筝的发："所以，假离雎和真离雎才长得一模一样，连记忆都是共通的。我真的很想知道，岳泠澜他是怎么做到的？"

"六年前，他在离雎死后偶尔见到了望舒，他见她们长得相像，就动了念头，把望舒扣下，强迫她成为一个死人的复刻者。"阿筝的头埋在霁霏胸前，没有人能看见她此时的神情，"不知他是从哪里学来的这禁法，总之，他为了复制出一个新的离雎，花了整整三年时间，他不惜用自己的血维持着这种畸形的关系，所以他的血才会和望舒的血相融。"

她哽咽着，忽地抬起头，怔怔地望着霁霏，眸中满是混沌："真的离雎已经死了，人死不可复生，他费尽心思供养这个假的，并不是为了

和书上记载的那些正主一样，想要从这个假离睢身上得到什么。他只是想让自己的感情有一个新的归处。可他为什么要这么对我？宁愿去爱一个假的复制品，也不肯给我一个机会？”

霁霏听得揪心，又不知该如何安慰她，正无措间，胳膊已被阿筝抓住，只听她道：“我不甘心，霁霏，我不想他们这样好过！”

霁霏低下头，温柔地抚着她的脊背，轻轻道：“你要我怎么做？”

阿筝似乎等这句话已经等了很久，她不再语无伦次，而是一字一顿，清晰无比地告诉霁霏：“我要让离睢知道，她不过是个替代品。”

霁霏略微端详了她一会儿：“不能直接让十渡去告诉她吗？”

“不行，知道那个别苑的人本就不多，离睢又早已和十渡决裂。如果她找去，离睢信不信她的话还两说，岳泠澜一定会猜到是我透露了别苑的所在。”

霁霏侧过脸，神色幽幽：“是，你不想让他对你多添一分不满。这件事，交给我办最好，毕竟他们都不认识我，对我没有防备。”

“那你愿意替姐姐办这件事吗？”

有那么一刹那，霁霏很想脱口而出“你不就是在等我说这句话吗”，可她最终还是忍住了。她点点头，替阿筝揩去眼角的泪：“你要我做什么，我就做什么。别哭了，没有人值得你这样。”

她重新抱住阿筝：“告诉我，离睢她长得什么模样？我怕到时候认错人。”

阿筝的脑袋斜斜地靠在霁霏肩上，她的眼神十分清明，哪还有半点儿先前迷惘的样子：“你不会认错的，她……和我很像。”

第二章 你可以负我

转眼立夏已至，萱城的大街小巷里升腾起比往日更浓郁的烟火气。大路两旁，小贩们一声高过一声的吆喝在各种香味的裹挟下竟毫不刺耳，熙熙攘攘的人群中，一白一红两名女子分外显眼。

这二人，平日里任她们随便往哪儿一站，单凭模样就足以鹤立鸡群了，可今天，最引人注目的并不是她们的美貌，而是和她们的美貌格格不入的吃相。

那名红衣猎猎的高挑女子还好些，虽然身前也已经堆了不少空盘子，但她到底还算有节制，每吃完一碟点心，好歹还留了些时间用来喘口气。可她身边的白衣女子就了不得了，鼓着腮帮子一刻不停地吃着东西不算，大包小包挂了一身，还能腾出手来结账，着实令人钦佩。这二人，自然就是顾言棠和离雎了。

棠吞下一大碗乌米饭，自以为斯文地打了个嗝，顺了顺呼吸道："离雎，我是自小养在闺中，除了踏青和元宵都不能出门，所以才觉得这立夏时分的民间吃食新奇，可你不一样啊，你来去自由，无拘无束，怎么反倒显得比我还激动？"

离雎的头埋在高高堆起的盘子后头，抬都懒得抬一下："是不一样，我比你惨多了，在一粟海的时候被师……十渡掌门管着，你知道的，所谓名门正派嘛，出去济世救人，相貌体态可都是很重要的，不然不是给师门丢脸吗？虽不至于成天吃斋念佛，但也没什么机会吃到这么多有意思的东西。等好不容易出师可以独当一面地闯江湖了，我正事儿都没干几件就跟小山滚崖底下去了。后来的事儿你也应该很清楚了，轮到他来管我了……”

“也是，这样说起来你确实不容易，我虽然跟岳公子见得不多，但回回看见他同你在一处，总是这个不许你多吃，那个碰都不让碰，偏偏他自己还吃得又欢快又斯文……”

离睢眼泪汪汪地表示赞同：“我要是问他，凭什么你可以吃我就不可以？他就用那种似笑非笑的眼神看着我，慢悠悠地说：‘因为我没病，我记性好,我腿也没坏,我不离家出走,我不使性子,我不自作聪明……’”她越说越觉得岳泠澜过分，又狠狠扒了几口糯米饭。

“不过岳公子长得那么好看，都说秀色可餐，你看看他就该饱了。”

“那是，气都气饱了。”离睢开始解决姜枣茶，“你知道吗？这些天他只准我吃笋，还是什么‘健脚笋’，我坏的又不是脚，是腿好吧！再说了，就算是腿，那也早好了，他有必要时时提醒，变着法子挖苦我吗？”

棠笑着看离睢喝茶，心想，这大概就是身在福中不知福吧，要是夜明生能有岳泠澜百分之一的体贴，她就算被他锁在笼里一辈子都甘愿。

她递了条湿帕给离睢：“其实今天他肯让你自己出来逛，我真的觉得很意外，本以为他一定会陪你，我跟着倒是多余了。”

离睢一口气喝完姜枣茶，接过湿帕擦了嘴：“你看我腿上有东西没？”

棠觉得她这问法很奇怪，可还是老实回答：“没有啊！”

“那你觉得我很柔弱？”

棠看了一眼骨碟上被她吃剩下的点心纸包，又瞧了瞧她手边那一座座豌豆荚堆起的小山，咽了口唾沫：“你很强大。”

“那不就结了？他又不是我的腿部挂件，我也不是菟丝花，离了他就不能活，所以没什么好意外的。”离睢说着，突然眼睛一亮，捉住棠的手，“棠，把你后桌那个囫囵蛋给我好吗？”

立夏本就有斗蛋的习俗，也不知是哪个孩子落下的囫囵蛋，估计是为了显示这个蛋的厉害，蛋身上还画了张红眉毛绿眼睛的鬼脸，十分醒目。

棠一脸震惊地把那个蛋递给她："你还吃啊？"

她得意地笑了笑，不知从哪儿扯了几根丝线出来："我不吃，我编个蛋套把它装进去，带回去挂在小山的脖子上，让他吃。"

现在，棠的表情已经从震惊成功转为恐惧了……在岳冷澜的脖子上挂一个鬼脸囫囵蛋，还是用五色丝线裹起来的蛋，画面太美，她实在不敢想象。

那就别想了吧。她重新提起神去看离雎编蛋套，很明显，这姑娘四体不勤五谷不分，白长了十根纤纤手指，几根线七歪八扭地缠在一起，丑得不忍直视。棠实在忍不下去了，正想把那蛋套夺过来自己编，耳畔突然一阵人声喧哗，震得她脑袋发晕。

是从街头涌过来的一群人，一个个膀大腰圆，标准恶霸模样，嘴里骂骂咧咧，脏话一筐筐地往外蹦，而夹杂在这些不堪入耳的吵嚷声里的，是一连串凄厉的哭音。棠循声望去，只见一团小小的身影被粗暴地拖行着，围观群众发出毫无意义的唏嘘，没有人上前帮一把那个哭声渐弱的可怜姑娘。

没错，那是一个模样还有些稚嫩的小姑娘，她一身破衣烂衫，双手被缚，一张小小的圆脸已经哭花了，她一定是害怕到极点，不然怎么会连哭泣都是怯生生的呢？从她断断续续的求救声中，棠大概能听出，她是被无良的继父强卖给了青楼还赌债，那些彪悍的大汉自然就是那家青楼的护院打手了。

棠有些坐不住，刚站起来，就被离雎一手按下。她依然专心地编着蛋套，淡淡道："少管闲事，这戏码可不新鲜了。"

棠呆了呆，戏码？离雎的意思是说那小姑娘是在演戏吗？可她哭得都快背过气去了，胳膊上也因为和地面的摩擦添了无数道血痕，这怎么会有假？此时，那小姑娘已被拖到棠和离雎跟前，眼看就要掠过去，她竟扭头哀哀地望着棠，哭道："两位姐姐，救救我！"

"太假了。"离睢叹口气，"放着满大街的大爷少爷不求，来求我们两个女子，目标如此明确精准，要是这都能上当，我们还是别做人了，做猪得了。"

身旁十分安静，没有任何回应。离睢此时正巧编完蛋套，抬头一看，很好，棠不见了。真是失策，编这玩意儿编得太入神，连棠跑了都没发现。她还是收回刚才的话吧，人群当中还真的混着猪。

离睢十分无奈，开始找棠，并且决定，等找到棠，一定要劝她，以后别叫夜明生"阿珠"了，"猪"这种名号，给她自己留着就行。

时间不长，料想棠也跑不出太远，离睢没走多少弯路，就在一条死胡同里瞧见了她要找的人。棠的红衣向来扎眼，站在胡同口看去，她像是正蹲在地上，安慰着那个狼狈的小姑娘。

离睢心中有数，喊了声"棠"，便朝那二人奔去，在她的手即将够到那件红色衣衫时，原本蹲在地上的红衣女子竟迅速转身朝她袭来……

被换了衣服又点了穴、瘫在地上宛如废人的棠姑娘眼泪都快出来了，离睢却笑了笑，道："看好了，长点记性。"

同时，她的手已掉转方向，狠狠拍在那红衣女骗子的肩头："就你这矮脚鸡一样的身板还敢穿棠的衣服，骗得了谁？一点儿自知之明都没有！"

随即，她便扯下那身红衣丢到棠身侧，准备继续教训那个小骗子。

那骗子被她拍得踉跄了一下，呕出口血来，见她还不收手，忙又摆出先前那副可怜巴巴的模样，喊道："师姐，你别误会！"

离睢蒙了一下，师姐？别说她现在已经不是一粟海的弟子了，就算她在时，她也是十渡门下排行最末的徒弟，这骗子又是从哪个石头缝里蹦出来的师妹？

她自是不信，可这便宜"师妹"捂紧了仅剩的单衣瑟瑟发抖："我叫霁霏，是一粟海新入门的弟子，师父有事想要告诉你，可我们并不清楚你住在哪儿，更怕你见了师父也不肯听她说话，万不得已才出此下策接近你，毕竟我对你来说是生面孔，你总不至于见了我掉头就走，如有冒犯，请师姐原谅。”

霁霏说得有板有眼，离睢一直想的却是：这大夏天的，她抖什么？就算裸奔也不冷啊！

她正认真地思索着这个问题，霁霏却以为她已经信了一半，忙继续演戏：“师姐，我绝无恶意，只想替师父告诉你一件事，以免你被恶人哄骗，一错再错。”

霁霏眼中满溢的泪水没能让离睢心里泛起一星半点儿的涟漪，但当她示好般的解开棠的穴道后，离睢还是觉得，有必要让这个自以为滴水不漏的姑娘认识一下自己的不足之处，以求下次编故事编得更圆满些。

于是，她扶起棠，瞥了霁霏一眼：“萱城好歹是陪都，大街小巷还是有几条的，你不知道我住哪儿还能找到这附近来，实在让人佩服。天渐热了，我出门不多，前几次回回都是跟你口中的‘恶人’在一起，你那时不来找我，偏等到今天，看准了这位实心眼的傻姑娘下手，你可真聪明。”

霁霏脸上白一阵红一阵，刚叫了声“师姐”又被离睢打断：“别乱攀关系，别说我还不知道你究竟是不是一粟海的人，就算你是，我也早就和一粟海没关系了。哦，对了，下回不必如此铺张，难道你回回蹲点都得事先准备好这阵仗？那么多人力物力，也太浪费了，知不知道什么是美德？低调就是美德。”

教训完毕，离睢搀着晕乎乎的棠往回走，霁霏按着依然隐隐作痛的肩头，咽下又一口即将吐出来的血，她想起阿筝那道同样落在肩上的伤，再望向离睢的背影时，眸中已是一片森冷。

“师姐，我当真有事要告诉你。”她声音轻柔，步子却迈得又密又快。

“我不想听。”

“你说你已经和一粟海毫无瓜葛，可你连这一身武功都是一粟海教的，怎么撇清关系？”

离睢的脚步滞了一下。

就在这当口，霁霏冲了上来，飞快地往离雎手心里塞了个东西，接着，她便笑了："你不听也得听。"

霁霏的笑容又甜又软，可爱至极，离雎却平白地生出一股厌恶。她看也不看就将那强塞给她的玩意儿甩开，不料霁霏竟笑得更灿烂了。

那东西像是颗珠子，一触到地面，就散成了晶莹的粉末，与此同时，离雎只觉有一道刺目的白光飞旋着钻进了她的眼睛，她下意识地闭了眼，随即胸口又迎来一阵猛烈的冲击。

她立刻睁开眼，没发现自己有什么不适，可胸前却渐渐晕染开一片鲜红。

那是……棠的血。

如果不是棠及时挡在她面前，她在刚才那种毫无防备的情况下，会有什么样的后果……

离雎把棠从身前轻轻挪开，发现她背上裂开一条大口，血止不住地往外渗，而霁霏正笑着收回一把短笛模样的武器，寒光莹莹的刀锋甚至还未来得及完全缩进笛孔。

短笛……离雎蓦地想起了阿筝的短箫，她微红了眼盯着面前这个依旧一脸无邪的少女，心想世间怎么会有比阿筝还要阴毒的女子？

至少阿筝对岳泠澜还有几分真心，当日她在崖下发病，阿筝还肯把避毒丹给她，尽管那时她病得迷迷糊糊，依然记得自己曾得到过的这些微的善意。可这个叫霁霏的女子呢？就在不久之前，棠还一心想救她，对着这样一个真诚关怀自己的人，她怎么下得了这样的重手？和阿筝比起来，她坏得毫无顾忌甚至理直气壮，简直是无可救药了。

棠本就没有武艺傍身，此时早已疼得昏死过去。离雎替她简单包扎了一下，站起身来，直直地看向霁霏。

四目相对，霁霏毫无惧色，笑容清澈又坦然。离雎微微摇了摇头，真是不明白啊，霁霏为什么要这样做？不过是初次见面，她自问并没有恃强凌弱，还有意放人一马，为什么平白无故的，霁霏会对她有着这样强烈的恨意?

她对不住棠，连累这傻姑娘为她挡了这一下。

她没带兵刃出来，但要杀了霁霏，徒手也可以。她不再说话，直接出手，霁霏显然没想到离雎会这样干脆，只微微失神的工夫，腹部已重重挨了一下。

她又喷出口血，自知不是离雎的对手，但仗着自己有武器，便往离雎身上胡乱一戳。

离雎自是轻巧避过，可后背的衣服还是被划拉下大半。霁霏的眼风无意间扫过，猝然停住了。

离雎的背上，那个红色的印记……她的心一瞬间忘却了跳动，直到看清那个印记是什么，她才重新记起该怎么呼吸。

还好……那只是一个梅花形的印记而已，大概是胎记吧。她真是杞人忧天了，有胎记的人多得是，离雎不过是和阿筝有些神似罢了，她怎么会看见块红色的东西，就以为……它可能是个烙印呢?

扑面一股劲风，霁霏额前的发被吹起，她眼看着离雎向她颈部抓来，挣扎着想跑但浑身已经散架似的没了力气。真的躲不过了吗?

从在人群中望见离雎的那一刻起，霁霏就开始憎恨她，她憎恨这女子对阿筝的伤害，更憎恨她和阿筝的那几分说不清道不明的“相像”，她凭什么和阿筝像?凭什么像到连陌生人都只需要遥遥一眼就“不会认错”?

林霁霏和冷折鸢才是姐妹!现在，这个女人伤了她姐姐不算，还想把她也杀了?霁霏背在身后的手悄悄往袖中探去，暗器和剧毒她都片刻不曾离身，今天就算她真的在劫难逃，也绝不会让这女人好过。

霁霏蓄势待发，她的眼瞳里，离雎的一身琉璃白越来越浓，可就在双方都要出手的那一刻,那即将填满霁霏瞳孔的白色变成了夺目的鲜红。

是棠的红衣!怎么回事?谁把棠丢过来了?

紧接着，一片霁霏再熟悉不过的绿色汹涌而至，占据了她的全部视线。和它的主人一样，这种绿色带着令人心荡神驰的艳。是阿筝！霁霏死命忍住才没有尖叫出声，她被阿筝用力箍住腰，转瞬间便逃出了危局。

离睢不得不住手，因为救走霁霏的那个人把昏迷的棠抛到了她们之间，如果她不及时收招，必然会伤到棠。

她接住当空坠下的棠，双臂因为突然的承重“咯噔”一响，疼得她几乎脱力。她极力撑住了没有松开手，好不容易落地站稳，霁霏早就不见了。事发突然，她的注意力又都集中在棠的身上，根本无暇顾及霁霏的同伙，因此自然不知道那人是谁，可单看这副视他人性命为草芥的做派，她便不由自主地想到了阿筝。

“离睢，没有真凭实据，不可臆断。”她轻皱了眉，暗暗告诫自己。棠的气息已十分微弱，背上流血不止，连带着离睢的衣服上也是淋漓一片。她没有犹豫，抱了棠转身就走，眼下，保住这傻瓜的性命自然比追上霁霏她们要紧得多。

这时，阿筝也刚好停了下来，四下僻静，她骤然放开霁霏，没有说话，也没有动。霁霏还以为她是在等自己汇报情况，忙兴冲冲地凑上前，正试图先撒个娇，却见她忽然扭头，反手就是一巴掌。

阿筝的力气很大，霁霏直接被打翻在地，一张小脸登时肿了。指印浮起，她茫然地看着阿筝，忘了眨眼，忘了捂住脸，更忘了爬起来，她甚至连叫都没有叫一声，因为她根本就没有意识到，在刚才的电光石火之间，究竟发生了什么。

眼珠子终于动了动，霁霏略微找回了声音，可她刚低喊出“姐姐”，阿筝已冲过来拎起她，毫不犹豫地又抡了她一巴掌。

一连吃了两记耳光，霁霏反应再慢也能感觉到痛了，她捂着火辣辣的脸，震惊又委屈地看着阿筝。

阿筝铁青着脸，眼睛通红：“谁准你动手的？你还想杀她？”

“怎么？不可以吗？”不知怎的，霁霏有些吃味，“她跟你抢男人，之前还伤了你，现在又打了我，新仇旧恨的，我为什么不能杀她？”

“还敢犟嘴？我让你来办事，没叫你杀人！”

“可我就是想不通啊，何必这么麻烦呢？她一死，就没人跟你争那个男人了，这不正合你的意吗？”

“我要的不仅仅是岳泠澜的人，我还要他的心，你明不明白？如果杀了离睢就能解决问题，就能让岳泠澜真的爱上我，我早就动手了，还轮得到你吗？”

在这世界上，还有谁会比她更迫切地希望离睢彻底消失？她极力压抑着这种冲动，绞尽脑汁才布好了今日的局，可她的妹妹呢？前一刻还信誓旦旦地说愿意为她做任何事，后一刻就如此冒进，险些毁了她的全盘计划。

阿筝越想越气，指着霁霏骂道：“就算你要杀人，也该先掂掂自己的斤两，若不是我不放心你跟过来看看，你现在已经没命了！不成器也就罢了，还害得我都差点儿暴露，你若不是我妹妹，我……”

她一度想说“我早就杀了你了”，可脑海中却同时浮现出幼时她抛下霁霏，头也不回地跟着冷落离开的情景，那天纷乱的大雪历历在目，她仿佛又被冻着了似的，那半句话便缩了回去。

可霁霏并没有领情，她无所畏惧地迎上阿筝的怒气，反唇相讥：“你是真的不放心我，还是怕我误了你的事？”

她一把抹下袖子，露出腕上和肘上的一片青紫，那是她被强拽着在地上拖行时留下的道道伤痕：“自你见到我，到现在为止，你一直都在骂我，你怪我坏了你的事，一上来就赏了我两记耳光……你有关心过我一句吗？你有看见我现在身上只剩这一件破衣服了吗？你有问过，这出苦肉计是不是真的让我受伤了吗？”

她冷笑出声，眼底却微微泛起了泪：“你在乎的是什么？我有没有失手，有没有破坏你的计划，有没有连累你！你在乎过我的感受吗？”

阿筝神色不变，手中的短箫却有了一丝轻晃，她避开霁霏的目光，几乎是咬牙切齿地说：“你一开始跟她打架，我有没有阻止？你差点儿弄死顾言棠，我有没有阻止？我虽然恼你不听话，可还是由着你放肆了，最后眼看你就要搭上自己的小命，这才露面，我这个做姐姐的对你算是仁至义尽了，你还敢说我不在乎你？”

霁霏愣在原地，所以，阿筝虽然嘴上怪她，但其实一直在纵容她？这么一想，她心中的那股闷气已散，原本紧绷着的身子也渐渐放松下来。

阿筝见霁霏低头发愣，脸上还隐隐现出一丝喜色，不禁有些奇怪。她瞪着一双媚眼瞧着霁霏，唇角轻蔑地扬了扬：“别以为我不知道你在想什么。”

霁霏醒过神来，不自觉地攥紧了身侧的衣服……她这话，是什么意思？

“我都看见了。”阿筝斜睨着霁霏。

她看见了什么？难道……是看见了离雎背上的那个红色胎记？霁霏的唇渐渐抿起，那个胎记，和某种随即而来的可怕联想，正是令她对离雎顿起杀心的原因。

不由得她多做反应，阿筝已扣住了她的颌骨，让她无法闪躲。

她避无可避，只得强自镇定地直视阿筝，久久没有开口。

倒是阿筝先沉不住气了，愤愤道：“你袖子里都藏了些什么？你想干吗？打不过人家就和人家同归于尽？”

霁霏一怔，原来，她指的是这个，幸好。

“你有没有脑子？明知打不过敌人，只为了一时意气，不计后果地拼命，末了还来个玉石俱焚，你以为你很赚？”阿筝还在继续教训她，“我养了你这么多年，教了你这么多年，你就这样轻易地跟人玩命，对得起我吗？”

说到这里，阿筝停了一下，她漆黑的眼眸里，竟起了一层薄薄的水雾。

霁霏从她的眸中看见了自己惊诧又感动的面容，连呼吸都变得沉重起来。所以，阿筝这样生气，更多的，是因为担心她冲动行事，随随便便就赔上性命吗？

霁霏的心顿时软了，她试探性地去拉阿筝的手，讨好道：“姐姐，我知错了，能不能别生气了？”

阿筝装作不经意地抬手，拢了拢鬓发，躲开霁霏的触碰，还从鼻子里“哼”了一声。

霁霏也不气馁，继续去钩阿筝的小手指，边钩边道：“你放心，我没有忘记此次行动的目的。我把你要离雎知道的事儿，都藏在一颗游魄珠里呢……”

她话还没说完，阿筝已吃惊地张大了嘴：“游魄珠怎么说也算是我们长离宫的宝贝，炼制极为不易，你竟然未经我允许私自将它带出？不对……依你刚才的意思，你还带了不止一颗出来？”

眼见阿筝就要爆发，为了保障自己的生命安全，霁霏果断放弃了自家老姐的小手指，以迅雷不及掩耳之势退到数尺之外，还不忘解释道：“游魄珠虽难炼，但长离宫痴迷炼制之术的傻子那么多，每天都有许多真珠废珠进库，与其让它们待在角落里发霉，还不如跟着我游山玩水见见世面呢！再说了，游魄珠多有用啊，连梦境都能记录，让离雎知道个故事就更容易了。”

在经过反复的观察研究后，霁霏已经摸清了离雎的性子，所以故意诱她丢开游魄珠，她一定料不到，这珠子的威力显现，正是在触地的那一刻。那道突然出现的白光，恐怕要跟着她一辈子了。

一想到离雎即将面临的噩梦，霁霏就觉得，自己今天的狼狈得到了最好的补偿。

夏日炎炎，数里开外，夜明生丢出根树枝，赶跑了喳喳叫唤的知了，如释重负地伸了伸懒腰：“世界终于清静了。”

汐回正将九针放回医箱，察觉到夜明生在看她，便扬起一贯礼貌又温和的笑容，冲他微微点头。

夜明生受到了自己梦中情人的鼓舞，按理应该十分激动才是，可当他舔了舔干裂的唇，在汐回对面坐下时，却觉得脑中空茫，无话可说。

他打小就是个纨绔，吊儿郎当地挥霍着祖业和时间，玩世不恭惯了，天皇老子的话都听不进去。

有一回，他跟太傅家的傻儿子斗鸡，手下毫不留情，把那可怜的傻子气得口吐白沫，瘫在床上整整半个月。夜相听说后，气得差点儿当场去世，拽着根鸡毛掸子把夜明生从东厢打到西厢，边打边骂他没人性，相府和太傅府世代交好，他怎么就不能让一让那傻孩子？

夜明生抱着头乱窜，眼看屁股都连开好几朵花了，嘴巴还是硬得很，死活不肯认错。正当盛年的夜相被这不肖的儿子折腾得眼角直抽搐，最后不得不颤巍巍地抖着鸡毛掸子骂："小畜生，你做事如此没章法，捅了娄子又不会自己收拾，迟早要吃苦头的！"

夜明生不是心里没数的人，他很清楚，他老爹并不是在唬他。身为权相独子，他活得太顺，从来都是旁人迁就他，惹出天大的乱子也总有人跟在后头给他擦屁股，可一旦他所倚仗的身家垮了，他必定会为自己的我行我素付出代价。

这短短月余，他经历了前半生从未有过的风雨跌宕，却并没有因此学乖。其实，在他贸贸然地成为字石认的第一个主人后，岳泠澜曾在私下提醒过他，今时不同往日，有太多人对不思珉虎视眈眈，务必小心谨慎，多加防范。他嘴上应承，实则不以为意，觉得哪怕天塌下来，压死的也是岳泠澜，不会是他这样的小喽啰，直到他被长离三劫抓住，濒临死境，他才绝望地发现，自己平日里的小聪明根本派不上半点儿用场。

他是该吃苦头的，他甚至该遭报应，可为什么活该他承受的痛楚，偏偏报应在了云岁成的身上？

那是他最好的兄弟，却为他废了一只手臂。

没错，虽然汐回的救治让云岁成不至于丢了性命，他的右臂表面上也依旧完好，可事实上，他内里的肌腱大多已经断裂，连大罗金仙都无可奈何。他从此都会落下右臂残疾，别说恢复如初，就是要抬一抬右手，都无比艰难。他文采风流，是八斗之才，怎么可以废了右手呢？那是他用来翻书写字的右手啊！

更让夜明生难受的是，云岁成自从出事后，性情变得全不似从前。他本爱吟诗说道，夜明生还常嫌他又酸又唠叨，可现在，他终日里沉默寡言，连气质都变得阴郁起来，即使面对着夜明生和棠这样的发小，眼神也总是躲躲闪闪的。

这些日子，汐回隔三岔五地往主屋跑，变着法子为云岁成诊治，一方面，她的确是希望他的手臂多少能灵活一些；可另一方面，其实是拜锁灵草的威力所赐，她急于从云岁成的伤处入手，见微知著，好好研究一番锁灵草的习性和作用。要知道，对任何医者而言，这类充满神秘色彩的奇花异草都是极具吸引力的。她甚至曾暗暗幻想，倘若这锁灵草为她所用，一定会发挥出最大的效力，那么云岁成就完全没有存活的机会了。

当然，这第二层原因，她自是难以启齿的。因此，她的奔波劳碌落入夜明生眼中，更印证了她的温柔有德、一心为友，他对她的倾慕，也就理所当然地日益深厚了。

说来也怪，连着好几天，他千方百计地寻找和汐回独处的机会，今天好不容易如愿了，他却只是干瞪着眼，努力了半晌也不知该说些什么，索性紧闭着唇不说了。时间匆匆而过，他实在不愿承认，当他真的可以近距离地和汐回接触，当他真的有希望亲近她的时候，他的这种曾经无比强烈的欲望也就骤然消失了。

云岁成刚服下汐回新煎的药，在里屋睡得很沉。汐回慢条斯理地收拾着药箱，有意无意地瞥上夜明生几眼，夜明生被她看得喉头火热，鬓发已被汗打湿，牢牢地贴在耳前。

汐回她究竟什么时候才走？他快要忍不了了。

离睢的声音就是在这时飞进他耳朵的。

也不知道为什么，她一声声喊着“小山”，摆明了就是找岳泠澜来的，夜明生心底却升腾起一股莫名的恐惧，就好像，他自小珍视的某件东西即将毫无征兆地消失一样。

他不清楚自己是不是第一个听到离睢声音的人，可他一定是第一个冲出去的人。而在他跨出房门的同时，他浑身的血液也呼啸着涌到头顶。他微张了嘴，看着离睢怀中人事不知的棠，只觉得周遭的空气降到了冰点，只有脑子里的血是热的，它甚至在沸腾，仿佛稍不留神，就能从他的脑袋里蹦出来。

“还不快把你的女人带走？”

夜明生澎湃汹涌着的血液霎时安静下来，他微偏过头，看见岳泠澜站在烈日底下，明亮的阳光将一身白衣徐徐铺满，岳公子整个人就像金瓶中的一捧栀子花，那是他从未见过的艳色。

可岳泠澜的眉眼依然既清且透，声音又薄又冷，他刚才似乎是在命令夜明生，眼风却擦着玉一样的脸往外飘，停在离睢身上，再也不动了。

夜明生暗暗叫苦，是哪个瞎了眼还没文化的说什么“温润如玉”的？他都快被岳泠澜的声音和眼神冻死了！

他不敢让岳泠澜把话重复两遍，又确实担心棠的伤势，忙狂奔上前，想从离睢手上接过棠，但又被她周身淋漓的血吓得不敢乱碰，一双手抖得厉害，眼圈倒是先红了。

岳泠澜不满地扫了他一眼，似乎是在说“你是不是嫌自己的命太长？还要我的女人伺候你的女人多久”。

夜明生心里早已叫苦不迭，幸亏汐回也及时赶到，帮着他把棠安全地接了过来。也不知是因为棠的情况危急，还是因为害怕岳泠澜，夜明生一手抱着棠一手拽了汐回，一溜烟地跑了。

不管怎样，至少现在，棠总算有救了。离睢松了口气，正想跟过去看看，岳泠澜不紧不慢地上前一步，拦住她的去路，拧了眉道：“怎么弄成这样？”

“我也不知是得罪了什么人，遇上了一个极为狠毒的陌生女子，打伤了棠……”

“我说的不是顾言棠，”岳泠澜的声音低下来，带了些沙哑，“我说的是你。出门的时候还好端端的，怎么就弄成这样？”

离睢愣了一瞬，顺着他的眼神垂目看了看自己，笑道：“你怕是弄错了，这是棠的血，不是我的，我没受伤，你放……”

她还不曾说出那个“心”字，齿缝里就先溢出了一丝颤音，因为岳泠澜已经快步绕至她身后，冰凉的指按在她背部那块暗红色的印记上，冷得她一激灵。

偏偏他的呼吸还是滚烫的，绵绵麻麻，徐徐降落：“你就是这样光着背一路从街上跑回来的？”

这话说的，怎么感觉有些酸溜溜的呢？离睢扶额：“事态紧急，谁还会考虑这些？不过说起来，这个印记倒的确有些奇怪，我摸着总觉得不像是胎记，可又不知道它的来历，小山，你知道吗？”

岳泠澜轻哼一声：“你这印子原本丑得很，多亏我用胭脂色的万年墨把它勾成了梅花形，这才能让人瞧上几眼。”

“原来这也是你画出来的？”即便此刻看不见岳泠澜的脸，离睢依然觉得心痒，“小山，还有什么是你不会的？你在我身上到底留了多少我不知道的印记？”

“留多少也不够。”他轻轻道。

她没听清，便只顾自己偷笑：“自和你重逢，我确实想过这印记或许和你有关，只是很快便打消了此念。”

“为何？”

“因为总觉得，必须是月亮，才像你的手笔啊！”

岳泠澜觉得头疼，难道他唤她“小玉钩”，就任凭什么东西都得往月亮上凑了？他又不是对月亮有什么执念，他的执念，从来都只是她而已。

再说了，她这印记本就是暗红色的，画成梅花，那是恰到好处的修饰，倘若画成月亮，那怕是得变成满月才行，还得是红彤彤的，不伦不类，亏她想得出来。

“对了小山，那你一定知道，这印记原本是什么样的吧？”她转了身，睫毛颤颤地看着他，不自觉地拉住他的衣袖，“是不是胎记呀？”

她的声音发软，还带了点儿孩童撒娇时独有的稚气，每一个字都从他心尖上滑过，偏又叫他抓不住。

他拿她没办法，只得叹了口气，从袖中伸出手去捉她的，刚想回答她的问题，眸光却顿时冷了——他的掌心一片黏腻，摊了手，满是殷红。

棠受伤已久，衣上的血迹早已干涸，现在这些新鲜的血液，绝不可能是她的。

离睢此时也觉察出不对劲，她见岳冷澜一身肃杀，有些害怕，下意识地想往后退，却被他一把拽回。只见他的一双紫眸深处有光影微微闪动，渐渐地，凝成重重血雾。他抿唇不语，捉了她的腕子，将她的袖子向上一捋，动作又急又狠，半点儿没留力。

她吃痛，想要挣开，可哪里是他的对手，只能由着他紧抓着她的臂，看着他的指缝间，聚起她的鲜血。

是啊，她的臂上正汩汩地冒着血，她攥紧拳头盯着自己的伤处，连气息都乱了。她当然没有忘记，数日之前，她曾被秦家庄那些庄人的遗骸“咬”过一口，那两排诡异的齿印，至今依然清晰，而此时此刻，就在那齿印之间，竟然重新流出了鲜血。

其实，她是有感觉的。她抱上棠不久，便觉得臂上时冷时热，又麻又疼，似乎有什么东西在一口口地侵蚀着她的肌肤，可她没时间多想，总觉得和棠的伤势比起来，她这点儿不舒服根本就不算什么，只当是接住棠时伤到了筋骨，哪里想得到还会有现在这般骇人的后果？

她缩了缩肩膀，再次试着挣脱他的禁锢：“小山，你别这样……许是之前的伤口裂开了，瞧着吓人罢了，并不很严重的。”

岳冷澜冷笑一声，脸色十分不好，他非但没有放开她，反而加大了几分力道，半拖着她就往屋里走。她吃了一惊，以为他是要带她去找汐回，生怕如此一来会耽误棠的医治，拳头便握得更紧了。他也不回头看她，只一手继续捉着她的腕子，另一手掰开她僵硬的拳头，轻嗤道：“你以为我像你？不知轻重，自作聪明？”

她被噎得鼻酸，直到被岳泠澜拽进他的房里，喉头还是堵着的。

自她再次回到他身边起，他便极少和今天一样，不和她商量便把她拉进他的屋子。只因她曾顺口提起，那次她出走后遇上十渡他们，墨争凡明里暗里总拿她和岳泠澜的亲昵讽刺她没有羞耻之心。她告诉他这件事，原本只是随口说说，并没有什么深意，不想岳泠澜却记到了心里，给她安排了另一处房间，和他的屋子相隔甚远。他不希望她被任何人加以口舌，说她尚未成亲便急不可耐，不知自爱。她占了他心尖多年，他怎能允许旁人如此诋毁她的清誉？可现在，他问都不问她一声便把她圈入他的领地，看来，他是真的生气了。

他板着冰雪塑成的一张脸，甩开她的手腕，眼见她就要跌到地上，又迅速踢了张凳子过来，分明是极粗鲁的动作，偏他做起来依旧是清雅无俦。离雎堪堪挂在凳子边上，觉得又委屈又好笑，也真是难为他了，一肚子都是气还生怕真的摔疼了她。

她一面揉着手腕，一面讨好似的瞧着他，温声细语地把这天遇到的事从头到尾跟他说了一遍。

他仍是一言不发，却径自捉过她的手，从她的上臂往下，一寸寸地为她上药。她以为他已经消气，便继续有一搭没一搭地说道：“那个霁霏先是诓我说她是一粟海的弟子，当我是傻的吗？一粟海的人怎会使她那些阴毒的招数？只可惜她很聪明，和我过招大多是偷袭，又刻意隐瞒了她真实的武功路数，加上她的同伙来得也快，我到最后也不能肯定她究竟是哪门哪派的人……”

她正说到兴头上，忽然“嘶”了一声，眉毛皱在一起，痛得眼泪都滚了出来。因为岳泠澜此刻已丢开药瓶，掐住她臂上最严重的一块伤处，声音不高，却字字冷漠：“你还很得意？你这还不叫傻吗？”

她强忍住下一波即将涌出的泪，疼得双肩微抖，可还是不服输地和他对视。他的目光和声音并没有因为她的惊痛软下来：“既知有诈，你为何要追那女子？”

“棠上了当去救她，难道要我不管棠吗？”她梗着脖子，觉得自己并没有错。

“你可真有理，真伟大！”岳泠澜怒极反笑，“我问你，你觉得那女子是冲着顾言棠来的，还是冲着你我来的？”

她怔住了，脑中“哐当”一声，被什么东西砸开一个大口子，很多事情在顷刻间都清明起来。

“你略微想一想便知，无论那人是不是一粟海的人，她找上门来，为的只怕又是不思珉。所以顾言棠算什么？你才是她的目标！因为只要制住了你，便等于制住了我。”他毫不讳言她对他的重要，也毫不掩饰他此刻的失望，“你自己也说了，那人摆明了早已踩好点，就等着你上钩，你便真的铆足了劲往坑里跳？”

在她的伤口之上，他的手锁得更紧了：“那人必定知道我们的住处，否则不会如此顺利地找到附近来，可她又不直接上这别苑来挑衅，为的是什么？”

“她知道自己打不过你……”

“笑话，那她今日可打得过你了？这跟打架的输赢有什么关系？你就不能动动脑子？”

他几时这般疾言厉色地对她说过话？她实在忍不住，伤口被他按得生疼，心里又难受，唇角抽了抽，眼睛很快就又湿了。

“不许哭！”他喝止她，“有哭的力气就给我好好想清楚！那人之所以不敢直接到这儿来，原因只有一个，那就是一旦她来了，我们就很容易猜到，是谁出卖了别苑的所在，别忘了，此处隐蔽，知道的人原本就不多！”

她被他一语点醒，呆愣愣地看着他。

他见她眼眶里全是泪可又死命憋着不敢让它们掉下来，心口像被谁揪着似的，闷闷地疼了一下，他终于稍稍放缓了语气，可还是擎着她的腕子不肯放："她挟持住顾言棠，为的就是要引你上钩，若你当时便忍住了不去追赶，她见计划落空，就只能直接找上门来，那么顾言棠不会有事，我们也能顺藤摸瓜，弄清楚她的底细。"

岳泠澜的气息离她很近，含着淡淡的清香，可她只低下头，不敢看他。他说得不错，她自恃武功，自作聪明，其实她简直愚蠢，如果不是她有意无意地想在棠面前卖弄她的机敏，棠根本就不会遇险，可笑的是她在被岳泠澜一通斥责之前，还沾沾自喜，以为自己救了棠。

他扳过她的脑袋，不让她低头："临出门时是怎么答应我的？说保证会照顾好自己，让我放心。然后呢？衣衫褴褛地回来，还弄得一身伤，这就是你说的'放心'？"

她和他在一处时，他何曾让她受过一星半点儿的伤害？哪一次她把自己折腾得鲜血淋漓，不是因为她自作主张地跑出去？他处处为她着想，恨不得把她塞进口袋里缝好了，朝朝暮暮地带着她片刻不离，可她呢，一次两次地不拿自己的安全当回事，时时挑战他的底线。

她就不能偶尔也为他想一想吗？岳公子的神经很脆弱的好吧！

他说着，声音里竟仿佛藏了一丝似有若无的哽咽。离睢不敢相信，还没想好该怎么跟他道歉，臂上又是火烧似的一阵疼，而地上同时炸开一声脆响。

她有些愕然地抬头，见岳泠澜也正冷冷地注视着她。就在刚才，他把整瓶药一股脑儿地倒在她的臂上，然后顺手摔碎了药瓶。

之前，他给她上药时，尽管也是恼得不行，可下手又轻又慢，终归是惦记着她的感受，总怕她的伤口一时之间受到太多刺激，但现在……

"痛吗？"他还敢问她？

她痛得龇牙咧嘴，冷汗溢了满额，几乎快要坐不住了。要不是她此刻连话都说不出来，她跟他同归于尽的心都有了！她真想把岳泠澜套麻袋里再拴腰带上一起跳湖算了，说好的她是他的小月亮呢？怎么说她也算是受害者啊，他就不能跟以前一样，稍微怜惜她一下吗？又不是有什么不共戴天的仇怨，也值得他下这样的重手？

她好不容易找回了发声的方式，正想骂他，却窥见了他瞳孔深处隐隐闪烁着的点点波光。她从未见过他哭，也无法想象他哭的样子，可就是这一点点若有似无的晶莹，已足以让她瞬时败下阵来。

“痛才能长记性。”很快，他的眸光恢复了往日的清寂，宛若一泓深潭，叫人再也看不穿。他松开她的腕子，往门外走去，“好好反省，我暂时不想见到你。”

她心底立时掀起一阵狂澜，她真的很难受，她知道自己一而再再而三地让他担心失望，的的确确是她不对，可他就这样拂袖而去，连认错的机会都不留给她吗？

他还说，不想见到她……难道他不知道这句话有多严重？他就真的开始厌恶她了吗？不，她不信，虽然过去的记忆依然一片空白，但单凭这些天的生死与共，她便笃定了他对她的在意。她坚信岳泠澜爱她，就像她也爱他一样，已经深入骨髓的感情，怎么可能说消失就消失？虽然他撂了狠话，可这儿明明是他的屋子，现在他们闹了别扭，他不赶她，反倒是自己出去了，由此看来，他依旧和从前一样，总舍不得让她受委屈。

离雎姑娘从来都是行动派，既然山不来就我，那便我去就山呗。这样一想，她忙抹了脸上的汗水和泪水，整了整衣服就冲出屋子想找岳泠澜好好道歉，可刚一出门，便迎面和汐回撞了个满怀。

她揉着额头，狐疑地看着汐回，不知这姑娘又是从哪儿冒出来的，看样子像是依旧在岳泠澜的门前徘徊了许久，就等着她出来呢。

“月姐姐，我有事想和你商量。”汐回的声音一如既往的温柔谦卑。

可她的这副模样对离雎而言早就没有效果了。

“等我回来再说。”离雎如是道。

似乎早已料到她会这样回应，汐回走上前，刻意压低声音：“这件事，和月姐姐你的顽疾有关，也和棠有关。”

离雎对汐回本没什么好感，但一来岳泠澜不知负气到哪儿游荡去了，一时半会儿想必也找不着他；二来她的确很想知道汐回的葫芦里卖的到底是什么药，便没有再拒绝。

棠在汐回房中睡得很安恬，一双手规规矩矩地交叠在胸前，乖巧得像个孩子。看起来，她的伤势已经没什么大碍了。离睢放心了许多，又看见棠的枕边堆着一盘小珠子，不免好奇道："这是什么？"

"那是阿夜不知从哪个柜子里倒腾出的石头珠子，他说棠自小就爱玩弹珠，他总是懒得陪她，这回她受了伤，他便发发善心，等她醒了，陪她玩一会儿。"汐回答道。

"谁给她换的衣服？"离睢的目光从那堆珠子回到棠的身上，她已经换上了干净的衣服，头发也被悉心地梳洗过，身上脸上再无一丝血污。

"也是阿夜。"汐回依然笑得平和，"我跟他说，终归是'男女授受不亲'，我来替棠整理一下更好，他偏不肯听，非要自己来，还说什么怎敢劳烦我之类的傻话，我也真是拿他没辙。"

他不过是说些客气话来掩饰他对棠的关心罢了，没想到你还当真了。离睢暗暗腹诽，又道："那他现在人呢？"

"我打发他去给棠煎药了。"

离睢点点头，心想，或许连夜明生自己都没有意识到，棠对他来说有多么重要。

"月姐姐，就让棠先好好休息，我们外头站站可好？"汐回柔声道。

终于要说到正题了吗？离睢跟着汐回走到外屋，见她神色凝重，一副欲言又止的样子，不觉笑道："有话直说，不必吞吞吐吐。"她虽然觉得汐回心思重，本能地不喜欢这样的人，但汐回毕竟是岳泠澜的师妹，也没真的做过什么过分的事，还不至于让她心生反感。

可接下来，汐回说的话却让离睢的心着实跳了一下。她似是刻意小声，但不无得意地勾了离睢的臂道："月姐姐，你不会忘记'睍天'吧？师兄一定也和你说过，除了'梨约'，'睍天'也是治你顽疾的必需品。"

离睢没有作声，她当然记得，长期以来折磨着她的病痛何尝不是岳泠澜的心病？他虽然不曾明确告诉过她关于“睨天”的细节，因此她并不知道要“睨天”最终吐出精华的药液，还需要与她血脉相连之人的鲜血，可她至少清楚，“睨天”这种东西，只有弥留之际的天匿族人才有，而“睨天”被他人获取的那一刻，便是那个天匿族人生命的终结。

也就是说，如果“睨天”真的存在，一旦她将它拿到手，也就表明她同时欠下了一条人命。想到这儿，离睢不禁打了个哆嗦，她和岳泠澜都绝不可能为了自己去伤害他人的性命，因此“睨天”一直都是个无解的谜题。可看汐回现在的样子，难不成她找到了“睨天”的下落？

等等……想要有“睨天”，必须先有天匿族人，但天匿族不是早就被阿筝灭族了吗？难道……

离睢心头涌起一股强烈的不祥预感，她看向汐回，发现汐回也正在看她，不同于她眼中流露出的恐慌，汐回的眼神是惯有的沉静，甚至还带着点儿吟吟笑意，看得她直发毛。

“不错，”汐回知道离睢必定也已经想到了，“我猜想，棠是天匿族人。”

她看了里屋一眼，再次把声音放低：“我第一次觉得她奇怪是在暮雨出事的那一晚，她来敲我的门，央我同她一起去那个黑林子。当时她身上只披了件寝衣，我觉得她有些异样，可又说不上来具体是什么，现在回过头想想，那一夜月光之下，她却没有影子。”

天匿族人，生而无影。离睢不自觉地抚上臂上的伤口。怪不得早已结痂愈合的伤口会重新流血，原来不是因为她伸臂去接棠时旧伤复发，而是棠在被霁霏重伤之后，背上有了裂口，从空中坠下时，肌肤破损之处恰好贴紧了她的手臂。因此，身为一名活生生的天匿族人，棠吸食人血的力度自然就远远超过当日崖下那些焦黑的尸骸了。

“月姐姐，你怎么了？”见离睢的样子古怪，汐回停了脚步。

“听得入神了，你继续。”离睢不动声色地抽出被汐回挽着的胳膊，直觉告诉她，绝不能让汐回知道棠已经显露过天匿族人垂危之时独有的特性。此刻仅仅是在猜测阶段，汐回就已经对睨天展现出了异乎寻常的兴趣，尽管她的举止依然娴静，但眼中的欲望和焦灼是骗不了人的。那么，一旦她确定了棠的身份，天知道她会对棠做些什么。

“这次她受了伤，我在阿夜安置她时特意留心了一下，发现她和那晚一样，是一个无影之人。”汐回的语气越发笃定。

“会不会是你看错了？如果她真的没有影子，我们跟她相处也有段时日了，为何一直都没有发现？”

离睢说的，其实有些道理。平日里，棠常与大家在一起玩闹，并无任何异样，倘若她一直都没有影子，怎会迟迟不被人察觉？

可汐回并不这样想，她几乎已经认定了的事，怎么可能会有错？

“我不会看错的！”她喊道，神情是少有的不耐烦。

意识到自己的反应多少有些过火，她微低下头，很快便恢复了一贯的轻声细语：“其实自我对她起疑开始，我便在私下里进行了一些查证。这些天，我时常和阿夜谈心，他告诉我，棠虽出身显赫，但一直受到她父亲的冷待。只因她母亲一直体弱多病，日下无影，被顾家诸人视为命中带煞的不祥人，连累了棠。月姐姐，你一定也知道，天匿族人除非和正常人结合，否则一般是活不过三十岁的。棠的母亲在成亲之后，身体一度好转，但最终依旧因为色衰爱弛被丈夫厌弃，郁郁而亡。这些迹象无不表明，棠的母亲极有可能便是天匿族人，所以我对棠做此猜测完全是合情合理的。”

汐回眉目温顺，离睢心头却凉意陡生——原来她一早便开始了对棠的种种刺探，像个幽灵一般，利用夜明生对她的好感，紧紧地贴着棠，窥视着棠的身世秘辛……她究竟想做什么，棠是或不是天匿族人，与她何干？

“即便你的猜测是对的，棠真的是天匿族人，那又如何？”离睢冷冷道。

汐回诧异地看着她，扯了扯唇角，像是听到了什么笑话：“月姐姐，我们都心知肚明，要想根治你的顽疾，‘睨天’必不可少。如若顾姑娘真的是天匿族人，那你的药不就有着落了吗？”

离睢的眼皮跳了跳，往后退了一步。汐回连对棠的称呼都变成了“顾姑娘”，言下之意便是将棠视为无关紧要的陌生人，可以随时牺牲。

她把棠当作一味解药，说到兴头上时甚至忘了掩饰她的亢奋，与其说她是为了救离睢，不如说她是为了满足自己的私欲。这可是活生生的“睨天”啊，不再是古籍中空洞的注解，也不再是只存在于传说中无法亲眼得见的神秘解药，这让身为医女的她怎么能不激动?

离睢却只觉得她可怖。她们几个朝夕相处了这些天，即便暂时还不曾生出多么深厚的感情，可她既然知道“睨天”的背后是天匿族人的一条命，那又怎么可以轻描淡写地说出这样的话来，怎么可以全无顾忌地摆弄棠的性命?

“顾言棠，她是一个人，一个有血有肉有感情的人，不是一方器皿、一个物件，可以被当作没有生命的东西肆意利用。”离睢极力压下心头怒火，默默提醒自己，汐回到底是岳泠澜的师妹，能教育的话就别打脸了。

“先前我还没看出来，月姐姐在一粟海待了这六年，也学得跟十渡掌门一般满脑子都是仁心仁术，不把自己的病情当回事，倒显得我是小人，皇帝不急太监急了。”汐回生了一张天生惹人心疼的脸，每次开口时，她总是微低着头，唇角微微下垂，一副被人辜负的样子。因此哪怕此刻她显然是在出语讥讽，单凭她的神情，谁也不会忍心责怪她。

离睢也没有生气。其实，她比谁都清楚，她目前的情况很不好。自那日莫名其妙地失去腿部知觉起，她的身体每况愈下，各个部位隔三岔五地轮换着失灵，她知道自己瞒不过岳泠澜，索性便不瞒了。

这些日子，她和岳泠澜表面上过得一如往日，平静又开心，但她知道，他心里悬了块大石头，一刻都不曾放下，就如同他房里亮到天明的灯，还有被他翻烂的一卷又一卷的医书一样。而那块石头，就是她放上去的。

他那么一个对医理毫无兴趣的人，是怎样耐着性子，凭着心底那点微茫的期盼，才把那些医书一字不落地啃了，还翻来覆去地不舍得放下？他哪里是舍不得医书呢？他舍不得的，明明是一丝一毫的可能让她恢复健康的希望啊！

岳冷澜都没有放弃，她怎么能先放弃呢？她比谁都想好起来，想活下去，和岳冷澜一起白头偕老，子孙满堂。

“汐回，我不是君子，更不是圣人，如果现在有办法能根治我的病，我愿意付出任何代价来抓住这个机会，拼命活下去。”她眸中亮亮的，望着汐回，“可是，顾言棠，或者其他任何人，我都没有资格要求他们为我付出，我没有这样做的权利，我的良知也决不允许我这样做，你明不明白？”

可汐回满是无辜地眨着眼睛，似乎并不明白离睢在别扭什么：“你救了棠那么多次，她为你做点小小的牺牲难道不是应该的吗？”

离睢的忍耐终于全线崩溃，满脑子都是胖揍汐回一顿的念头，而在即将付诸行动之前，她用尽了最后一分残存的意志力控制住了她的手，转身就走。

无奈汐回就是不肯放过她，一面追赶一面问道：“月姐姐，你是生气了吗？可我真不明白你在气什么，我这还不是在为你的病着想吗？”

“何必说得如此冠冕堂皇？”离睢忍无可忍，扭头道，“你若当真觉得此事可行，觉得可以罔顾他人性命，那你为什么只在我这儿下功夫，不直接去告诉小山？你明知他向来挂心我的病情，甚至远超于我本人。”

离睢平生最恨别人把她当傻瓜，汐回故意把棠的身份捅给她听，可能的确有关心她的因素在，但更多的，怕是为了说动她，好让她直接对棠下手。如此一来，倘若离睢真的选择牺牲棠，岳冷澜也不觉得反感，那么皆大欢喜，汐回继续当她善解人意的小师妹，如果岳冷澜觉得这事儿过分，那也是离睢做的，就算他们因此生了芥蒂，左右都和她汐回无关。

好一朵清清白白干干净净的白莲花！

汐回一僵，柔声道：“月姐姐，你若不喜，那不这样做便是了，何苦把气撒到我身上？我也不过是提个建议罢了，你既不同意，便权当我没说过，也不必告诉师兄。”

终于说到重点了。

离雎忍了又忍，还是没忍住，轻讽道：“你大可放心，我没有在背后嚼人舌根的爱好，更何况，小山与你相识已久，又师出同门，自是比我更清楚你是什么样的为人。”

她说罢，头也不回地走了。汐回愣在原地，咬紧唇瓣。其实，她虽心思深沉，但在这件事上，并不像离雎以为的那样过分。她和离雎一样，对“睨天”的了解并不全面，甚至多有疏漏。

离雎以为要想得到“睨天”，便需要赔上弥留之际的天匿族人最后一口气，却并不知道供天匿族人吸食的血液来自与患病者血脉相连之人，而并非直接取自患病者本身。

至于汐回，她以为“睨天”便是天匿族人的骨头，先得到它再去寻求药引也不迟。要知道，人骨是可以再生的，趁棠如今昏迷，痛觉失灵，取下她的一小块骨头先存好，这有何不可？只要棠之后听从安排，好生调养，总不至于落下大病。汐回真的不明白，离雎为什么会莫名其妙地生出如此激烈的反应。

再者，说到底，有病的又不是她，无论是出于怎样的初衷，她为了离雎也算是劳心劳力，想要卖个人情怎么了？既然提议落空，不想无端惹岳泠澜嫌恶，便转而选择明哲保身，让离雎别告诉岳泠澜，这不是再正常不过的事儿吗？

离雎为什么要当场揭穿她，半点情面都不留？就算没有旁人在场，她也觉得下不来台。她长时间地站在原地，许久，轻轻“哼”了一声。

她不知道的是，与此同时，里屋榻上，棠蓦地睁开双眼，久久没有合上。

汐回总算没有追来。离雎松了口气，慢下脚步，这才发现自己不知不觉间已经回到了岳泠澜的屋子附近。她不由得失笑，自嘲道："你个没出息的，怕是被他虐出毛病了吧，他都说了不想看见你，你还死乞白赖地送上门来，好像不跟他多待一会儿，以后就没机会了似的。"

想到这儿，她突然一怔，以她现在的身体状况，他们怕是真的没有太多时间了。

一双拳头捏得死紧，她眼睛酸酸的，又觉得隐隐发凉，仿佛心有灵犀，她猛然抬头，发现岳泠澜不知何时竟站在门前，正眸色淡淡地望着她。

在她的理智发号施令之前，她的脚步已然先做出了反应。她朝他奔去，想要以最快的速度跟他道歉，然后紧紧抱着他，跟他说立夏快乐，跟他说她已经帮他准备了一个鬼脸囫囵蛋当礼物，最重要的是，告诉他，她觉得他们相处的每一刻都是那样珍贵，央他别再生气，他们在一起的时光，她真的挥霍不起。

可是，还没等离雎姑娘跑到少主跟前，发表这一番感人肺腑的宣言，她就两脚踏空，结结实实地摔了个不辨东西。

她趴在地上，半晌都爬不起来，眼前蹦出一颗颗星星，整个人都晕头转向的，连岳泠澜是什么时候走到她跟前的都不知道。

"跟狗啃泥似的，还不肯起来，怕是摔坏了脑子。"他的声音仿佛从云端飘来。

离雎心里早已骂了他一千八百遍，她都已经这么惨了，他还要嘲笑她，难道他的良心不会痛吗？

她愤愤不平，干脆赖在地上，嘟囔道："我要公子抱抱才肯起来！"

说罢，她便闭了眼，故意不去看他。

岳泠澜没有辜负她的期望，很快便用行动给了她回应——他抬腿便走，冲着相反的方向。

眼见碰瓷失败，离雎懊丧极了。她想要爬起来，又觉得这样做既没骨气又没面子，正哼哼唧唧地自言自语，想着过多久起来才比较自然不做作，腋下却突然一紧。

岳泠澜竟不知什么时候又折回来了，他板着脸，将她半抱着提了起来，闷声道："地上凉。"

他果然还是放不下她。

她又惊又喜，也再不顾什么矜持，向他偎去："小山，我就知道你舍不得我……"

他闻言冷哼一声，却到底没有反驳她。

她见他没有拒绝她的示好，更没有推开她，忙趁热打铁，就之前她做的蠢事跟他连连道歉，还一个劲儿地赌咒发誓，表明自己永不再犯的决心。

岳泠澜听得一只耳朵进一只耳朵出，这丫头的德行，他明白得很，这会儿嘴上说得好听，等回头还不是好了伤疤忘了疼？看来，他还是得把她看得更紧一些才行，像今天这种事，他真是想想都觉得后怕。

岳泠澜失神的工夫，离雎以为他仍在生气，所以才不搭理她，心下一急，委屈得眼泪都开始打转了："别生气了好不好？你究竟怎样才肯原谅我呢？小山，你怎么说，我就怎么做，只求你别再生我的气，我们之间……真的没有太多时间可以用来浪费。"

话音未落，她的下巴便被大力抬起，她鼓着腮帮子，整张小脸都陷在他的手心里，被迫和他对视。

"胡说。"他沉着嗓子，声音是刺骨的冷，"谁告诉你的这些丧气话？我们还有大把的时光……我们还有一辈子可以用来浪费，你听清楚了吗？"

他的尾音颤了颤，离雎的眼眶里，终于流出了一些滚烫的东西。就算在刚才被他赌气淋上整瓶药的时候，她都不曾像此刻这般痛过。

岳泠澜却愣住了，他以为他掐疼了她，慌忙放开手，又忙不迭地为她拭泪，动作是难得的笨拙。

可是，为什么她的眼泪还是越淌越多呢？他后悔极了，一颗心被揪着来回揉搓，最后只得将她带进怀里，抚着她的发，放轻声音："只要你喜欢，我所有的时间都随你挥霍。”

离雎向来好哄，听岳泠澜情深义重地表着白，不但当即就止住了泪，还瞬间有了精神，目光炯炯地抬头看他。

她看着看着，突然笑了。

“怎么乐成这样？”岳泠澜忍不住问道，真不知道她在傻笑什么，还笑得越来越放肆张扬，让他一看见她娇艳的唇，就得拼命克制吻她的冲动。

离雎不知道该怎么回答他。她在崖上第一次看见他的时候，其实并不大喜欢他，甚至有些怕他。因为这少年漂亮而苍白，他生得太好看，半点儿地气也不接，好看得不真实，她一贯畏惧虚幻，所以连带着畏惧他。但现在，他因为着急，低着头跟她说话，连脸颊被衣领戳了一个小坑都浑然不觉，她却觉得，现在的他，终于真实一些了。

她不说话，只轻轻戳了一下他脸颊上的那个坑，笑得更欢畅了。岳泠澜一头雾水，见问不出什么所以然来，便随她去了。他搀起她，想先带她进屋检查一下，毕竟刚才给她上药时赌着一口气，下手没个轻重，也不知道她的伤口需不需要再处理。

不料离雎刚一站起，脚下就一个踉跄。她只觉得一道白光生生撑破了她的眼睛，她似乎游走在一片虚无之中，四面是茫茫的云雾，她想大声呼救，可口鼻都被什么东西塞住了。她无法呼吸，更无法开口说话，不知憋了多久，有人伸出手托住她的后颈将她抱起，她睁不开眼睛，不知道那人是谁，可她直觉那人是岳泠澜。多好笑啊，即便在这似梦非梦的幻想中，她都希望他时时刻刻在自己身边。她甚至能感觉到他纤长的指拂过她脸上时细腻的触感，她脸上的污垢正被他小心地揩去……不对，她脸上为什么会有污垢？

离雎猛地睁眼，一闪而过的，先是从高处一倾而下的黄土，紧接着，是岳泠澜难掩忧色的一双眼。

“小玉钩？”他已唤了她无数次，“你究竟怎么了？是哪里不舒服吗？”

她刚才丢了魂一般径直瘫了下去，竟连他都扶不住，他几乎要被她吓出冷汗了。

离睢敲敲额头，歉疚地笑了笑。她并不知道这是霁霏那颗游魄珠开始起作用了，还以为自己只是因为白天受了累的缘故才脑袋发晕，唯一觉得奇怪的是那捧闪现的黄土。她活得好好的，怎么会突然“梦”见黄土呢？

岳泠澜蹲在她面前仔细审视了一番她的神情，确定她暂时没什么异样后，正想将她扶起，却见她的脸色一下子变得很难看。

这一回，他倒不觉得紧张了，因为很明显，这一次，离睢之所以会神色突变，并不是因为身体不舒服，而是……她感到十分难为情。

就在刚才，她一屁股坐在门槛上，把不知什么时候从她怀里掉出来的鬼脸囫囵蛋压扁了。

离睢盯着那张破碎的鬼脸，岳泠澜盯着离睢，两个人一时都不知是该哭还是该笑。

“这是何物？”不食人间烟火的岳公子捡起那个蛋，终于率先提问。

“这是鬼脸囫囵蛋啊！每逢夏至，家家户户都会给孩子吃这个，据说可以保佑他们一整个夏天都不生病，你不可能不知道！”

“我自然知道囫囵蛋，只是从没见过丑成这样的鬼脸。”岳泠澜一本正经地嫌弃，“还有这蛋套……毫无针法可言竟然还能把蛋给网住，你也是很有本事了。”

离睢被他嘲笑得脸都绿了，她气呼呼地从他手上抢过破蛋，嘟囔道：“你不领情就算了，何苦打击我？就当我这大半天都白忙活了呗，反正少主你也不稀罕！”

“这是给我的？”他的眼睛亮了亮。

“现在可不是了！”离睢哼了一声。

岳泠澜哪管她口是心非，早就把那个丑蛋夺了过来，还主动挂在脖子上，生怕她会反悔，不肯送他似的。

离睢对他的表现很满意，可嘴上还是不饶他："我都送你夏至礼物了，你怎么什么表示都没有？连长命缕都不舍得送我几根，一点儿都不用心。"

以五色丝结成细线系在孩童手腕上，可保平安长寿，这也是夏至颇具特色的习俗之一。

"你又不是小孩子。"他毫不客气地戳破离睢的粉红幻想，"再说，我向来不信这些。"

她的平安，自有他护持，何须鬼神？

离睢白了他一眼，扒着门不肯走。

他叹了口气，把她拎起来："夏至不许坐门槛，会得'疰夏'的。"

打脸来得真快，还说自己不迷信呢。

离睢乐得不行，随他进了屋，在他察看她臂上伤口的间隙，她忽然想起了汐回对棠的猜测。她没有犹豫，便把棠极有可能是天匿族人的事告诉了岳冷澜。当然，就如同她先前对汐回所说的那样，她并没有对岳冷澜提起汐回，因为无论她在心中对汐回是否有所不满，她也不屑把精力放在背后说人是非上。

她早已习惯了对岳冷澜毫无保留的信赖，既然她把棠当作朋友，无法做到对棠的悲惨宿命坐视不理，那么眼下把这件事告诉岳冷澜一定是最好的选择。除了他，她想不出第二个可能会有办法的人，他一直都是她的骄傲。

但岳冷澜这一次久久没有说话，他的静默让离睢不由得有些发慌。

"你怎么一点儿都不意外？难道你早就知道了吗？"她愣愣地道。

"我不是神仙。"他十分无奈，"你瞧不出吗？我在吃醋。"

"好端端的，吃什么飞醋？"

"一整天了，你嘴上片刻不离顾言棠，你为她受伤流血，还抱她抱了一路。"明明是在抱怨，偏偏他还是一贯淡漠从容的口吻，离睢"扑哧”一声，笑得前仰后合，觉得今天的岳泠澜简直可爱死了。

“这都能让你吃醋？棠是个女孩子！而且明眼人都瞧得出，她和阿夜才是一对。”

岳泠澜不吱声，还是一副郁郁的表情。

离雎没办法，绕到他背后，伸手揽住他的脖子道：“好啦，顶多下回，我也为你受伤流血，好不好？”

他立马赏了她一记眼刀：“乌鸦嘴，还嫌自己身上大伤小伤不够多是不是？”

她吐吐舌头：“那我下回也抱你抱一路？”

“敢情我跟她的待遇是一样的？”

还能不能哄好了？

离雎很无奈：“谁也不能让我撒手，你赶我，我也抱着你不撒手，这总行了吧？”

他轻哼一声，表示放过她。

“来说正事吧，”她摇着他的脖子，“棠是天匿族人，这已是八九不离十了，那我们是不是应该先把这件事告诉她，让她有个心理准备？”

“你又多此一举。”

“哎，你这话是什么意思？难道她已经知道自己是天匿族人了？”

“顾言棠不一定知道她自己是天匿族人，但她一定知道自己不是普通人。”岳泠澜摩挲着她的手背，“你刚才说，你觉得很奇怪，为什么和她相处了这么多天，你都没发现她没有影子，对不对？”

“对啊！”

“那是因为，在我们和她相处的时候，她确实是有影子的。”

离雎傻眼：“同一个人，怎么能一会儿有影子一会儿又没有呢？”

“这就要问你了，顾言棠平日里和今天有什么不同？”岳泠澜淡淡瞥她一眼，提示道，“想想她的装束。”

离雎被他一语惊醒：“衣服！往常总见她穿着红衣，可今天她那身红衣被霁霏换下了！”

是了，再联系汐回所说的，她第一次怀疑棠，发现棠没有影子之时，棠身上只有寝衣，同样没有穿那件红衣！

“怪不得你说她一定知道自己和常人不同，否则她不会日日不忘她的红衣，都不换上一换。虽然我们谁都不知道她那件红衣为何如此神奇，但可以肯定的是，棠正是以此掩饰她的异样。”离雎完全想明白了，一脸崇拜地看着岳泠澜，“小山，你好聪明！什么事都难不倒你！”

“被你衬托的而已。”

没有对比就没有伤害。

离雎对他的挖苦浑不在意，只激动地反握住他的手道：“你向来厉害，那是不是也有办法化解天匿族早夭的命运？我们就帮棠一把吧，她正是大好的年华，应该过丰盛的一生。”

岳泠澜皱了皱眉，他瞥她一眼，见她兴奋着，满眼都是诚挚。他知道，她是真心想帮顾言棠，可就因为这样，他也越发心疼她。她的臂上旧伤未愈就又添新伤，但她显然一点儿都不在意。他没有说，她大概也不会知道，倘若顾言棠不是她的朋友，就冲她臂上这些新渗出来的鲜血，他一定会杀了顾言棠。

他撸起她的袖子，继续为她上药：“也没见你对自己的事这般上心。”

离雎傻笑着，似乎还在等他一个回答，他没办法，捏了捏她的鼻子：“你的小山也只是个普通人，哪里会懂这些玄秘之事呢？”

如果他真的像她以为的那样厉害，就不会在数年前弄丢她，更不会时至今日依然找不到方法根治她的病症。

见他的注意力全部集中在她的伤口上，离雎晃了晃胳膊：“你别太紧张啦，我又不是纸糊的。”

他按住她，用眼神警告她不许乱动：“瞧瞧你的衣服，从后面破到前面，还说自己不是纸糊的？”

“你干吗总见缝插针地跟我唱反调？”离雎狠狠瞪他。

“别瞪了，一会儿去换件新的，之前不是陪你买了许多衣服吗？这一件扔了便是。”

“那可不成，”离睢低头小声道，“我第一次在崖上见到你时，身上穿的就是这件衣服。对我来说，它是有纪念意义的，可不能随意丢弃。”

岳泠澜失笑：“既然你舍不得，那便不扔了，回头让暮雨把裂口缝起来。”

不知是谁先意识到了气氛不对，两个人脸上的笑容齐齐消失了。

这是自暮雨去世后，许多天里，岳泠澜第一次提到她。在他潜藏的意识里，她大抵从未真正离开过，因此当她的名字再次无比自然地出现时，他和离睢都感受到从心底迸发出的钝疼。

“小玉钩，”他轻轻道，“为什么暮雨死的时候，我都没有像现在这样难受？是我太后知后觉，还是……我根本就是冷血？”

他眉宇间的落寞和无助刺痛了她，她靠向他，抚抚他的肩：“都不是，你很好，没有人会比你更好。你觉得现在更难受，这是因为伤口在刚划开的时候，往往不是最疼的，一遍遍去碰它的时候才疼。”

他又沉默了一会儿，点头道：“你对。”

他是经历过经年不愈的伤痛的，他知道离睢描述的是一种怎样噬心透骨的痛楚。当年，她离开他，他激动、愤怒、疯狂，但他并没有哭。可当他回到枕菡榭，遥遥望见月生楼紧闭的帘子时，恐惧几乎将他彻底淹没。

他奔上月生楼，将每一处帘子都拉起来，仿佛只要他这样做了，那些帘子下面，便会出现一个戴着青山玉坠的小女孩，聚精会神地趴在窗边，等着春天的燕子。

每一天，他都不厌其烦地把月生楼维持着她在时的样子。他自欺欺人惯了，可有一次，当他无意中撞见一队浩浩荡荡向着源依殿行进的人马时，他拼命构建的支撑着他不倒下的幻影在一瞬间土崩瓦解。因为他从那些人托着的一个个玉盘里，窥见了当年大极最时新的华服。

他们是来向观音进献华裳美服的。往年，岳泠澜会特意要求他们把离睢喜欢的式样留到最后，这一回，他也不例外地发现行列最末的人手上，托着离睢可能会心仪的衣服。

可是这一次，她却再也不会突然从他背后跳出来，抱着他的腰撒娇，更不会一件件地试给他看，问他哪一件最好看了。

就是在这一刻，岳泠澜意识到，她是真的离开他了。那个晚上，素来冷静到可怕地步的少年回忆着诸如此类的点滴小事，在碧海青天哭得不能自已。

"泠哥哥？"她在轻声唤他，她大概不知道，每回她担心他，喊他"泠哥哥"的时候，尾音都会很缠绵地拖长，在过去的许多年里，他就是靠着一遍遍回想她喊他时的神态和声音，日复一日地熬过来的。

"暮雨的事，是意外，我们谁也不知道她会跟着长离三劫出来，更不知道冷折鸢会突然出现，下这样的死手。"她以为他还在为暮雨的事自责，接着安慰道，"已经发生的事，谁也无法挽回，可你不是说了，会想办法替她报仇的吗？你一定能做到的。"

如果这世上真有人愿意为一个小丫鬟向一个大派报仇雪恨，她相信那个人只会是岳泠澜，也只有他能够做到。那天，当她问他暮雨在临死之际是不是真的没有留下一句遗言时，他没有正面回答她，她便懂了。她不再寻根究底，她知道自己有时自作聪明又容易冲动，知晓一切未必是好事，他不把答案告诉她，也定是有他自己的考量。

这个男人，习惯把所有的事情都一个人扛了，正因如此，她越亲近他，就越心疼他。

"小玉钩，你别太高看我，我也不过是个凡夫俗子，会愧疚，会后悔，会忍不住去想，如果当初，暮雨没有瞒着我她和涧花的事，如果那晚，我多交代她一句，结局会不会不一样？"

离睢想了想，认真地回答他："没有如果。暮雨是个太好的姑娘，从来都只是为别人想，所以她依然会为涧花隐瞒，依然会为你赴汤蹈火。

可我不一样……"

她笑得狡黠："我比暮雨自私多了，一遇到自己解决不了的事，第一反应就是来找你撑腰，你甩都甩不掉我。"

见岳泠澜被她成功逗乐了，离睢松了一口气，神情也严肃起来："别人会如何做，我不能保证，但我绝不会对你有一丝一毫的隐瞒。"

她说得诚恳，岳泠澜的目光却忽然有些闪躲。

离睢笑了，她知道他心里藏了很多事，出于种种她不清楚的原因，这些事，他无法立刻全盘告诉她。若是放在从前，她一定会打破砂锅问到底，可是现在，在和他经历了这么多事之后，她已经不再执着于此了。

她把头轻轻靠在他的膝上："你不必也如此。小山，我坦诚待你，是我自己的选择，你只要像现在这般，愿意让我依靠便好，我对你，别无所求。"

这一天过得很快，当汐回走到莲池边坐下的时候，夜幕已经降临。

她心里很不痛快，短短一天，她便连碰了两个钉子。先是离睢，好心没好报，莫名其妙地冲她发了一通火，再是夜明生，她回去的时候，棠不见了，这和她有什么关系？夜明生不是一向对她敬若神明的吗？他竟然会怪她没有照看好棠？她试着提醒他，棠可能与寻常人不同，这还不是为他着想吗？谁都看得出棠喜欢他，早点让他看清棠的真实身份不好吗？

可他是怎么回应她的善意提醒的？他忽地扬起声音打断她："棠若不是常人，难道会是精怪？汐姑娘，世间万物皆有法则，即便真有精怪，不到万不得已，又怎会现身人前，打乱这万物之衡？请不要这样说棠！"

真是一摊烂账。汐回摇摇头，往池子里又飞了颗水漂。

一圈，两圈，三圈……数到水面漾起的第三百道涟漪时，汐回直起腰，轻轻按了按因为长时间的蜷身蹲坐而又酸又麻的膝盖。

天怎么还没亮呢？她想，随即又笑了笑，夜色初临，她也不过刚吃了晚饭，竟然就开始盼着天亮了。

其实，她只是不想回去。回去做什么呢？她的心这么乱，被离雎窥破她深藏心底的贪念，被夜明生当面呵斥，她真想尽快见到清晨的第一缕阳光，好让她舒舒服服地呼出口气。

“汐姑娘！”夜明生的声音冲破了窸窸窣窣的虫鸣鸟叫，汐回还没来得及回过神，便见这锦衣环身的公子哥儿扎扎实实地堵在她跟前。

“原来你在这儿，让我好找。”夜明生朝她挤挤眼睛，大咧咧地在她身边坐下。

汐回也没有刻意避嫌，只第一次仔细打量了这个少年，虽然从头到脚都是一副纨绔的模样，可他的贵气和傲气同样与生俱来。

“你找我做什么？”汐回柔声问道，这夜长得很，有个人有一搭没一搭地说说话，挺好。

“我不是因为棠……”他突然放轻声音，脑袋凑过来认真又小心地说，“因为那个坏丫头的事儿，对汐姑娘你态度不好吗？后来我深刻地做了检讨，想和你道歉来着……”

“说实话。”汐回并没有被他糊弄住，转头又打了个漂亮的水漂。

“后来我找到棠了，她竟然一声不吭地跑去看云楂，害我白担心一场，他们两个人手拉着手眼泪汪汪地说着话，见到我就像见了外人似的立马闭了嘴，真是好没趣。我一想到刚才为了她冲撞了你，简直悔得想撞墙。我也不知自己着了什么魔，跑去你房间，我只想看你在不在，好不好，可你房间里也没人啊，所以我就……”

“所以你就满别苑地找。”汐回转过头，朝他浅浅一笑，“谢谢你，很久没人这样关心我了。”

夜明生怔了怔，他见汐回理了理鬓发，水光掩映下，她的眉眼里似乎含着一缕轻愁，就和最初在碧海青天遇见她时一样。和离雎或者阿筝相比，汐回的容貌并不算多出众，可对夜明生来说却有着独特的吸引力。因为她周身上下总是时刻围绕着和今晚一样朦胧的愁绪，这为她从不张扬的美丽平添了一抹圣洁的色彩。

他讷讷地道："很久？怎么会？汐姑娘这么好……"

不知道为什么，他不敢看她，好像多瞧她一眼便是亵渎神灵似的，他只能垂下眸，兜着手指，试图缓解心底的紧张。

"真的，很久了。自从……姐姐不在了。"汐回的声音很低，最后几个字甚至像是碎在空气里一般，可夜明生每一个字都听清了。

他素来机敏，能说会道，和谁都能打成一片，自入了慕颜洲，他便仗着自己自来熟的本事，把慕颜洲门人的逸闻打听了个遍，当然，除了某少主的事儿。毕竟，夜小少爷好不容易从刽子手的刀下死里逃生，还想多活两年。

"我听说，汐姑娘有两位姐姐，都是你的骨肉至亲，和你一起被洲主收为入室弟子。可如果我没猜错，汐姑娘现在提及的'姐姐'，应该是挽溯姑娘？"他听碎嘴的丫鬟嬷嬷们提过，汐回和大姐挽溯感情甚好，和二姐菱潭的关系却一直十分冷淡，后来，因为柳非暮，汐回更是替挽溯多恨上了菱潭一分。如今挽溯已死，菱潭失踪，汐回怀念的，自然是挽溯无疑了。

"我只认挽溯一个姐姐。"汐回咬唇道，"菱潭她不配和我们做姐妹。"她鲜少如此直白地表露自己的喜恶，如今在夜明生面前，她竟然没有遮掩，这事实让她话刚说出口就愣了一下。

但她还是接着说了下去："我和挽溯一母同胞，菱潭不是。我其实一直都想不明白，小时候，家里穷得揭不开锅，母亲养我和姐姐都很吃力，为何还要收养菱潭。她来我们家的时候，已经是懂事的年纪，我原本以为她真的同她表现的那样，温和知礼，处处为别人着想，后来才知道，是我太天真。"

谨和二十四年，大极暴发了一场祸延全国的饥荒，西至暮雨的原籍故玉，东至汐回的家乡荔陵，饿殍遍地，赤地千里。汐回姐妹二人的父亲早逝，母亲含辛茹苦地养大女儿们，早已是积劳成疾，饥荒暴发后没多久，她便去世了。祸不单行，彼时汐回年幼，哪里挨得住饿？病得天天卧床不起，日渐虚弱下去，家中的重担便落到了挽溯和菱潭身上。

汐回记得很清楚，那段时间，挽溯她们起早贪黑，为了换取一丁点儿口粮，什么脏活累活都抢着揽，好不容易才攒了一袋干粮馒头，精打细算地每天分吃一个。其实回想起来，如果不是经历了之后的背叛，那真是一段姐妹情深的好时光。

饥荒似乎没有尽头，汐回的病也一直没有起色。在一个清晨，挽溯和往常一样给妹妹们分馒头的时候，发现那最后一个馒头不见了，一起不见的，还有菱潭。

“毕竟不是亲姐妹，她若只是耐不住辛苦抛弃了我们，我虽伤心，还不至于记恨她。”汐回深吸一口气，“可她为什么连最后一口干粮都不给我们留下？哪怕只留下一点儿也好啊！她做得这样绝，在那个时候，分明是亲手把我们送上死路！”

“是不是有什么误会？”夜明生听得咋舌。

“我比你更希望那只是个误会，可后来我才知道，和她做姐妹才是天大的误会。”汐回默了默，终于忍不住恨声道，“后来我和姐姐有幸被师父所救，这才摆脱了活活饿死的命运。在去往慕颜洲的途中，我们看见菱潭晕倒在路边，手上还紧紧捏着那个馒头，事实摆在眼前，你说，这还能有什么误会？”

夜明生挠了挠头，小心翼翼地问：“可是，如果菱潭姑娘真的如此狠心，那为什么她都饿晕了，还不肯吃那个馒头呢？”

汐回一愣：“许是她良心发现，想到了我和姐姐，所以才没有吃。”

“可她偷都偷了，又怎么会突然记起被她抛弃的姐妹呢？”

“你不必替她找借口了！”汐回冷声打断他，“若此事真有隐情，为什么之后这么多年，她只字不提，对我和姐姐却比从前还要迁就？她分明就是做贼心虚！”

夜明生见汐回认定了菱潭品行不端，不敢再提出异议，只岔了话题道："她的心性既如此卑劣，为何之后还能和你们一起在洲主座下学武？"

"是姐姐怜悯她，又顾念姐妹一场，于是央师父救了她。"汐回的眼底聚起越来越浓的恨意，"可她却恩将仇报，抢了我姐姐的心上人。"

在汐回的印象中，挽溯的一生所求并不多，但到头来，却是件件落空。她明明占了先机，比菱潭先遇见柳非暮，也更早地引起了柳非暮的注意，可菱潭不过误打误撞，见柳非暮被毒簪所伤，碰巧救下，就轻轻松松地把他夺走了。

挽溯一直是极其英朗坚毅的女子，遇上此事后，别说仇视菱潭了，连抱怨都不曾有过。可汐回知道，挽溯心头必定宛如刀割，不然她的房间里，不会总是在半夜三更传出凄苦又压抑的呜咽声。

伤心到极致的哭泣和爱情一样，都是无法用意念制止的。

在菱潭和柳非暮如胶似漆之时，曾经在柳非暮手下吃过苦头的各路狗熊不知中了什么邪，齐齐联合，矛头直指柳非暮的性命。他们显然都是有备而来，背后也必定有人煞费苦心地算尽了机关，非要让柳非暮蜕一层皮不可。

柳非暮尚未有所回应，菱潭就先熬不住了，她不留一词，灌醉柳非暮，独自离开寒潭。

汐回虽不知晓菱潭究竟去了何处，为何一夜之间不知所终，但因为有前车之鉴，对菱潭一遇上事就拍拍屁股走人的作风早已见怪不怪。唯一让她有些想不通的是，自菱潭失踪的那天到如今，已有近一年时间，她无颜见柳非暮便罢，为何连慕颜洲都不回？

不过，汐回素来不喜菱潭，便也懒得深究她的去向。

在柳非暮最艰难的日子里，是挽溯天天陪在他身边，助他对敌，同他一起昼夜不分地寻找菱潭，更在数月前柳家仇人的一次联合偷袭中，为柳非暮挡下致命的一剑，香消玉殒。

汐回一生当中最大的遗憾便是没能见上挽溯最后一面。

汐回记得很清楚，柳非暮只身前来慕颜洲报送挽溯死讯的那一日，天空阴沉得可怕，他不躲不避，被岳泠澜生生打断两根肋骨时，大雨一泻而下。柳非暮摔进泥泞里，湿发密密地贴在额前，平日里满是风流神采的一双眼一团死寂。

当时，汐回疯了一般冲上去，抓着他的衣襟歇斯底里地问他，挽溯可曾留下什么遗言。

他似乎有些茫然地回望她，过了许久，才低低道："她问我，若有来世，是不是能好好爱她。"

想到这儿，汐回捂住双眼，哽咽道："阿夜，你知道柳非暮是怎么回答她的吗？他说，'不，便是来生，我也许了菱潭……'他和菱潭果然应该是一对，他们一样自私，一样铁石心肠。我姐姐都快死了，他都不肯哄哄她，让她走得安心。"

在夜明生的眼里，汐回从来都是水做的女子，可当她真正在他面前落了泪，他只觉得心如刀绞。她是他奉为神灵的人，他不愿见到她掉一滴泪，他很想安慰她，可又不知该如何安慰。

他其实想说，他觉得柳非暮并没有错。爱便是爱，不爱便是不爱，就算挽溯快死了，柳非暮对她的怜惜和愧疚也不会因此转化为爱意。这个男子，虽然看上去心狠，可他不愿给挽溯空渺的希望，不愿哄骗她，究其原因，正是他在意挽溯，视她为友，尽管这种在意并不是挽溯想要的那一种。

汐回还在哭，夜明生想起她提起挽溯时那副骄傲又脆弱的神情，心底泛起钝钝的疼，他一时脑热，半蹲下来握住汐回的手："挽溯姑娘必定是和汐姑娘一般温柔贤淑的女子，攒了一辈子的福报，来世会平安喜乐的。"

汐回一激灵，夜明生的手很温暖，她心下知道男女授受不亲，却不知怎的贪恋起这片刻的安心来，不愿再故作矜持。

她没有抽回手，只定定地望着他："阿夜，你知道吗？柳非暮这个浑蛋，非但带累了我姐姐，还一把火烧了她的尸骨。如若在我姐姐新亡时，他便将她送回来，我一定有办法好好保存她的身体，让她容颜宛生。即便她断了七处经脉，即便那把剑淬了剧毒，使她的身体迅速衰败腐烂……柳非暮没本事保全她的尸骨，不代表我也没本事！只要他把姐姐还给我……”

月光渐盛，她终于泣不成声：“既然日后定要伤她负她，躲她弃她，那从前为什么又要去招惹她？你说，他凭什么？”

清风拂过，落花无声而下，夜明生抬手拂去粘在她鬓边的花瓣，轻声道：“大概，是凭你姐姐喜欢他吧。”

汐回苦苦一笑，点了点头：“你说得对，谁喜欢，谁输。”

她沉默了很久，久到夜明生都要以为她不会再开口了。他蹲得膝盖发麻，刚想站起来，却连着身子都晃了一晃。忽然，膝上一热，夜明生脑袋一空，因为汐回扶住了他，她的气息离他那么近，他几乎就要醉了。

“阿夜，”她的眼神有一丝迷惘，“你说，是不是世上的男子都这样，见一个爱一个，还通通有眼无珠？就像柳非暮，我姐姐对他那么好，他半点儿都不珍惜，菱潭贪生怕死，在他最需要她的时候弃他而去，他却把她视若瑰宝？还有师兄，先前我一直不敢说，现在想想，我有什么好怕的？师兄不也一样吗？阿筝为他做了那么多，可他将她弃如敝屣，月姐姐成天病歪歪的只知道拖累他，可他还是宝贝得不得了……”

说这话时，汐回整个人都几乎挂在他身上，四肢和她的声音一样软绵绵的。夜明生的脸红到了耳朵根，这是他梦寐以求的情景，可他又不敢真正亲密地触碰她。他的手绕到汐回的长发之后，顿了顿，他没有揽住汐回，而是直接往自己的胳膊上狠狠掐了一把。

疼痛使他立刻清醒过来，再次看向汐回时，他发现了她的异样，她双目失神，额头滚烫，两颊发红，怕是因着心中难受，又受了风吹，染了风寒。如若不是这样，她又怎会说出这般令人心疼的话，怎会主动扶他，和他如此近距离地接触？

夜明生结结巴巴地喊了汐回几声，见她没什么反应，以为她此时已经听不进周围的声音了，便大着胆子道："不是每个男人都这样的，汐姑娘，至少我不这样，若我真的喜欢上一个人，一定一心一意地对她。"

"阿夜，你真好。"汐回眯了眼，温温柔柔地对着他笑。紧接着，她伸出双臂，主动抱住他，她的唇擦过他的额角，在他的脸颊上，浅浅地停了一下。

汐回她……她抱了我！她甚至还亲了我！夜明生的脑子都快被她突如其来的举动弄蒙了，要知道这种待遇，他平时可是连做梦都不敢想的啊！

他咽了口唾沫，等着额上因激动而起的薄汗散去，可没等他成功压下心头的火，就紧接着又出了一身冷汗。

因为棠不知什么时候竟出现在院子的另一端，红衣婀娜，眉宇成川，正无声地注视着他。为什么她这样安静，没有发出一点儿声响，他连她的脚步声都不曾听到，却能清楚地感知到，她来了？她不用开口，他就似乎已经听到她的心轻微又不可逆转的碎裂声。

夜明生当下的第一反应便是推开汐回，可刚触到她柔若无骨的手时，她神情恍惚地看了他一眼，双腿一软倒了下来。夜明生吃了一惊，幸亏他反应快，这才堪堪扶住她，见她还是一副意识不清的样子，整个人东倒西歪的，他再不忍心推开她，只得双手稳住她的身形，无奈地望向棠。

棠轻轻"哼"了一声，这是她迄今为止发出的第一音。她没有犹豫，大步朝他俩走来，直截了当地掰开夜明生扣在汐回腰际的手，将汐回一把甩出去。

棠本就高挑，力气又大，汐回踉跄了一下，还是没能站稳，晃了晃便摔在地上。

夜明生脑中嗡鸣，下意识地要去扶汐回，脸上却猛地迎来一记钝痛。他捂着脸，呆呆地看着地上碎成两截的金丝玉镯，一时间连呼吸都忘却了，更别提再去管汐回了。

就在这当口，汐回自己爬了起来，站在夜明生背后，她的眼里已是一片清明。

夜明生没有看她，也没有看棠，他怔怔地盯着那副镯子许久，渐渐涨红了脸："顾言棠，你太过分了！打小就这样粗鲁，你能不能有点儿女孩儿的样子？汐姑娘哪里得罪你了，让你这样对她？"

他色厉内荏的模样并没能让棠犯怵，她继续嗤之以鼻，指着汐回道："没错，我粗鲁无状，你瞧，现在我还用手指着人家好姑娘呢，哪个有家教的女孩儿会像我这样？我有娘生没爹教，夜明生你不是最清楚的吗？怎么从前你就不这样说呢？还有，我顾言棠再没教养，也知道别人的东西再喜欢也不能碰，可这位好姑娘怕是不知道呢！"

"棠，你一定是误会了，我刚才只是心情不太好，所以……"汐回满眼都是歉意。

"所以你就突然软了腿，只能往别人未婚夫身上靠。"棠笑着打断她，眼角却慢慢沁出了泪，她也低头去看那双镯子，轻轻道，"阿珠，对不住，你不许我说我们是未婚夫妻，我现在还是忍不住说了。我一直在骗自己，你不肯承认我们的关系，是因为你还在记恨当日我没有去刑场送你的事情，即便你知道那并非我的本意，可你的心结还是解不开，我能理解的。但是如今，我真的骗不下去了。你不愿告诉别人我们的关系，只是因为你另有了心上人。"

她站得笔直，声音却在发抖："我从不勉强人，更不会去争抢别人的东西，哪怕今天，你喜欢的这个女子夺取了我最心爱的，我也不会做出和她一样的事。现下，玉镯已碎，你我的婚约就此作罢，从今以后，我绝不再纠缠你。阿珠，我不愿成全你与别的女子，但我还是希望，你能真正幸福快乐。"

她终于完完整整地将这些话说完。她再不想待在这儿，再不想见到他俩。她觉得她必须得走了，立刻就走，否则她怕她会控制不住自己，像个泼妇一样撕打他们，她更怕她再停留一会儿，她用骄傲和自尊勉强克制的满腹委屈就会穿过她心上的每一条裂缝，痛得她连如何站立都忘记。可夜明生为什么还要突然扯住她的衣角，不让她走呢？

“这是做什么呢？”她淡淡瞥向夜明生通红的眼，“此生无缘做夜家的儿媳，是我辜负了伯母的厚爱，可我并没有辜负你。”

所以，不必摆出一副痛彻心扉的面孔，我看了，只会觉得恶心。

夜明生一言不发，手指更紧地攥住棠的衣服，棠正不知该如何破除这僵局，只听身后传来汐回怯怯的声音：“阿夜，我的脚好像崴了。”

不出所料，夜明生的手松了松。

棠轻声冷笑，在抽回自己衣服的同时，狠狠踢了夜明生的腿肚子一脚。他果然没有防备，狼狈地半跪在地上。

“一个崴了脚，一个折了腿，般配。”她笑着，不再看他，直到离开他二人的视线时，她都没让自己眼角的泪滴落。

她以为她是成功的，可当她跑到空无一人的院子里，发现夜明生真的没有追过来的时候，她觉得自己是这样失败。十余年的青梅竹马，敌不过他这短短数月的怦然心动。只要一想到他平日里看汐回的眼神，想象着他将会怎样照顾“崴了脚”的她，棠就痛得心头抽搐。

嘴里淌进咸咸的东西，她定了定神，伸手向唇边摸去。她太笨了，忍得这样艰难，最终还是功亏一篑。

她咬住拳头，努力不让自己发出任何哭泣的声音，即便四下无人，她也不愿像只被遗弃的小狗一样茫然无措地原地打转。

院落寂静，除了风吹叶动，还由远及近地传来一些细碎的声音。这声音……像是有人在哭。

棠的牙齿松开拳头，她虽然没出息，可她的确没有再溢出任何哭声。那么，当下，是谁在哭？

如果不是亲眼所见，她死活也想不到，此时哭得喘不上气的人，是离睢。

其实，连离睢自己都不知道，此刻她哭得有多凄惨，因为她正在做梦。今晨在丢掉游魄珠的那一刻，那道同时出现的诡异白光正高悬于她的整个梦境之中，而从白光深处渐渐显现出的，是十渡的轮廓。她高高在上地端坐着，冰着张脸，咬牙切齿地重复："岳泠澜一直都在骗你，只有师父一心为你好。你是我的徒弟，是望舒，不是离雎，真正的离雎早就死了，你不过是个替身。"

一声一声，犹如魔音贯耳。离雎听不懂十渡说的话，可身体已经率先做出反应，在梦中，她浑身凉透，拔腿就跑。

她没能跑出去，因为她面前突然现出了千百个十渡，或嘲讽，或严肃，或狰狞，或慈祥，每一个，都拦住她的去路。

"求您放过我，我不明白您说的是什么，我也不想听。"她哀求道，梦中的她，远比现实中脆弱。

十渡意味深长地笑了笑，千百个姿态各异的影像骤然消失，可那道白光却更亮了。

"既然不想听，那便看吧。"十渡的声音自空中传来。

新的梦境不容她拒绝，她仿佛一下子跌进一个巨大的山谷，天幕低垂，宛若一整块晶莹剔透的青色琉璃，身侧碧波荡漾着的，是一片宽阔得几乎可以和大海媲美的湖水。

岳泠澜曾和她提起过，他们幼时最爱的去处——碧海青天。

可她无暇去欣赏这些绝美的景色，因为偌大的天地间，只有她一个人孤寂的身影。

她漫无目的地奔跑在这空旷的陌生地带，唯一陪伴她的，是她粗重的呼吸声。蓦地，狂风大作，天空似乎一下子砸了下来，四周迅速被黑暗侵袭，离雎停了下来，因为有什么东西飘摇而至，擦着她的脸颊缓缓落下。

一张，两张……她伸出手抓住，可又迅速战栗着放开了。

那些东西……竟是纸钱……

她无比惊恐地看着洒落一地的纸钱，向着反方向拔足狂奔，她也不知自己是哪里来的这许多力气，只知道她必须逃离这里，不然她一定会被这些诡异的景象吞噬。

一簇簇萤火幽幽地闪进她的视线，她睁大了眼，看见前方似乎蹲坐着一个人，墨发飞扬，白衣如云，有冷香自他的方向缓缓传来。

是岳冷澜！她抓住了救命的稻草般，狂喜着朝他奔去……

等等，他为什么掬起了一抔黄土？

他的面前，似乎躺了一个人！

“小山？”她试着喊他，可他像是听不见一般，径自松开手指，让那些黄土尽数覆在那人身上。

一步，两步……她竖着浑身的汗毛，慢慢走近他。

等看清地上躺着的人，她的惊惧也到达了顶点。

那人不是别人，正是她自己！准确地说，那人有着和离睢一模一样的脸，而岳冷澜，正在亲手埋葬她！

离睢尖叫着从梦中惊醒，四面一片漆黑，她颤抖着手摸向床头案边，想把灯点起来，手背却被谁握住了。

是谁？是岳冷澜吗？此时此刻，她多么希望陪在她身边的是他。

她抬起满是冷汗的额，眼前依稀浮出一豆灯火，随即，是棠忧心忡忡的脸。

离睢呼出一口气，也不知是失望多一些，还是庆幸岳冷澜没有瞧见她这副可怖模样多一些。其实，她本就不该如此苛刻地要求他的，他们的房间隔得那么远，入睡前和他作别的时候，她还是好好的，毫无异常的端倪显现。他又不是神，并不能未卜先知，哪里能像那些市井小贩吆喝的话本子里写的一样，怀春少女连打个雷身边都会有个绝世美少年从天而降，还一把搂进怀里柔声安慰的？

棠见离睢半天不说话，满脸都是泪，冷汗还越流越多，害怕得连灯都拿不稳。她大力晃了晃离睢，离睢这才把注意力稍稍移到她身上。

可是，离睢为什么还是没有开口回答她？她都已经问了无数次“你怎么了？有没有事？”

离雎勉强支起昏沉沉的脑袋，可她只能看见棠的唇一张一闭，无法听出任何确切的话语。她只觉得脑子都快要炸开了，那道白光正在里面横冲直撞，无数种嘈杂的声音在同时发出。

一个说：他在骗你，从头至尾都在骗你！

一个说：你以为你是离雎吗？你不过是个替身而已！

“闭嘴！”离雎失声喊道，她抓起床边的茶盏，抬手便往自己头上砸去。

此时的她力气大得惊人，棠吓坏了，手脚并用才夺过那个茶盏，可没等喘上口气，离雎已经抱着脑袋，整个人都缩成一团。见她边抖边哭，下唇都被咬出了血，棠猛然想起了什么，忙掰过离雎的肩膀问道：“你是不是又犯病了？怎么这一次看上去比以往还要凶险？之前我听你跟汐姑娘说起什么天匿族，是不是真的只有天匿族人才能治你的病？离雎，你说话啊，天匿族人怎样才能救你，我……我怎样才能帮你啊？”

离雎当然无法做出任何回答，因为她什么都没有听见，她被梦境死死钳制着，根本无法脱身。

棠见询问无果，试图把她从床上扶下来，可她不但神志不清，手脚也软趴趴的不听使唤，叫人连拖带拽都扶不动。

“你在这儿待着别动，我去找岳公子！”棠见拉不动离雎，便将她重新按回床上，扭头就去找岳泠澜，不想还没跑到院口，就被迎面而来的夜明生撞了个趔趄。

棠很是无言，早不来晚不来，她这会子有急事他倒来添乱。拂落他搭在她臂上的手，棠连个眼白都懒得给他，直直就往院外冲，不料夜明生一把抱住她的大腿，赖在地上不肯走。

棠按住额头，这家伙搞什么？她的个子是生得高了些，但比他还是要差一头的，他要拦就正儿八经地拦，做出这副可怜相，连大腿都抱上了是为哪般。

“我都已经如你所愿和你解除婚约了，你还有什么不满意的？”

“当初指腹为婚的时候，我娘没问过我的意思，今天你说散就散，也完全无视我的意见，我堂堂相府少爷，被你们两个女人弄得一点面子都没有了！我不管，我没同意，你一个人说的不算数！”夜明生原地撒泼。

棠真的很想一脚把他踢开，无奈他此时整个脑袋都紧紧贴在她的腿上，她这一脚若踹出去，他恐怕要破相。秉着一颗坦率实诚的爱美之心，棠忍了忍，蹲了下来。她伸出手，覆在夜明生脑后，温柔地注视着他：“阿珠，你看着我的眼睛。”

夜明生听她语声和软，以为她的气已经消了，便听话地与她对视。

咦，为什么棠今天的眼神特别奇怪呢？带着三分魅惑，三分醉意，还有……后脑像是被针扎了一下，夜明生还没把前因后果想明白，就已经瘫在地上。

他可算松开手了。棠抽回腿，理了理夜明生皱巴巴的衣服，刚才他抱她腿时使了狠劲，上好的锦缎都被地面磨破了。他从小就这样，从不珍惜唾手可得的东西。

她静默了一瞬，起身离开。

岳泠澜的房里灯火通明，却寂然无声，棠站在门外喊了好一会儿，直觉有些不妙，壮着胆子把门推开，竟发现门是虚掩着的，而岳泠澜并不在房中。

大半夜的，他这是去了哪里？他跟离雎怎么一个比一个叫人头疼？

现在怎么办？该去找岳泠澜吗？可她没这个自信能找得到他。回去守着离雎？可她除了干着急什么忙都帮不上啊！

不远处传来“吱呀”一声，棠回过头，望见汐回正站在窗边，面无表情地看着她。

棠笑了笑，她怎么给忘了呢？汐回是医女啊！

她没有多想，朝汐回走去。

她自然不会知道，在她暗自做出一个重大决定的此刻，离雎已越过不省人事的夜明生，奔出了别苑。

月色凄迷，她赤足行在树林里，脚下是尖利的石子，腕上是蜿蜒流下的鲜血。她不是故意跑出来惹人担心的，只是在棠要她待在房里的时候，她残存的理智被迫全部用来对抗脑中的混沌，实在无法听懂棠说的是什么。

在一波波思绪混乱的间隙，她意识到自己是被人控制了神志，因为这一次她的“犯病”和以往完全不同，她十分清醒地目睹了梦中的一切，梦境是那样真实，她甚至可以听到自己从高空坠落到碧海青天之时，周身骨骼碎裂的声音。而当她看见那一方矮矮的黄土垅中那张和自己相同可又枯槁的容颜时，她想要落荒而逃的冲动几乎把她击垮。

于是她逃了，从梦境逃到现实，可还是躲不开那道刺眼刺心的白光。于是她用了一个最笨的办法，来尽可能地让自己的意志不被完全桎梏，那就是疼痛。在这世上，疼痛怕是唯一一件能使人瞬间清醒的东西了。在棠离开后，她砸碎了那个茶盏，将自己的手臂割破。

脑中的一片空茫里，终于涌进一缕能供她呼吸的空气。她是想去找岳泠澜的，可双腿却不由控制地往别苑外走，她觉得自己浑身都痛，又不知道这些痛感源自何处。

她咬着牙，极力拖着自己的步子，试图让自己停下来，可她悲哀地察觉到，一旦她想要慢下来，尖锐得几乎锥心刺骨的疼痛就会在同时迅速侵占她的每一寸经络。

一定是早上霁霏往她手里塞的东西害的，一定是那女子动了什么手脚，她才会变成这样。

离雎望向四周，穿过这片林子，下了山，便是萱城的闹市了，霁霏这样算计她，要她离开别苑，究竟是为了什么?

不对……霁霏并不是要她离开别苑，在梦中，无数个声音重复着同样的话，它们说岳泠澜一直都在骗她，什么真假离雎，什么替身……所以，霁霏真正要她离开的，是岳泠澜。

离雎呼吸一顿，她记得霁霏说，自己是一粟海的人，虽然并不可信，但空穴不来风，霁霏不摆出其他旗号，或许正是因为此事和十渡有关，十渡不是一直都强迫她和岳泠澜分开吗？在梦里，最开始不也是十渡在告诫她吗？

已经行至林子的边缘了，再多走一步，她便要回到没有岳泠澜的世界里，她或许会被牵引着去找十渡，她会被关起来，会被再次打乱记忆，会长长久久地忘记他。

这绝对不行！她还不曾记起和他的往事，这已是令她日夜煎熬的遗憾，她怎么能忍受连她和他的现在都被剥夺？

一想到这儿，她周身的疼痛骤然加剧，蚀骨钻心般，疼得她冷汗直流。月亮悄悄移到她的头顶，她在脚边的一个水洼里看见自己惨白的容颜：没有一丝血色，眉心隐隐发黑。

离雎忽然瞪大双眼，她又不是中了毒，为什么会眉心发黑？

“是织梦术。”她眼前一亮，她找到脱身的办法了！

她一度因为那道白光，认定自己今晚的种种臆想都是霁霏所为，而忽略了梦中频繁出现的十渡。现在她明白了，这根本就是十渡和霁霏的一次合作，那道白光，她不知来自何物，可陷于虚幻、眉心发黑的后遗症，不正是十渡惯用的幻术之一——“织梦术”所致吗？

织梦术可根据施术者的意志，编织出任何幻境，以梦的形式潜入目标的脑中，让人以为这真的只是梦罢了，从而不设防、不排斥。但织梦术通常只能维持短暂时间，且必须由施术者当着目标的面施展才能生效，因此离雎先前从未想到这一层。可现在看来，霁霏塞入她手中的状似珠子的东西，必定是有什么特殊的作用，可以承载织梦术编织的幻境，并无限期地延长它的时间。

脚背一凉，离雎低头，发现是自己臂上的血滴了下来。她从不害人，对自己却一直很狠。

那就……做得更绝一些吧。

她伸出手，捏了一个起势，往日在一粟海的种种如云烟掠过。她想起霁霏说的，她连武功都是拜一粟海所赐，又怎能和一粟海划清界限？

怎么不能？一粟海曾予她的，她尽数还回去便是了。霁霏的计划再周密，也必定算漏了一点，那就是她对岳冷澜的信任和爱。

织梦术固然厉害，可一粟海的幻术都有一个同样的缺陷，那便是无法对不通武艺的人起效。霁霏无论如何也不会想到，被逼至绝境之时，她会选择果断放弃。

天下浩瀚，人这一生能遇见的、能抓住的东西何其多，还有什么是放不下的？这一身武功，今日便自行废去，又有什么值得可惜的？

她不能放弃的，唯岳冷澜一人而已。

凌晨时分，月隐云遁，天光乍破的同时，林中响起一声尖利的痛呼。

离睢疼得浑身发抖，脑中是雷鸣似的轰响，幸好，这里没有别人，她可以不必再隐忍，痛了，便大声喊出来。现下，她修为已散，整个人都轻飘飘的。待确定了那道白光和十渡的织梦术同时失去作用之后，她头重脚轻地往回走，虽然浑身都已被冷汗湿透，可她觉得自己从来都没有这样轻松过。

她深一脚浅一脚，跌跌撞撞地强撑着力气走了一段路，耳朵里终于断断续续地能听见些声音了。

她定定神，努力想要辨认那是人声还是风声，却看见远处似乎隐隐出现一个白点。她想要看清，可才盯着那处看了一瞬，便觉得眼前一黑，生生栽了下去。

嗯？为什么这地面一点儿都不坚硬呢？软软的，暖暖的，还有淡淡的香气……

“小玉钩！”还会有谁这样叫她？是他来了吗？这一次，还是在做梦吗？

离睢想要抬头，可她浑身虚脱，一丁点儿力气都使不出来。

“小玉钩，是我，我是小山！”岳冷澜极少外露他的焦急，仅有的几次，每一次都是为了她。他飞奔过来的时候，大脑连思考的时间都没有，这才能在她摔倒之前赶到。此刻，他几乎整个人都跪在地上，支撑住她的身体，好让她不至于摔进泥土里。

“没力气便不要动，知道是我来了就好。”他揽紧她，一下一下顺着她绷直了的脊背。

过了好一会儿，他感觉到手下的人总算卸了劲，这才敢松开她一些，换了个姿势将她拥住。

“还疼不疼？”

“不疼了，”她伸出汗津津的手，戳戳他已经皱成“川”字的眉头，“你别担心，都疼过头了。”

他简直哭笑不得，她倒还真是会安慰人，这样一说，岂不是叫他更担心？

“大晚上的不睡觉，跑这里来做什么呢？”他拨开她汗湿的额发，贴着她的脸问，“梨约不是带在身边的吗？怎么还会犯病？”

因着她以往犯病，都是立时失去力气，举步维艰，根本不可能走出这许多路，所以他必定以为她是到这里之后才突然发病的。

“因为这次我并不是发病了。”她有点儿难为情地把前因后果跟他说了，忐忑地瞄他一眼，“是我傻，思想被控制之后才知道霁霏做了些什么。你尽管嘲笑我吧，我做好准备了。”

说着，她闭上了眼。

岳泠澜的唇角抽了抽，好好的她闭什么眼啊？不知道的还以为她是想要他吻她，若不是现在的情形不适合调情，他并不介意在这荒郊野外如她所愿。

他弹了一下她的眼尾：“这有什么好嘲笑的？连我都没有发现的事，怎么能苛求你知道？”

离睢撇撇嘴，言下之意，不就是在说聪明如他都做不到的事，她就更不可能做到了。

“你怎么无时无刻不在臭美？”她白他一眼。

有回嘴的精神了，看来他暂时可以放心些。

可是，一见她光着双脚，身上又处处都是伤痕，他的胸腔不由得又是一阵闷痛。虽说汐回那边有上好的点痕露，可以祛除这些疤痕，可她经历过的伤痛却是怎样的灵丹妙药都无法抹去的。

就在岳泠澜失神的当口，离睢攀上他的臂想要站起来，他本能地扶住她，刚想挤对她几句诸如“鞋子都没有还敢逞强”之类的话，脸色却突然沉了下来。

他虽不精医术，但这么些天的医书啃下来，哪怕是囫囵吞枣也已经懂得不少病症了。她手脚疲软无力，周身经络淤塞，几处大穴都受到了猛烈的冲击，并不像是小伤。

“你做了什么，才恢复神志的？”他哑着声音问她，额头“突突”地跳。他已猜到大半，可还是不愿往这最坏的地方想。

可他的小姑娘虚弱地笑了笑，语气倒很是轻描淡写：“我自废了修为，她们再也不能强迫我了。”

他的心狠狠一抽，痛得说不出话来。自废修为对她的身体是极大的损耗，无论她日后多努力，只怕都无法回到之前的状态了。

“我以后要真成了手无缚鸡之力的弱女子，少主会不会嫌弃我这个废人呀？”她竟还有心思跟他开玩笑。

“会。”他知道她此时最想听他说些肉麻话，可他偏不让她得逞，“我的女人，自然要有能力和我并肩。”

否则，一旦他不在她身边，她该如何自保呢？他虽想时时刻刻与她在一起，但他绝不能忽视她独自一人时，任何遇到危险的可能。

“不怕，一粟海哪有我们慕颜洲本事大？等你的身子将养好了，由我来教你。”他转过身，托住她的膝弯，背起她往来时路走去。

离睢乐了，她被他抱过很多次，但由他背着还是她印象中的头一遭呢。

“你教我？那我岂不是还要叫你师父？你可真会占便宜。”她一面逗他，一面把头轻轻靠在他的背上，她原本就很累了，此刻内心甜蜜，更是想要立即睡去。相较于他的肩膀和怀抱，他的背并不宽阔，也不温暖，甚至有些瘦削寒凉，可她觉得他就该是这样的，宽肩窄腰，清冷出尘，连骨头都是锋利的。他是千万人只可远观不可企及的人中仙，却是她专属的心上人。

“跟我说说，在那个‘梦’里，你都看见了些什么？”他怕她无聊，有一搭没一搭地和她说着话。

她陡然惊醒，想了想，没有正面回答他：“你听说过‘复刻’吗？”

“听过。”他脚步未乱，声音也没有丝毫异样，“此法太过残忍，早已失传。”

她“嗯”了一声，蹭蹭他的颈窝，他这样说了，她便信了。

“怎么，十渡她们费这许多力气，就让你在梦里见了个复刻者？”他语含嘲弄，“这算是威胁？搬出此等龌龊的禁法，也不想想，这世上谁配复刻我的小玉钩。”

看来，他是真的与此事无关。

她越发笃定，心中的巨石也跟着落了地：“无妨，反正她们对我的蛊惑已经起不了作用了，我再也不会梦见这些莫名其妙的东西。”

她的语气很轻快，可落在岳泠澜耳中，不免又让他想起她都付出了些什么。他偏过头碰了碰她柔软却冰凉的手，没有说话。

觉察到气氛很压抑，离雎打起精神，凑到他耳根上问：“小山，你又是怎么找到这里来的呀？这是不是就叫作心有灵犀？”

她无意中吞吐的气息挠得他从耳根痒到心里，他深吸一口气，没好气地回答：“就凭你的脚力，还赤着脚，能跑多远？别苑外就这么点儿地方。”

她身上的气息，他原本就再熟悉不过，要找到她并不费力。哪里需要心里有什么灵犀呢，有她就够了。

她“嗯”了一声，也不跟他争辩，趴在他背上不说话了。

岳泠澜等了许久，见背上的人没有任何动静，许是真的睡着了，便轻轻将她托了托，让她睡得更安稳些。可他独自在这林中走了不一会儿，就又滋生了想和她说话的欲望。

也是奇了，他素来寡言，从不惧怕独处，旁人问他一百句，他若肯应上一句已是难得的仁慈，可每每和她在一处时，他总觉得有说不完的话，恨不得她像雪语一般，成天叽叽喳喳缠着他从早闹到晚。

“小玉钩？”他试着轻轻唤她。

她似乎低低呓语了句什么，扭过脸继续睡。因她换了个方向，声音又小，岳泠澜竟然没有听清。

他眉峰舒展，无奈地笑了笑：“是你自己选择睡觉的，若是错过了什么要紧的事，等醒了可别赖我。”

回答他的，是她轻得难以辨清的呼吸。

“小玉钩，我知道该怎么根治你的病了。”他背着她继续往前走，若是在以前，他必定不会相信，有朝一日，他竟也会像个痴人一样，自说自话这么久。

离睢的手又一次无意识地垂落，他低了头，蜻蜓点水般吻了一下她的指。她臂上流至腕口的血迹已干，在腕上的一片暗红中，一条金色的细痕显得尤为醒目。

它最初出现在暮雨去世的那一天，离睢的双腿第一次失去知觉，他事后替她检查时，就在她的腕口发现了这条金线，只不过彼时，它的颜色要比现在更浓烈一些。

一开始，他以为这是她染上的什么脏东西，可当他和汐回一起用了无数种方法都不能将它洗去之后，他开始意识到，这大概就是令她双腿麻痹的症结。

早在离睢最初重回他身边的时候，汐回就告诉过他，如今要彻底治好离睢，除了梨约和睆天，还需要一样解药，只是她并不知道这最后一味药究竟是什么。但岳泠澜心里早就有了想法。他曾详细地询问过离睢在一粟海时的生活，不仅是出于对她这几年经历的好奇，更多的，是为了寻找这第三味解药的蛛丝马迹。

据她所言，十渡每每在她发病时，总要她服下赤色青色两种药丸，她便能缓上好一阵，但越到后来，她发病就越频繁，需要服药的时间间隔也就越短，她隐约觉得有上瘾的势头，因此到了后期，宁可自己忍过去，也不愿总是依赖药物。

这样一想，十渡在所谓“救她”的同时，也是在暗自下手害她。一派掌门，对自己的徒弟做出这般令人不齿的勾当，一开始就极尽阴险手段，利用离睢的病将她拴在身边，只要一想到这里，他就恨不得捏碎十渡的骨头。

经过这许多天的遍阅医书，他逐渐将离睢腕口的金线和她长期服用的那两种药丸联系在一起，而就在几个时辰之前，他在一本古籍里找到了最贴近她病情的描述。他发现，这是一类由药物激发，进而顽固控制人体的咒术。因着所知毕竟有限，书上未能指出这具体是哪一种咒术，但那道金线必是十渡所下的咒印无疑。随着时间推移，这金线会越来越淡，当它完全消失时，被施咒者的生命也就走到了尽头。

尽头？离睢的命是他拦在黄泉路上，挡了多少勾魂鬼差千辛万苦才夺回来的，谁敢再一次剜去他心尖上的至宝，敢在他们还未百年偕老的时候，说上一句“尽头”？

愚鲁的世人根本不会想到，一粟海的掌门竟能如此熟练地施展被名门正派视为邪魔外道的咒术，就像十渡也绝对想不到，咒术比其他任何一种手段都让岳泠澜感到心安。

因为，当年他随观音远赴容魄古城，正是因为此城以包罗万象的咒术独步天下。而观音想要学习的那种以香为引的秘术，不过是容魄城种种咒术中的沧海一粟。即便十渡给离睢下的咒术难于登天，容魄城也必有开解之法。

“想到此处，我便忘了已是深夜，你大抵早已入睡，只急着想告诉你，不料你却不在房中，我也不知为何，凭直觉一路寻来，竟真寻到了你。”他以为她此刻已经熟睡，便不再掩饰当时他的急切和慌乱。

“那你可有见到棠？”背上突然传来一道声音，怎么听怎么兴致勃勃。

岳泠澜差点儿趔趄了一下：“你什么时候醒的？”

“我压根儿就没睡着呀，闭目养神而已。”

也就是说，他方才的真情流露，他发现突破口时的喜悦，还有他找不到她时的焦急和惶恐，通通被她偷听去了？

“我可没有偷听哦，我是光明正大地听。”

连他都不会读心术，她什么时候变得这么聪明了？

“小山，你别害羞，你爱我爱得死去活来的又不是什么秘密。”

“再胡说，信不信我把你丢下去？”他狠狠地恐吓她。

“不信。”她吃定了他，懒洋洋地扒住他的脖子，“你还没说呢，你去找我的时候看见棠了没？”

她依稀有些记忆，棠是最开始发现她的异样的。

“不曾。不过我看见夜明生瘫在你门口，像只死猪。”

离雎“噗”地笑了起来：“然后呢？”

“然后，我就从他身上跨过去，来这里找你了。”

“你没管他？”

“理他做甚？”岳泠澜瞥她一眼，“先管好你自己吧，一身的伤，简直没眼看。”

她知道他只是嘴巴毒，其实心里比谁都牵挂她，因此并不恼。东方渐渐露出鱼肚白，她的睡意却刚刚袭来，于是她真正闭上了眼，迷迷糊糊地问：“接下来你有什么打算吗？”

“时间紧迫，你的病不能再拖，若有必要，我便带你去容魄城走一遭。”

“容魄城究竟是个什么地方？听着好神秘。”

“去了就知道了。”

“可那里的人即便会解咒，凭什么就肯帮忙呢？”

“无以情故，便以利导。”岳泠澜和容魄城的那位少城主，算起来其实称得上是至交好友，但离雎的病症棘手，即便容魄城通晓各种咒术，要解开十渡精心设下的咒也绝非易事，他确实不能完全将希望寄托在他和少城主的交情上。可即便如此，难道他就没有别的办法了吗？

他身上，有太多东西可以用来交换，他身上的异香，他的修为，他的谋略，还有，他的时间。约莫是七年前，他第一次踏入容魄疆域，就帮着城主解决了困扰容魄城多时的水患，还顺带着平定了城中的内乱，帮着城主坐稳了至尊之位。当年，城主就表示，愿倾其所有，换他留下。

那么现在，不过是他和容魄城的身份发生了逆转罢了，凡他所有，无一不应，只要能换取离雎的平安。

快要走出这片树林了。岳泠澜屏息细听，离雎的呼吸浅浅淡淡。这一次，她应该是真的睡熟了。

有风掠过，林间树叶沙沙作响，背上的少女也不知梦见了什么，忽地一阵低语。

他停住，凝神听了，发现她嘀咕的是：“废了修为而已，没什么大不了的。小山，我不会信旁人说的，我只信你。”

他的眸中顿时闪过一缕难言的复杂神色。

“我不会负你的。”她还在絮絮地说着。

他在原地站了许久，才重新抬起脚步。

“小玉钩——”他的声音微不可闻，迅速消散在风里。

“你可以负我。”

第三章 风起容魄城

汐回好脾气地对着棠笑了笑，示意她坐下。说实在的，棠个头高，一身红衣又明媚耀眼，光戳着不动就够让汐回觉得气势迫人的了，偏偏她还一眨不眨地睁着双眼，看得人浑身不自在。

“这么晚了，找我有事吗？是身上的伤恢复得不理想？”汐回斟了盏茶，低头不去看棠。其实，不用问，汐回便看得出，棠的伤正在以惊人的速度痊愈，若是换了别人，光这背后的伤口就够她在床上躺个十天半个月的。

真是蹊跷。

“汐姑娘，你戏演得这样好，什么都会，什么都敢，为何就是不敢看我呢？”

汐回闻言抬头，见棠依然盯着她，柔柔笑道：“我不懂你的意思。”

“你懂。”

“阿夜不是已经去追你了吗，他没跟你解释清楚？”

“他被我弄趴下了。”

汐回这才略略变了脸色：“可你根本不会武功……”

“用媚术就够了。”棠勾了勾唇，眼神里竟有了一丝难得的攻击意味，“我们天匿族人生来短命，活在这世上本就艰难，总得有些别的本事傍身，比如这魅惑之术，又比如自愈能力，你说是吧？”

“你……你真的是天匿族人？”汐回端茶的手一时没有托稳，洒了小半杯出来。

“你不是也已经猜到了吗，还装什么糊涂？”棠微微倾身，按住汐回想去扶住茶盏的手，“我如今自报家门，也省去你千方百计揣测试探的辛苦。”

汐回看着自己的长裙被滚烫的茶水洇湿，半晌没有作声。棠的容貌过于精巧，美如碧玉，和高挑的身形并不相配，可今夜的她言行邪肆，整个人的气质都变了，不禁教人有些害怕。

“所以……其实你早就知道自己是天匿族人？”许久，汐回才迟疑着问道。

棠瞟她一眼，似乎觉得这问题很好笑：“我当然知道我是谁了。我不仅知道我和我娘都是天匿族人，知道如果不能和正常人结合，我们的生命就会迅速枯竭，我还很清楚，我爹是怎样强占了我娘，又是怎样凉薄地抛弃了她。谁叫我们命贱，他贪图我娘的美色，可在他心里，从未把我娘当作一个‘人’来看待，我娘只是一个玩物，甚至不配和他平视……我长到如今，看着我娘是怎样从鲜活走向衰败，看着那些落井下石欺侮她的人恶鬼一般的嘴脸，恐怕再没有人比我更频繁地提醒自己我是谁了。”

“棠，我真的不知道，你受了这么多苦，”汐回眼中满是同情，“你脸上总挂着笑，性格也开朗，实在不像是……”她顿住了，没有再说下去。

“实在不像是从小受尽欺负、从未被爱过的人，对吗？”棠接道，连她自己都觉得这讽刺极了，“因为我要的爱很少，只要一点点就够了，真的，我不贪心。”

爱她的人很少，但她已经觉得足够，她以为只要她一直这样安于卑微，所求不多，老天爷就会放过她，不至于把她最后拥有的东西都夺走。可她还是错了，母亲死了，云岁成像是变了个人，沉默寡言，连她都不知道他在想些什么，而今天，她又失去了夜明生。

“可这些事，你为何不告诉阿夜呢？莫非你怕他知道你并非寻常女子，便会与你产生隔阂？其实，你根本就不够信任他吧？”

汐回依然语带怜意，棠听着却突如其来一阵反胃：“我信不信任他，和你又有什么相干？难道我不够信任他，你便有了横刀夺爱的理由？”她按着汐回的手不自觉地用了劲，“我从小在大宅子里生活，见得最多的就是宅子里各房之间的争斗，你以为你那点儿小把戏我看不出来吗？你分明是在看见我之后，有意亲的他。”

单纯和天真是一种特权，只有从小被保护着长大、不经风雨的人才可能拥有，她怎么配呢？可她依然在经历了许多事之后，选择相信别人，就好像她刚到萱城的时候，相信那个人贩子是真的有门路可以找到夜明生，在今天遇见霁霏的时候，相信这真的是一个需要她帮助的小女孩儿。可惜的是，她一次又一次地被辜负。

汐回被她抓得手疼，索性也不闪躲了。她确实是在看见棠之后故意亲的夜明生，什么腿软，什么受了风寒，全都是她装出来的，对一个医女来说，趁夜明生不注意吞几粒药丸弄得头热脸红的根本不算什么难事。她豁出去了，冷哼道：“既然如此，你为何不揭穿我？”

棠自嘲地笑了笑，松开了手：“因为他喜欢你啊！汐姑娘，你刚才问我，为何不把我的身份告诉他，是不是怕他会因此嫌弃我，不要我。不是的，我怕的恰恰相反，我怕他因为同情和怜悯，强迫自己和我在一起。我能预料到，一旦他知道我是天匿族人，知道如果他不接受我，我又不肯和别人成婚，结局必是早夭，那么，哪怕仅仅是出于发小之间的道义，他都会娶我。”

她似乎已经预见了那个场景，眼里的光芒变得微弱：“可这不是我想要的。谁都看得出我喜欢他，谁都觉得除了他我再也不会嫁给其他任何人。可他们并不知道，我从小到大的愿望，就是他也能喜欢我，不是因为指腹为婚，而是从心而发地喜欢我。”

她抬眸望着汐回，轻轻道：“我输了。”

不知道为什么，汐回的心被这句话蓦地刺痛了。棠说自己输了，那她呢，她又何曾赢过？对柳非暮，她不敢跟挽溯争，又争不过菱潭，对岳泠澜……她连上战场的资格都没有。萧渺曾经狂热地对她表达爱慕，可他为她献的一切殷勤都让她觉得食之无味弃之可惜。长久以来，她压抑着自己的真实情感，努力去做每个人眼中温柔体贴的贤德女子，让所有人都满意，都赞许她是这世上最值得人爱的姑娘。

她最值得人爱，可是谁又真正爱过她？她喜欢夜明生吗？怕是连她自己都说不上来，她只知道，她极其享受夜明生对她的迷恋。每当她和他相处时，只要一想到他是个该成亲的男子，想到他心头的天平竟然会向自己倾斜，她就止不住地想要去争抢，因为他是她唯一的赢面了。

她只是不想再输了，她有什么错？

对棠涌起的些许愧疚都在此刻被尽数压了回去，汐回将倾倒的茶盏放好，笑得一如往日温柔："你大晚上地跑来，就是为了跟我说这些吗？"

棠的目光飘向室内，床头半开的抽屉里，依稀是供离睢服用的"梨约"。"我是想问你，是不是只有我才能救离睢。"她说。

"你都听到了？"汐回蹙眉道。

"只听了个大概，尚不知具体需要我做什么，所以才来请教你。"

"月姐姐的病，需要三种解药，缺一不可，其中一种名唤'睆天'的，确实只有天匿族人才有。而依当今的情形，或许你已是唯一幸存于世的天匿族人了。"

"'睆天'……究竟是什么？"棠的声音里不由自主地透着一丝颤抖。

汐回本想告诉她"睆天"只是她的一小截骨头而已，她无须过度惊慌，但话到了嘴边，却迟迟说不出口。

见汐回面露难色，棠的心渐渐沉了下去，她忆起白天离睢激烈的反应，不由得握紧拳头，吸了口气道："是我的命吗？"

汐回一愣，突然很想跟她开个玩笑，于是摆出一副更凝重的神情，道："如果我说'是'呢？"

棠一瞬不瞬地注视着汐回，许久，点头道："那么，我愿意。"

这一次，轮到汐回不知所措了："愿意什么？"

"我知道离睢的病很严重，再不能拖下去。如果我的命能为她争取一线生机，我愿意交出来。”

“为什么？”汐回目光复杂，“师兄救她，是因为他爱她，我救她，是因为我是医女，救人是我的本分，可是你和她非亲非故，怎么就愿意为她牺牲到这种地步？”

“因为她这样好的姑娘，不该遭受这些苦难。汐姑娘，你说，这世上还会有人不知道自己究竟是谁吗？即便是我这样的异类，也很清楚自己是谁，可是她呢？她对过去一无所知，已经够可怜的了，现在又一身的伤病，你也说了，如果没有‘睨天’，她的病得不到根治，必死无疑。”

汐回正要开口，却瞥见窗纱上隐约映出一道人影，单凭身形，她便已认出那是夜明生。想必是棠的媚术效力退去，他醒了，便来找棠。

能找到这儿来，也是不容易。汐回心中微妒，脸上偏装作若无其事的样子，略略扬起声音：“你愿意为了月姐姐牺牲自己，那阿夜该怎么办？你有想过他吗？”

“汐姑娘说这话不觉得好笑吗？”棠挪开视线，没有再直视汐回的眼睛，“我和他已无瓜葛，桥归桥，路归路，我做我自己的决定，为什么还要顾及他？”

如汐回所料，窗外的人影滞住了，他呆立了一会儿，缩回想要敲门的手，往院中退去。

棠自然不知道就在她口是心非的时候，屋外发生过什么，因为就在汐回提起夜明生的当口，她的心再一次被痛楚填满。她是爱他的，她只要一想到生命中不再有他，就觉得心里没着没落，空空荡荡的。但是，再卑微的爱也总有底线，她宁可心里空上一块，也绝不迁就他另有所爱。

她闭上眼，头仰得高高的，一副视死如归的表情：“你动手吧，离睢救了我两次，还她一命也是应该的。”

汐回眨巴眨巴眼，棠还信以为真了，这叫她该如何收场？她总不能将错就错把棠就地解决了吧？

她终归心虚，硬着头皮想要解释，可棠突然睁开眼望着她，目光中流露出求恳的神情。

汐回顿时舒畅了许多，棠一定是害怕了，后悔了。本来就该是这样的，哪有人会傻到为相识不久的人搭上性命呢？别说只是朋友罢了，就算是亲生姐妹，也没人敢拍着胸脯说愿意为彼此付出生命吧。

“棠，现在后悔还来得及。”汐回心里有些得意。

“我确有牵挂，但并不后悔。”棠笑了笑，站起身朝汐回拜了下去，“汐姑娘，你夺我所爱，我实在无法喜欢你，可我又不得不拜托你。我死之后，求你善待阿珠。如若你也和我一般，真心爱他，请你代我照顾他，如若你并非真的喜欢他，也请看在他对你一片情意的分上，多少帮衬他一些。”

“你想说的，就是这个？”汐回的脸色变得很难看。

棠点点头：“阿珠虽然机敏，但其实心性十分单纯，容易冲动，有时候得罪了人连自己都不知道。今后我不在了，他若再做蠢事，烦请你拦一拦，你的话，他素来肯听的。”

听她这样说，汐回莫名地烦躁起来。为什么此刻，看着棠躬身行着拜礼，模样庄重又谦卑，她却觉得低人一等的是她呢？

要是棠能真正消失就好了，这样就再也没有人会像现在这般，时刻提醒着她直面自己的卑劣。

软烟剑在袖中轻轻颤动，汐回脸上的表情变幻莫测。

今晚注定是一个不眠之夜。

当离雎打着哈欠被喧嚷声吵醒的时候，她充分认识到了这一点。她也真是惨，好不容易回了别苑，好不容易能趴在岳泠澜背上小睡一会儿，可这些热闹愣是不肯放过她。

她睡眼惺忪地看着夜明生和云岁成在汐回门前上蹿下跳，夜明生号完“顾言棠”，又号“汐姑娘”，一声高亢过一声，云岁成不顾自己形同摆设的右手，拼了老命似的往汐回门上撞，这场面真是滑稽又悲壮。

这是唱的哪一出啊？离雎按住额角，可怜巴巴地看着岳泠澜：“老天爷为什么要这样对我？”

岳泠澜刚想说些什么，眉头却突然皱了皱。因为夜明生尖叫着“公子”冲了过来，震得他耳朵疼。若不是他的手正托着离雎，他早就一手堵住耳朵，一手把夜明生拍飞了。

云岁成依然在沉默着撞门，夜明生两眼放光地看着自己的大救星，号得惊天动地：“公子，你快救救棠吧，我们怎么都打不开这门，里面的人也好像听不见外头的声音，我真怕她会做傻事！”

“可这是汐回的屋子啊！”离雎一脸茫然。

“月姑娘，这事儿得怪你，我亲耳听到棠说什么愿意为你牺牲，连我都不管了！”当时，他听得心头醋海翻波，赌气想走，可没走几步，又着实挂念棠，想知道好端端的，究竟发生了什么需要她“牺牲”的事，不承想听到了棠对汐回的嘱托。他又心疼又愧疚，还没等咂吧完这滋味儿呢，就看见汐回的屋外起了一层银白色的结界。他心里一沉，越想越不妙，便又喊又叫拍窗踹门使尽浑身解数，最后连云岁成都被动静吸引过来，可两个废柴忙了半天，汐回的房门依旧纹丝不动。

“你怪谁？”岳泠澜不悦地扫了他一眼。

他一哆嗦，哭丧着脸道：“公子，我错了，求你帮忙开开门，救救顾言棠，她在里面这么久了，我真的有点儿担心……”

“不必担心，你们已经耽搁这么久了，足够她在屋里自尽八回的。”岳泠澜慢条斯理地刺激着夜明生，其实，他早就感知到了这屋里汐回和棠的气息，知道棠不可能有危险。

夜明生被吓得一时大气都不敢出，离雎拍拍岳泠澜的肩，示意他差不多得了，可以干正事儿了。于是岳公子不情不愿地念了串正常人不可能听得懂的口诀，汐回好不容易筑起的结界霎时应声而散。

夜明生第一个冲了进去，撞翻了汐回手中的药箱，直奔内室。

他的直觉竟也这样准，棠被缚住四肢，躺在床上，眼神透亮，身体却丝毫不能动弹。他鼻子一酸，转头便冲着汐回吼道：“谁让你这样对她的？”吼完了，他一步跳上床，手忙脚乱地开始解绳子。这些绳子的绑法并不复杂，可他因为手抖，摸索了许久，才彻底解开棠身上的禁锢。

汐回呆住了，他竟然为了顾言棠，如此疾言厉色地对她说话？

离雎扭了扭腰，想从岳泠澜背上跳下来去看看棠，却被他轻轻挠了一下脚心，她两颊迅速红了起来，顿时安分了。

她看见棠仍是无法起身，只看着夜明生，默默流着泪不说话，而夜明生一把将棠捞起，按在胸口不放。

“一看就是没怎么抱过人。”岳泠澜冷冷点评道，“就他这个抱法，连个喘气的地儿都不留给顾言棠，也不知是有什么深仇大恨。”

“你对抱人很有经验吗？”离雎揶揄他道。

“我有没有经验，你不是最清楚？”他淡淡笑着反击。

离雎语塞，装作没听懂的样子，转头看见夜明生抱着棠，没完没了地道着歉，而云岁成站在一旁，也面带微笑地望着他们俩。

众人之中，唯独汐回没有笑，她上前一步，语带委屈地解释道：“阿夜，我只是应棠的所求，想为她完成心愿罢了。你还不知道吧，她原来便是我和师兄苦寻多时的天匿族人，也是现下唯一能救月姐姐的人了。”

棠没有料到汐回会这样直接地把她的身份告诉夜明生，她怕夜明生会因此做出违背本心的决定，挣扎着想要坐起来，无奈之前被汐回灌了一肚子麻沸汤，这会儿死活动不了。

汐回依旧喋喋不休：“我告诉棠，只要取出她的一小块骨头便可，没有她想的那么严重。我怕她疼，又怕她一会儿叫嚷起来惊着大家，所以特地喂了她麻沸汤，又设了这个结界。”

说罢，她又望向离雎，眸中是一闪而过的怨恨。离雎心中了然，汐回定是以为是她把白天的事添油加醋说给了岳泠澜听，所以他才会及时赶到救下棠。为了最大限度地挽回自己在岳泠澜眼中的形象，汐回才不得不主动将棠的身份挑明，表示她并非自私自利，一心只想研究棠，而是真心实意地为棠着想，为离雎奔波的。

离雎没有说话，也压根就不想解释。她深信岳泠澜是懂她的人，绝不会误会她，至于汐回怎么想，她并不放在心上。因为从此刻起，她对汐回已经彻底失望，一个满口谎言虚伪透顶的女子，根本不值得她惋惜。

“汐姑娘，我来替棠行不行？”夜明生略松开棠，扶着她让她坐稳，这才开始回应汐回的解释。刚才，他一颗心都悬在棠的身上，对汐回的话只听了个大概，“天匿族”什么的他更是闻所未闻，但他听得很清楚的是，汐回要取出棠的一块骨头，这怎么可以？这丫头虽然从小粗枝大叶的不怕疼，就算哪儿磕着碰着了，伤口也总是愈合得特别快，可每次他看见她受伤，心里还是忍不住不舒服。

小时候有一回，棠不小心掰断一根指甲，他骂了她半个月，把她那根指头包得跟个粽子似的，天天监视着她，不让她再乱动那根手指，直到长好为止。对她的手指尚且如此，何况这是骨头啊，少了一块可就再也长不出来了。

汐回见他本能地挡在棠跟前，心头一阵发堵，又不好当着岳泠澜的面发作，便权当没听到，只阴沉着脸不说话。

于是夜明生只得又转向离雎道：“月姑娘，你需要吃棠的骨头来治病对吗？你吃我的，别吃棠的，可以吗？”

岳泠澜不知从哪儿翻出双鞋子，准备给离雎穿上，夜明生此话一出，他就看见离雎的脚抖了一下，他想去握住她脚踝的手便落了空。

岳泠澜忍着气，轻飘飘地瞥了夜明生一眼。

夜明生顿时浑身发毛。

离雎已经蒙了，连连否认：“我不是，我没有，你别瞎说！”

“你的骨头没有被吃的价值。”岳泠澜淡淡地接过话茬，二次攻击夜明生，“还不如猪骨头，至少能拿来炖个汤。”

“你今天话怎么这么多？”意识到如果任由他继续攻击下去，夜明生可能会当场背过气去，离雎赶紧止住了岳泠澜。她本想安慰夜明生一番，同时也辟个谣，告诉他自己是个讲道义的病人，没他以为的那么坏，但眼风扫到棠时，她读出了棠脸上的惊讶和欣喜。

于是她决定帮棠一把，装作不解的样子道："阿夜，你为什么要替棠，又凭什么替呢？"

"棠是我的未婚妻，我们夫妻一体，她即是我，我即是她。"夜明生答得很快，他偏头去看棠，笑道，"秦姨过世时，攥着我的手不肯放，直到我告诉她，我定会护棠一生周全，她才放心地走了。现下，我不过是践诺罢了。"

离雎闻言，和岳泠澜极默契地对视一眼。夜明生口中的"秦姨"想必就是棠的母亲，她和秦宛一样，都姓秦，看来，她们很可能是承自同一脉系的天匿族人。

夜明生这几句话说得真挚，可棠却并不见得有多高兴。她刚恢复了些力气，缩着肩往后坐了坐，避开夜明生的手，摇头道："不，我不是你的妻子，你说的这些都不能作数。"

"顾言棠你在胡说些什么呢？"夜明生急了，"你忘了你娘临终的时候……"

"别把我娘扯进来！"她嘶声打断他，"我是一个独立的人，不是什么婚约的附属品！"

她的声音干巴巴的，眼里却早早地蓄满了泪，夜明生微张着嘴，愣神看了她一会儿，忽地懂了。他舔了一下唇，捧住棠的脸，认真道："顾言棠，你给我听好了，我愿意替你，愿意为你付出，是因为我真心喜欢你，跟我们的婚约没有关系，跟你是谁也没有关系。"

"你真的不是因为知道我是天匿族人，因为可怜我才说这些话的？"她哽咽着，不放过他脸上的任何一个表情。

他坦荡地由她审视："天地良心，我用云楂毕生的桃花运起誓，直到现在，我也没弄懂天匿族人究竟是什么。再说了，你有我这么个英俊潇洒的好夫婿，有什么好可怜的？最可怜的难道不该是我吗？连自己的骨头都快保不住了。"

“你又欺负云大哥。”棠破涕为笑，抓过夜明生的袖子开始擦眼泪。云岁成见状也笑了，自从右臂被废，这是他第一次笑得一如从前温良纯净。

“可算是哄好了。”夜明生拍拍棠的脸，又从怀中掏出一对亮闪闪的物事，边往她手上套，边道，“下回再生气也不能摔镯子，我粘了好半天呢。”

这双镯子，代表着他们的婚约，他和她一样看重。天知道他笨手笨脚地折腾了多久才勉强粘好了它们，觉也不睡喜滋滋地跑去找她，却被她顺手使出的小小媚术勾了魂，在地上躺到半夜才冻醒。

好在，都是值得的。

“粘得真丑。”岳冷澜在一旁皱着眉嘀咕。

“你就不能少说一句？”离睢一手捂住他的嘴，恶狠狠地警告道，“再煞风景，我就把你丢出去，听到没有？”

他点头，目光却玩味地游移到她一双如玉的小脚上，仿佛在说，别忘了刚才是谁一路把你背回来的，你连走路的力气都没有，还想把我丢出去，真是大言不惭。

离睢敏锐地察觉到自己正在被嘲笑，忙推开他，红着脸先把鞋子穿上了。

此时，在夜明生殷切的目光下，棠就快要触到那对镯子了，可她的指却忽然蜷了起来：“阿珠，你真的想好了吗？这镯子一旦戴上，我就再也不会摘下来了。”

“难道你也觉得我粘得丑？”夜明生崩溃了。

“我是怕你后悔。这短短一个晚上，你认识的我，还是你从前以为的我吗？我有秘密，我是个异类，还会媚术……”

“媚术怎么了？你是不知道，你当时的神态、表情像换了个人似的，又美艳又风情。”夜明生的眼睛都发亮了。

他显然没有抓到重点。棠沉默了一会儿，终于忍不住咆哮道：“你是不是脑子有问题啊？现在是你回味我美不美艳、风不风情的时候吗？你到底明不明白我最担心的是什么？是我身为异族，注定短命，你若真娶了我，就必须做好我早早离开你的准备，你很可能年纪轻轻就成为一个鳏夫，你很可能会因为有我这样的妻子受尽诟病和嘲笑，你……”

她的声音在他的吻里戛然而止。

岳泠澜折扇一开，遮住离睢的眼，自己倒是看得津津有味。

夜明生吻得笨拙，毫无美感，棠的呼吸却渐渐平顺下来。他这才松开她，神情是难得的认真：“你还不懂吗？刚才最让我生气的，不是你为了救月姑娘要跟我撇清关系，而是你竟然拜托汐姑娘照顾我。顾言棠，我只要你照顾我。”

棠腕上一凉，那对镯子已经被他成功地戴上，她蓦地意识到，夜明生并非真的抓不到重点，他刻意地顾左右而言他，只是为了消弭她心底压抑许久的惶恐。他到底是个聪明人，怎么会想不到和她在一起之后可能会经历的痛苦？他只是不肯放弃她罢了。

“秦宛不是说，只要和正常人结合，他们天匿族人早夭的宿命就会得到拯救吗？那棠为什么还这么担心？阿夜是正常人啊，等他们成了亲，不就什么麻烦都解决了吗？”离睢抹下岳泠澜的扇子，小声问道。

岳泠澜指指自己的嘴，离睢很无奈，手一挥道：“行了，你可以说话了。”

岳公子更无奈，谁承想他这样的人竟也有一天会因为“话多”被勒令闭嘴呢？真是吊诡。

不过，他好歹获得了再次开口的准许，于是走到棠的跟前，淡声道：“顾姑娘，冒昧请问，令堂谢世之时，年高几许？”

“天匿族人要繁衍后代极为不易，我娘生我时已是花信之年，去世时也不过三十岁出头。她是郁郁而终的，在她最后的时间里，除了我，她谁也认不得了，包括爹。”提起娘亲，棠的情绪低落下来，彼时，她还不满七岁，就已经尝遍人情冷暖。

见棠眸色黯淡，眼中满是伤心，岳泠澜蹲下身与她平视，同时也放软了声音："你的身份，在今日之前，除了你娘，是不是只有你爹知晓？"

"是。或许是因着对我娘多少有些愧疚，也或许是觉得有个身为异类的女儿会令他十分丢脸，我爹虽不疼爱我，可对我也不算太过苛待。夜家来订娃娃亲，千挑万选，选中了我这个一无是处的庶女，他也睁只眼闭只眼地允了，不曾对第三个人提起我的身份。"

"你身上这件红裳，可是有什么特殊的妙用？比如，掩盖你作为天匿族人的形迹？"

他低沉的声音似乎蕴含了某种魔力，棠连思考的时间都没有，便怔怔地点头道："不错，这本是我娘的衣服，名唤'影衣'，只要穿上它，行走于日光之下时便会生出影子，如此，便能在表面上维持与常人无异。娘说，只有在族中举足轻重的人才配拥有影衣，她也只有这一件。她在临终之时，将它留给了我，并叮嘱我，这一生一世，都不要在人前脱下它。"

"你可知她为何如此嘱托？"

"不知。"

岳泠澜看着这个身世凄苦的姑娘，柔声道："你知道的。"

他看了眼脑子明显还未转过弯来的夜明生，继续对棠道："你的娘亲应该是个十分聪慧又十分好强的女子，你有没有想过，如果她不说，你爹根本不会知道她是天匿族人？她其实瞒得很好，瞒过了所有人，否则不会时至今日，你们的身份依旧是个秘密。她只是没有瞒过自己的心。"

棠的鼻尖瞬间聚起一阵酸涩，她不住地点头呜咽，岳泠澜说得一点儿都不错，娘是真的对爹动了心，所以才不惜卸下周身戒备，把保护她的盔甲一重重摘下，只是想坦诚地面对他，可是她赌输了，输得惨烈无比。前一刻还情话绵绵款款温柔的男人在哄着她脱下影衣后，如同见了鬼一般落荒而逃。棠至今还记得，娘说，那日明明是在大太阳底下，她却觉得自己遍体生寒，目之所及到处都是光明，可无一处是她的去处。

她望着脚边的影衣，生平第一次深刻地感知到了自己的残缺。

“如果我没猜错，她在弥留之际，大抵会告诫你，别再和她一样，轻信男子的谎言。这件影衣，你以为是束缚，是伪装，但它却是除了你娘亲之外，唯一能给你切实保护的东西。”他缓缓道，看着自己的每一个字都在棠惊诧又激动的目光里得到印证。

“公子，你怎么什么都知道？”棠已经对岳泠澜佩服得五体投地，“娘说，她不该生下我，让我从出生起就低人一等，她对我感到很抱歉，要我一定要保护好自己，别信男人的甜言蜜语，既然瞒了，就瞒一辈子，千万不要重蹈她的覆辙。”

“顾姑娘，你娘亲没有对不起任何人，你也是，该抱歉的是辜负她的人，不是她。”

他简简单单的一句话，几乎让棠泪如雨下。她听得出来，他是真的尊重她，也是真的尊重她的母亲，像他这样天人般的少年，是根本不屑说那些虚伪的客套话的。她没有犹豫，直直地看着岳泠澜：“公子，你如此通透，想必也不难猜出，天匿族人最可悲之处究竟是什么了。要想改变我们短折而死的宿命，仅仅和一个普通人成功结合是远远不够的。天匿族人好比一朵娇弱的花，只能在爱里生长，如若在拥有自己的伴侣后，能有幸得到伴侣持久又专注的爱，这朵花便会越开越盛，如若不然，它便会比以往更快枯萎凋败，这就是我母亲撑过了三十岁，可还是没能撑到我长大的原因。”

岳泠澜发现，为了此刻顾言棠的和盘托出，他已经铺垫了很久。除了对离雎，他鲜少这样有耐心，可今天，当棠的言行证实了在他心中徘徊许久的猜想，当他目睹了这女子为朋友、为爱人所付出的一切，他终于愿意承认，顾言棠，是一个值得离雎结交的朋友。

为了夜明生，她不远千里来寻，历尽艰辛，她于人前第一次引起怀疑，便是因着救人心切，才无暇穿上影衣；为了离雎，她更是自揭身世，甘愿牺牲。岳泠澜不由得想，倘若他的小玉钩身边，能留下这么一个赤诚的朋友，无论是对她们彼此，还是对他而言，都是一种幸运。

就算是为了离雎，他也要保住顾言棠的性命。

想到这里，他看向棠的目光便又温暖了许多。

可夜明生快要坐不住了，他捏了把汗，时不时地瞄上岳泠澜一眼，越瞄越觉得他看棠的眼神不对劲，于是赶紧地跑到离雎那头，想拉她过来，好对岳泠澜起个警示作用。不料他刚伸出手，离雎就缩了一下脑袋，往一旁侧过身子，他还没弄明白发生了什么，口中便因为剧痛迸出了震天的号叫，不过是一瞬间，他的五根手指就都肿成了萝卜。

离雎拍拍胸口，表示幸好躲得快，没有被岳泠澜的怒气殃及。而岳泠澜收回指尖气劲，冷冷道："下次再动手动脚，直接封你死穴。"

夜明生泪眼婆娑地翘着手指呵着气，不停地自我安慰道，至少现在他敢肯定，岳泠澜的心思还是只在离雎身上，不可能突然变成他的情敌，也算是谢天谢地了。

"公子，你看阿珠，他的言行举止是不是还像个孩子？嘴上说要娶我，行事却还是这样不成熟。"棠看着稍远处疼得龇牙咧嘴的夜明生，觉得自己的心也跟着揪了起来，"他习惯被我和云大哥心疼照顾了，我怎么能指望他终其一生都对我关爱呵护、永不变心呢？这太难了，即便放眼天下，也没有几个男子敢保证自己会一生一世只爱一个女子，何况他现在还不曾成长为一个真正能独当一面的男人。"

"谁敢说小爷我不算个男人？"夜明生挥着拳头蹿了过来。棠挠挠脖子，也不知道这家伙的耳朵是怎么长的，正经事从来记不住，要是有人说他半点儿不好，他隔着千山万水都能瞬间听到，然后张牙舞爪地跳出来反对。

不过这一次，他并没有乱发脾气，而是搂住她，郑重地许诺："棠，你放心，我会一直对你好，你不会有事的，你会长命百岁，会给我生好多好多孩子。我们一起老，一起死，就算在坟墓里，我也要挨着你睡，我们永远在一起。"

如此感人的画面连离睢都觉得很心动，她的脚比汐回的要小很多，此时趿拉着鞋子过来，一个没走稳就摔到了岳泠澜身上。他面不改色，就势把她往怀里一按，贴着她的耳朵低低道："怎么，听得心痒，现在就想挨着我睡？"

唉，见惯了岳公子的套路，还是学不会厚脸皮。离睢捂着烧红的脸，坚决不说话了，她有预感，无论她现在说什么，都会被岳泠澜顺着杆子往上爬，反过来再摆她一道，她可不想大庭广众地和他表演什么羞死人的事呢。

他清凌凌的笑声浮在她的发顶，笑够了，他便放过她，转而对夜明生道："如果我是你，我会用尽一切办法，为顾姑娘从根源上解决她的麻烦。"

夜明生呆了呆："公子，我这不是空口胡说，我一定会说到做到的。"

"我知你并非信口开河，你也大可如此约束自己，但你应该多为她辟一条生路。"岳泠澜此刻美人在怀，心情极佳，因此愿意对夜明生多指点几句，"你不能让自己成为她依附的对象，成为她唯一的变数。即便你确实能做到永不负她，可倘使你年纪轻轻便走在她的前头，那时她又该怎么办呢？"

夜明生再次石化，这话是没什么毛病，可他为什么听着就这么别扭呢？敢情他现在就得开始想自己的身后事了是吧？

一直默默听着他们对话的离睢却很明白，岳泠澜是真的对棠的事上了心，否则，他断不会拿着对自己的要求去敲打夜明生。

长久以来，他不正是怀揣着这样一颗心对待她的吗？他其实大可如夜明生所说的，时刻保护她、照顾她，这对他来说，难道不比殚精竭虑地寻找根治之法要轻松得多？但他偏要选择最艰难的那条路，偏要把任何威胁到她健康的可能都清除殆尽。因为她是小玉钩啊，但凡和她有关的事，他怎么敢抱有一丝侥幸？

他曾以为，爱一个人，就是要想方设法地和她朝夕相对时刻不离，可当她重新回到他身边，再也记不起慕颜洲那些明媚鲜妍的过往时，他猛然惊觉，真正的爱，是应该忘我的。他该想的，不是如何和她在一起，而是一旦他无法再保护她，一旦她身边不再有他，该如何做才能确保她继续平安快乐地生活下去。

“小山，你是不是有办法可以让棠彻底变得和我们一样？可以不再依附其他任何条件任何人，可以完全掌握自己的人生？”凭良心说，离睢的脑子和反应都比夜明生好上太多，瞧，她已是一语中的，夜明生才刚回过味儿来呢。

岳泠澜也不管夜明生跟不跟得上自己的节奏，只抚着离睢的发道：“你记不记得，在秦家庄，我们第一次见到天匿族人，那时，秦宛是如何形容他们的宿命的？”

离睢蹙眉想了一会儿，突然嗔道：“你问我？那日和她又散步又说悄悄话的是你好吧！我喝了一大碗毒花汁，还被她关了小黑屋，我怎么会知道她是怎么跟你撒娇讨宠的？”

岳泠澜欲语无言，这都哪儿跟哪儿啊，秦宛坟头草都快两尺了吧，也不知道她是哪根筋不对，连什么撒娇讨宠都脑补出来了。强烈的求生欲告诉他，必须赶紧打住，不能让离睢再发散下去了。

于是他忙揭晓了答案：“是‘诅咒’。”既然古书上把天匿族人视为女娲造人的瑕疵品，将他们的悲剧归结为上天的惩罚，凡是天匿族人，世世代代都逃不开这种诅咒，那么，从某种意义上来说，他们是否和离睢一样，中了某种咒术？只不过，天匿族人所中的咒术，更渊源深邃，影响巨大，并且生而有之，找不到具体的施咒者罢了。

“咒术？”离睢兴奋得都有些结巴了，“你说过，有个地方能解开几乎所有的咒术，是容……容魄城对不对？”

得到岳泠澜肯定的眼神，离睢尖叫着扑到棠身边，一把抱住她，激动地喊道：“棠，你听到了没有？你有救了！我们这就到容魄城去，那里的什么少城主是小山的朋友，他一定有办法破除你身上的诅咒，到那时，你就可以和阿夜毫无顾虑地在一起了！哦，不对，你若是看不惯他，还可以直接休了他，反正你再也不用依靠别人生存了，你生命还长着，好日子都在后头呢！”

棠闻言同样喜极而泣，回抱着她不肯放手。夜明生看着她俩，“哇”的一声哭了出来，边哭边凑上去讨温暖：“月姑娘，棠，我也要抱抱！”

“夜明生，你另外五根手指也不想要了？”岳泠澜忍无可忍，捉了离睢的领子把她拎出来，直到完全把她圈入怀中才算完。

摩挲着她腕上越发暗淡的金线，他没好气道：“知道你自己的病有救时也没见你这么高兴。”

离睢不好意思地舔舔唇，知道他是心疼自己，正想哄他几句，夜明生这个没眼色的却突然凑了过来，满眼期待地望着岳泠澜：“公子，那我们什么时候出发去那个蓉……蓉蓉城啊？”

“是容魄城啦！”离睢连忙纠正，又赶在岳泠澜出言讥讽夜明生之前抢先道：“小山，我也很想知道，咱们什么时候走？”

岳泠澜很给面子地没有再挖苦夜明生，不过，在回答她的问题之前，他盯着她的两个黑眼圈看了好一会儿，越看心里越不舒服，最后索性伸手捂住她的眼睛，这才答道：“等你睡饱了，不这么丑了。”

她笑了笑，听话地闭上眼睛，把头埋进他的颈窝：“小山，我是真高兴，我们好好地在一起，我们的朋友也能平平安安的，善良的人得到应有的好报，我真想不到比这更让人快活的事了。”

他嗅着她发间的清香，低声道：“嗯，再没有了。”

要等离睢睡饱是件很不容易的事，因为身体不好，她原本就嗜睡，这一次又折腾了大半宿，因此等她彻底睡醒，已是翌日午后了。

院落里的日光透过帘栊错落又细密地在她的睫毛上跳动，庭中好景正妩媚，她哪里还睡得着，奔到纱窗边拉起帘子，只见岳泠澜捏了根树枝站在莲池边，似是随意地拨动着池水，还时不时地偏头对身侧的汐回嘱咐些什么。

汐回手里揣了个不大的瓮子，里面像是有些凝胶状的东西，黑乎乎的很难看。她每听岳泠澜说完一句，便听话地点点头，手中的小药匙微微一转，一勺胶体就随即没入水中。

离雎歪着头看了他们一会儿，料想岳泠澜让汐回丢进池子里的大概是某种药物，他提着树枝划拉也是为了加快这种药物的溶化。会是什么药物呢？他又为什么要把它往池子里丢？

她仍在瞎想，纱窗上“咚咚咚”地响了三下，岳泠澜的声音隔着纱窗飘过来：“睡醒了就把床头的点心吃了。”

她托着腮出神地看着他因为窗纱的阻隔显得越发缥缈的一张脸：“我看着你就不饿了。”

秀色可餐，棠说得真不错。

他像是轻轻笑了一下，离雎心里一痒，拉开纱窗去看他，他唇边的浅淡笑意果然还未散去，都说距离产生美，月生君的美根本就不需要距离来产生。

“那些莲花得罪你了吗，大中午的给它们投毒？”她指指莲池的方向，汐回还在那里兢兢业业地撒药。

“那是用来疗伤的灵药。”

“疗伤？谁受伤了？”她紧张起来，伸手就去掀他的衣服，“你吗？”

光天化日地被扒衣服，岳公子也是会紧张会害羞的好吧！他忙按住她不安分的手，叹了一声：“我此刻在水里吗？真是睡糊涂了。”

对哦，离雎恍然，那些伤药之所以会被投到水中，很明显是为了替水中的人疗伤。

“可是，水里并没有人呀！只有九曲。”

她话音未落，掌心骤然一凉，她忙摊开手，发现刚才岳泠澜放入她手中的，是一枚银光闪闪的鳞片，上面还粘连着血迹，显然是刚被人拔下不久。

“你……你为什么要拔它的鳞片？”她微微发怔，原来他真的是在给九曲疗伤。

“想知道？”他的目光越过她落到床头，“那就先吃饭。”

原来是在这儿等着她呢，离睢不得不投降。

就在她啃点心的时候，所有人都被岳冷澜聚集到了一起。九曲的鳞片被点燃，扶摇而上的银色烟雾里，竟渐渐现出一张线条硬朗的脸：鼻梁高挺，轮廓分明，深陷的眼窝里，那双长而上挑的眼睛被细密的眉压得死死的，以至于只要它们轻轻睁开，豁然迸发的奕奕神采就能在一瞬间攫住对面的人每一根鲜活的神经。

离睢见过不少往来大极的别国商客，本以为自己早就体会到了什么是异域风情，直到今天见到这张脸。曾经那些异国人的眼睛，或精明，或清澈，或满是风尘，或被欲望浸染，从来没有一双像这个人的眼睛一样，只一眼，就能把对面的人吸进瞳孔里似的。

在一粟海修习幻术时，离睢就听十渡说过，若以珍稀之物为引，配合特定的术法，与此有关的人便能现出影像，哪怕海角天涯之远亦可相见。今日，她也算是有眼福了。想来，九曲的鳞片便是充当了岳冷澜和这个人之间的桥梁。此人究竟是谁，值得岳冷澜如此大费周章？离睢不由得多看了这个人一眼，从眉毛、眼睛、鼻子一路往下，再到长而薄的唇……

“小月儿！”那张嘴忽地张开，石破天惊地一声吼，离睢吓了一跳，张望了一圈，都没弄明白这人是在叫谁，而与此同时，她也才敢肯定这张脸的主人是个男人。说来也怪，相较于岳冷澜精致得无一丝赘余的脸，这人光是骨骼都要粗犷许多，可岳冷澜从未让人怀疑过性别，这个男子却叫人雌雄莫辨。单论长相，他自然也称得上是上品，可对于像他这般精气神绝佳的妙人来说，光注意到他出众的容貌未免显得太俗。

“小月儿，你找什么呢？难道几年不见，你连我都认不得了？”这人的嘴还在一张一合，脸上是一副快要哭出来的委屈表情。

敢情这人是在喊她？离睢咽了口唾沫，往岳冷澜背后躲了躲。

直觉此人和自己一样戏多，夜明生深感威胁，代表围观群众极为不满地嚷了起来："公子，这黄皮卷毛是谁啊？"

"噗"。离睢一个没忍住笑出了声，要不是夜明生提醒，她还真没注意到这人除了鲜明的五官以外，还长了一头棕色的卷发，怪不得只第一眼她就觉得他并非普通的大极人。

"老岳，你怎么管手下的？"那人气急败坏地在烟雾里对着岳泠澜一通乱戳，"说话得凭良心！我的肌肤如此白皙，哪儿来的黄皮？"

老岳……离睢见岳泠澜面不改色，但手指微微抚上眉角，这个习惯动作证明，那人说的话，他听进去了。

"小月儿，你光盯着老岳看干吗，他哪有我好看？你倒是看我呀！"那人不死心地把脸凑近。

"对不起，我失忆了，过去的事我都记不得，所以，我对你一点儿印象都没有。而且，你也不如小山好看。"离睢老老实实地回答。

那人愣了一下，敲敲自己的脑袋，很快就又絮叨起来，还比先前更亢奋了："是我呀，我是你最亲爱的兰兰呀！你真想不起来了？那也没关系，我现在就帮你回忆，想当年，我们形影不离、难舍难分、郎情妾意、你侬我侬……"

"闭嘴。"这是岳泠澜召唤出此人影像后说的第一句话。

"他真的就叫兰兰吗？"离睢躲在岳泠澜身后，碰碰他的胳膊，小声问道。

"他爹是这样叫他的。"

"我又不是他爹……"她起了一身鸡皮疙瘩，"而且，这叫法也太清奇了。"

岳泠澜眉毛一挑表示同意，他看也不看那人，十分敷衍地对离睢介绍道："这是容魄城的少城主，贺兰端。"

离睢哆嗦了一下，想那"容魄城"是多么大气神秘的名字，她一度以为被岳泠澜引为知己的那位少城主也必定是个神仙般的人物，还一直隐隐抱有期待，如今隔着迢迢万里见到真人，神仙模样是半点儿没有，神神道道倒齐活了，简直幻灭。

“素行不端的端。”岳泠澜淡淡补刀，“小玉钩，你不必自责，即便你没失忆，也不一定记得他，当年你跟他说过的话不超过十句。”

离睢狂点头，表示你说得都对，我也是这么想的，此人多半有病。

“老岳，你为什么要拆我的台？”贺兰端的怒吼震天动地，“我都三年没见小月儿了，你就不能让我高兴高兴？她好不容易又活生生水灵灵地站在我面前……”

什么三年？离睢一怔。按岳泠澜的说法，他们去容魄城至少是七年前的事了，可依照贺兰端的意思，他在三年前还见过她？即便他指的是和今日一般，只是借助九曲的鳞片，以彼此的影像相见，但至少这说明，三年前，她仍和岳泠澜在一起，只有这样，她才有可能见到贺兰端。

可这根本就说不通啊！如果是这样，为什么岳泠澜还有慕颜洲的人，都告诉她她失踪了六年？她极力避免去想，在另一边，十渡和墨争凡都曾无意中透露过，她是三年前才入的一粟海。这两种完全不同的说法拉开了一个长达三年的时间缺口，她在这个缺口里被两头拉扯着，茫然失措，犹疑徘徊，一头是她深爱同时深信的少年，另一头，是她实实在在存在着的记忆空白。当日，她以假的不思珉骗取十渡为她消除虚假的记忆，她挨过一波又一波极致的痛苦，却发现自己仅有三年的真实记忆时，何尝不是像现在这般彷徨不安？

好在，岳泠澜清冷的声音及时驱散了她的胡思乱想，他打断贺兰端的话，语气不轻不重：“贺兰，你记糊涂了，小玉钩离开我已六年有余。”

贺兰端怔了一下，立时噤了声。离睢觉得奇怪极了，从出现起，贺兰端的嘴就没停过，态度更是任性又嚣张，怎么突然就这么听话了？她仔细地打量着贺兰端，以至于不曾在此时去留意岳泠澜的神情。

如果她去看了，未必不能捕捉到，岳泠澜那双紫眸中藏得极深的情绪，是警告。

“那个……老岳，这次找我是有什么正经事儿吗？”贺兰端开始刻意岔开话题，不过他这个问题确实也问到了关键。

“你不是一直标榜容魄城的咒术神乎其神、当世无匹吗？我这儿有两位病人，据说中了极难解的咒术，现在就给你个机会证明一下。”岳泠澜退至一旁，给夜明生腾出表演的地方。夜明生果然很上道，推着棠过来，三下两下就把棠的情况交代清楚了。

贺兰端也很痛快，稍一思忖便安抚棠道：“姑娘，你大可放心，这咒可解。”他说得轻巧，也不解释一句，就忙不迭地冲着岳泠澜的方向挤对：“老岳，你真是越发没出息，就这种级别的咒术，也值得你用激将法？”

眼见贺兰端的得意都快溢出来了，岳泠澜还是一脸平静，夜明生坐不住了，鼻孔朝天地哼了一声，表示怀疑：“说大话谁不会？你也得拿出点证据来呀！你说棠受的诅咒能解，那到底是怎么个解法？你说呀说呀说呀！”

贺兰端的唇角缓缓勾了一下：“你这是在质疑容魄城至高无上的城主吗？”

不知为什么，他的语调并没有什么特殊的变化，可夜明生陡然一惊，觉得他的这句话说得掷地有声，似乎隐隐透着当权者凛然不可犯的威严。

“你终于肯说了。”岳泠澜的声音适时化解了夜明生的尴尬，“你终于开始学着承担责任。”

贺兰端顿了一下，笑道：“老岳，你又知道了？”

岳泠澜没说话，只点了点自己的前额。

贺兰端没有再笑，因为这个动作，他是见过的，他知道这意味着什么。

就在他的额头，和岳泠澜所指的分毫不差的位置上，有一道淡淡的红印，那是唯有容魄城城主可佩的海纹额带留下的。当岳泠澜点燃九曲的鳞片时，万里之外的他正端坐城中，批阅着如山的公文。蛟尾铃响了七声，他抬头望着这同样取材于九曲身体的灵物，知道这有异性没人性的家伙终于想起他了。

他失去岳泠澜的消息已经很久了。最近的一次，还是在两年多以前，就如同今日这般，他听着蛟尾铃沉郁粗涩的乐声，看着岳泠澜朦朦胧胧的影像慢慢聚起。

那一天，贺兰端极为忐忑，因为他比谁都清楚，岳泠澜经历过怎样惨痛的打击。那是一个秘密，他很肯定，除了他这个毫无利益交集以至于可以全心信任的朋友之外，以岳泠澜的性格，绝不会让其他任何人知晓这个秘密。

尽管心里早早地做好了准备，可当他看见昔日风华灼灼的白衣少年瘦得形销骨立，强撑着才不至于在他面前倒下的时候，他还是难过得连“老岳”都喊不出来。

他至今依然记得，那天，他们面对面站了一整夜，他说了无数句话，可是岳泠澜除了点头和摇头，一个字都没有说。刻骨的悲恸不曾让这少年落泪，却残忍地夺走了他的声音。

贺兰端并不知道这种失语状态在岳泠澜身上维持了多久，因为从那一夜起，他们就断了联系，直到今天。他一度很后悔，为什么要把九曲而不是蛟尾铃留给岳泠澜，弄得回回都只能守着这个破铃被动地等着联络，别的什么忙都帮不上。

谁都有自己的人生要过。在那两年间，贺兰端的人生同样经历了一次翻天覆地。他的父亲暴病而死，而他的第一反应就是逃。他并非不爱他的父亲，只是他游戏人间惯了，不愿被任何人任何事束缚。无论是过于厚重的感情还是责任，他都发自本能地厌恶。

在他做少城主的时候，他享受着父亲的偏护，理所当然地以为这样的好日子会持续很久，至少，会等到他寻到可以替他肩负起容魄城一城之重的冤大头为止，因为父亲还年轻啊，身强力壮的，怎么可能会等不到呢？这不是开玩笑吗？

可老天爷偏偏最爱开玩笑。

贺兰端逃了七次，七次都被捉回。他被全城百姓指戳唾骂，被依城规狠狠鞭笞，被城中德高望重的长者按在父亲的灵位前久跪不起，但每一次的惩罚，都反而壮大了他出逃的决心。直到第八次，也是他距离成功最近的一次，他在容魄城城界上，因为筋疲力尽而摔倒。

蛟尾铃从他薄薄的行囊里摔出，他盯着它，猝然想起最后一次和岳泠澜见面的时候，那少年瘦得脱了形却依旧美得让人移不开眼的脸。

那晚的情景似乎又一次如潮水般重现。

“老岳，事已至此，你打算如何做？还要去找小月儿吗？”

点头。

“可是这一次，谁都帮不了你，我也帮不了你了。你其实比我更清楚，此事困难重重，你目前又是这样的身体状况，要找回她实在是希望渺茫……”

点头。

“就算明知是这样也要一直找下去吗？”

点头。

“那如果一辈子都找不到呢？难道就找她一辈子？”

点头。

“老岳，听我跟你说，你这样是不行的。小月儿是好，谁见了都喜欢，你以为她出事我就不难过吗？我一直在帮你，不就是希望事情能有一线转机？但现在我们还是失败了，这是事实，你得认。说真的，兄弟，你为她做得已经够多了，她不会怪你的。这个世界上，好玩的事情那么多，你就舍了她吧，会遇到更好的。”

摇头。

“你是不是想说，你有过最好的，所以再也不会遇到更好的了？”

摇头。

“哎？你这不按常理出牌啊！既然你不知道小月儿是不是最好的，为什么就这么死心眼呢？”

岳泠澜说不出话，只能扯过张纸开始写字：“无关好坏，人生在世，总有执，不可舍。”

“那是你，我可没有必然不能舍弃的东西。”

摇头。

“难道你想说我也有？那你倒是告诉我，是什么，连我自己都不知道？”

岳泠澜抬起手，轻轻点了点自己的前额。

回忆如此清晰，清晰得令人恐惧。

贺兰端仰躺在漫天风沙里，狠狠捶向身侧的蛟尾铃，低吼道：“贺兰端，你不要再想了！”

蛟尾铃没有作响，因为岳泠澜再也没有找过他。

他闭上眼，堵住耳朵，挣扎呐喊，用尽了办法，可一切依旧只是徒劳。岳泠澜的动作仍然一遍又一遍地在他的脑海中反复浮现，他竟也跟着去探自己的前额，那个位置，仿佛天生就该是留给一条海纹额带的，那是他身为城主独子不可推卸的责任，那是他必然不能舍弃的。

他怅然地望着远方，他知道该怎样走出容魄城，可是，就在成功的边缘，他开始止不住地想象，失去贺兰氏庇佑的容魄城，将会面临怎样的动荡。

他别过头，不再去看城外未知的风景，而是动用了全身的力气，缓慢又坚定地向着来时的方向爬去。

容魄城光芒四射的城墙重回他的视线，他望着那上面熠熠生辉的五彩石，喃喃道：“老岳，你又赢了。”

他的第八次出逃，就这样以他的主动回归结束。从这一天起，世上再无放浪不羁的二世祖兰兰了，有的只是容魄城的第十一位城主，贺兰端。

这两年里，他不再刻意地等待岳泠澜的消息，因为这家伙的心性之坚韧，他比谁都了解，他哪天把容魄城玩脱了估计岳泠澜都不会垮。

他是对的，蛟尾铃再度响起的这一天终于来临了。直觉告诉他，这一次，他非但能看见比从前更加耀眼的岳泠澜，说不定还会重新见到活蹦乱跳的离雎。于是，他摘下海纹额带，想在和他们叙旧到尾声的时候，一举显露自己的新身份，然后得意地说上一句："怎么样，我厉害吧，你们想不到吧？"

他太想赢上一回，太想看到岳泠澜的脸上露出错愕又艳羡的表情了。可是他的这位老友，还是一如从前强大又可怕，只波澜不惊的一瞥，就轻易地将他看穿。

贺兰端突然觉得好没意思，为什么都两年过去了，他还是逊人一筹呢？从前，他甚至不知道慕颜洲在哪里，岳泠澜不来找他，他就只能干等着；而如今，他已贵为一城之主，可依旧被一道微不可见的红印出卖了。

不行，他不甘心，说什么他都要扳回一局。贺兰端暗自想着翻盘的办法，时不时地斜眼偷看岳泠澜，越看心里越窝火——这人脸上为什么永远是一副云淡风轻的神情？就好像一切总是在他的掌握之中似的！

贺兰端的好胜心被彻底激了起来，他一拍大腿，摆出恨铁不成钢的样子开始数落："老岳啊，不是我说你，你也太不争气了，七年前是少主，七年后还是少主，你看看我，都已经是堂堂城主了。"

"嗯，看来我'击败容魄城少城主'的战绩终于可以变成'击败容魄城城主'了。"岳泠澜轻轻松松反将一军。

以夜明生为首的群众看戏看得正乐和，听到这儿不禁集体爆笑。

贺兰端憋屈得一头卷毛全竖了起来，他一时半会儿拿岳泠澜没办法，只得转向看客头子夜明生开火："你小子再笑，看我救不救你女人！"

夜明生也是鲜花着锦里长大的，自然对贺兰端半点儿不怵："说得好像我不笑你就真能救似的，吹牛谁不会？你倒是把办法说出来让我们开开眼啊！"

他话说到一半，手指突然不受控制地交结在一起，封住了自己的嘴巴，他的腮帮子鼓了起来，喉咙里呜呜咽咽的，完全无法说出一句清晰完整的话来。

“这‘销声咒’的滋味如何？”贺兰端抖着腿问，“现在开眼了没？相信我有这个本事了没？记住，以后别你啊你地乱叫，叫我城主大人！”

相隔万里都能施展咒术，夜明生这一回不服气也得服气了，他双眼瞪得老大，不住点头，表示心服口服。

岳泠澜袖手一旁，虽然他知道因为距离太远，贺兰端这咒术只能维持极短的时间，现下不过是吓唬夜明生罢了，但因为夜明生向来聒噪，遇着个克星不容易，他便乐得看他们互斗，也能让耳根清静清静。再者，贺兰端在他这里处处碰壁，正憋着股火呢，总得给个机会让人家发泄出来不是？毕竟还有求于人。

就这样，岳公子一如既往的面瘫，可内心的如意算盘早就打得“啪啪”响了。

在岳泠澜那儿折的面子总算从夜明生身上补回来了，贺兰端解了气，连呼吸都变得舒畅起来，他一脸得意地望着人群，道：“好了，顾姑娘的咒既然已经说了并非无解，就暂且放在一边，让我看看下一个倒霉蛋是谁。”

“是我。”离睢站了出来，认领了“倒霉蛋”的光荣称号。为了让贺兰端看得更清楚些，她高擎着手腕站在烟雾中，从围观者的视角看去，她表情肃穆，头顶冒烟，此情此景，十分悲壮。

贺兰端也沉默了，他盯着离睢腕上的金线，岳泠澜盯着他，二人神情皆是变幻莫测。

不知过了多久，离睢的手腕都快擎麻了，贺兰端才轻轻叹了口气：“小月儿这事儿不好办啊！”

“当真如此棘手？”岳泠澜边问边把离睢拉回自己身边，帮她揉起手腕来。

贺兰端点头，“这世间咒术若按照起因划分，说白了，不过天、地、人三种，其中以‘人咒’最为复杂难解。刚才那位顾姑娘所受的想来是一种‘天咒’，尽管听着骇人，但因这诅咒从她出生起便已注定，不经后天变化，始终如一，故此即便解法再难，也有迹可循，且一通百通。可小月儿所受的咒术，源自人心恶念，本就变化多端，她腕上的金色咒印又是所有‘人咒’咒印中最毒辣的一种，看得出这施咒者修为极深，且势在必得，要解开此咒就更是难上加难了。”

“说人话。”岳泠澜头也不抬。

贺兰端扁扁嘴，按住脑门：“就是说，小月儿中的这咒术毒得很，下咒的人想要伤敌一千首先就得自损八百，耗费再多精力和修为也在所不惜，这摆明了就算拼个鱼死网破也要达成目的！这咒这么邪乎，我是解不了了。”

“那如果我杀了施咒者呢？”岳泠澜微微皱眉，正揉着离睢手腕的指也滞了一下。

“没用的，”贺兰端摇头晃脑，“我都说了，下咒的人花了血本，把她自己的命都跟这咒系在一起了，如果你在咒术解开前杀了她，那小月儿也会马上没命的。”

“难道此咒就只有施咒者可解？”岳泠澜眉心一跳。

“一般来说是的。”贺兰端的表情怎么看都有些幸灾乐祸，“话说，你们究竟是上哪儿得罪了这么个宝贝啊？这得有多大仇才干得出这种事儿啊？”

岳泠澜无暇斗嘴，他的手不自觉地从离睢的腕口移到自己胸前，似乎想要取出什么来。可他并没有继续下去，因为离睢抓住了他微僵的手，轻轻摇了摇头，然后温柔地一根根舒展开他绷直的手指。她太懂事，也太了解他，仅仅是这样一个毫无先兆的动作，她就已经猜到，他在想些什么。

他要用不思珉去跟十渡交换，她的病情已把他逼到了这个地步。她怎么能容许这样的事情发生，怎么能忍受她心中最高贵骄傲的少年为了她向卑鄙小人低头妥协？绝不可以。

这一刻，连贺兰端都听见了岳泠澜骨节响动的声音。他也有些怕了，急忙补救：“你们不要这么激动，冷静！还有别的办法呢！”

“你不是才说我这咒只有下咒的人可以解开吗？”现在连离睢都想揍他了。

“那是一般情况，这不还有二般吗？”贺兰端十分庆幸自己此时并没有真正和大伙在一起，否则单凭岳泠澜越来越沉的眸色，难保不会当场撕了他。

想到这儿，他讨好地讪讪一笑：“老岳，你带小月儿来容魄城吧，香老一定会有办法的。”

香老……好奇怪的名字。离睢晃晃脑袋，再一次对自己失去的记忆感到好奇。

岳泠澜不应声，他的目光似是一块哑光的刀片，逼得贺兰端浑身冷飕飕的。

“你别这样看着我……难道你连香老都不记得了？”

怎么会不记得？岳泠澜依旧没有说话，但他的脑子里，已经迅速勾勒出一个湛然清癯的轮廓。当年他随观音涉足容魄城，最初是为了修习一种以香为引的离奇秘术，在老城主的热情协助下，观音很快便得偿所愿。后来，既是因缘际会，也是为了报答城主父子，他利用自己先天携香的优势，帮着探访失踪已久的一名炼香师，以期能替容魄城重新制出“行香”。而这名唯一能制出行香的炼香师，就是香老。确切地说，香老并不是一个专属的人名，它是一个头衔，历代可以被称作“香老”的人不一定就是容魄城炼香第一的制香师，但他一定是容魄城最强大的咒术师，没有之一。

历代香老的担任者都是由上一任香老亲自教习直至出师的，沿袭到这一代，已是第十四任，貌似还是个女子。据说，第一任香老在钻研咒术之余酷爱炼香，甚至到了痴迷的地步，于是便给自己起了个这样的头衔，他的继承者出于尊重老祖宗的一颗孝心，不管三七二十一就把它沿用下来。因此，后代香老无论本心爱不爱香，都不敢做背上“违逆师祖”骂名的出头鸟，“香老”这个称呼便流传至今，倒也成了容魄城独特的标识。

最新一任香老已经失踪多年，但容魄城中依然处处都是她的传说。当贺兰端和岳泠澜为了行香辗转找到香老的住处时，纵然见惯了美轮美奂的宫室楼阁，这两个口味被养得极刁的小公子还是微微愣了神。那间屋子里，窗户次第洞开，机关密布，每隔一段时间还会有操作灵活的木制机件开始自动打扫，所以尽管已被闲置许久，那里依旧空气清新，洁净宜人。难道这咒术师还辅修了机关术？还真够多才多艺的。

这位香老之所以被猜测是位女子，同样源自她的居所。那里虽已人去楼空，但处处都是女子居住过的痕迹：绣床、梳妆镜、古琴、窗台上刻了牡丹纹的紫釉花盆，还有一双做工极其精细的绣鞋，被端端正正地放在紫竹架上，上面凝了团暗黑色的东西，岳泠澜冷眼瞧着，第一直觉竟是血迹。

贺兰端由此认定这一任香老必是女子无疑，但岳泠澜直至今日也未下定论，因为他觉察到就在那间不大的屋子里，有着不小的留白。那是正对绣床的一块地面，上面隐约有几道磨痕。那天，他轻触那些磨痕，一闭上眼，原本模糊粗浅的构想霎时变得清晰立体，他发现，如果此处原本放置着一张狭长的卧榻，那它的榻脚恰好能和这些磨痕吻合。

他对自己的这个猜想其实并没有十分的把握，毕竟无根无据的事，就凭几道磨痕，谁敢笃定地说自己的揣测是对的，万一这屋主的品位就是如此卓尔不凡，压根就没有添过其他物事呢？留白多怎么了，就不许这位香老每日起榻后在床前蹦蹦跳跳做做运动啊？

他只是觉得，倘若此处果真曾有过另一张床榻，他或许能够理解这张床榻的主人隐蔽又缠绵的心境。因为在慕颜洲的悠长岁月里，他也习惯了在离睢最容易发病的时期，搬张小榻睡在月生楼，如果不能一睁眼就看见她安然躺在床上，他总归有一百个一千个不放心。他期盼她时刻都在他目之所及，可又严守男女之防，当年她尚显稚嫩，而他唯恐自己的真心太热，于是憧憬着又压抑着，生怕烫到她。

香老究竟是男是女，这间屋子里又究竟住过几人，只要一天不见到香老本人，这些谜题就一天没有答案。但真正令岳泠澜感兴趣的，其实是香老的身份。

容魄城尽管也在大极的版图之中，但因为所处的地理位置极其神秘，寻常人根本无法找到入口，所以长期以来，容魄城民都过着自给自足同时也与世隔绝的生活，整个城池的风土人情和大极本土无不相同。

既然如此，那这位香老的居所为什么随处可见大极的独特印记？容魄城百姓习惯席地而坐，踏足而歌，可绣床、古琴却都是大极人常用的物件。那个乍一看没什么特别的花盆上道道牡丹花纹隐隐有大极国色，但容魄城盛产矿物和石料，风沙经年不断，怎么可能长得出娇贵的牡丹，还是在大极人精心培育下引为极品国花的紫色牡丹？

毫无疑问，这位香老已经很老了，否则床畔的发篓里不会都是白发，那么，一位垂暮老人，在容魄城咒术师的排名榜上独占鳌头多年，私下里却完全是大极子民的生活状态，这其中会不会另有隐情？

当时不过匆匆一瞥，岳泠澜并没有细想，现在经贺兰端旧事重提，他不免开始后悔。如果早知道日后需要倚仗香老才能救离睢一命，他绝对不会止步于这一个粗浅的猜想，毕竟多了解香老一分，他也就多了一分交涉的把握。

他从不相信无缘无故的爱恨，对于这位未曾谋面的咒术师，他根本不指望她会闲得发慌不求回报地救助像离睢这样的陌生人，可他现在对她所知甚少，又该拿什么去牵制她？

岳泠澜越想越烦躁，心里有种说不出来的滋味。他一直都是众人眼中无懈可击的神祇，永远胸有成竹，时刻风度翩翩，但是现在，只要一想到“早知今日”这四个字，他简直觉得自己的喉咙干涩得想冒火。于是他的眼神重新胶着在贺兰端身上，他万分确定，如果贺兰端此刻真的就在他面前，他一定撸起袖子先胖揍他一顿解解气再说！洁癖什么的都不管了！什么安之若素处变不惊通通滚蛋！谁叫他不靠谱还敢撞到刀口上岳公子现在很生气，需要发泄！

他想着这些乱七八糟的事情，连掌心都似乎起了一层薄薄的汗……不对，他从不出手汗的，那是什么东西，让一贯体寒的他突然触到了温热和柔软？他突然冷静下来，侧过身，果然是离睢，也只有她，敢在他情绪阴晴不定浑身杀气四溢的时候拉住他的手，尽管她的手很小，只够握住他的一半。

他反手握住那只小手，像是灵光乍现，他与她忽闪着的眼睛对视，竟瞬间意识到自己漏了此事的关窍。于是他冷冷地望向贺兰端："香老不是早就失踪了吗？"

曾经在容魄城掘地三尺也不可得，她怎么就突然回来了？她是什么时候回来的，又为什么回来，恰巧能让离睢赶上这个好时机？这未免太过蹊跷。

"她回来了，但她脾气古怪，虽然我是城主，也无法强迫她救人，还是得你们亲自来一趟。老岳，小月儿的病不能再拖了，你难道连我都不相信？"贺兰端答得坦荡。

可岳冷澜并没有买账："你该知道，小玉钩的病需要三种解药三管齐下才可根治，而现在，如若没有在她腕口的金线彻底消失之前找到咒术的解药，即便已经有了梨约和晲天也于事无补。"

在这三种解药之中，咒术的解药优先于另外两种。因此就算万事俱备，但只要没有找到这种解药，梨约和晲天都形同废物，用再多也救不了离睢的性命。

"而容魄城距此毕竟万里之遥，如果我们选择前来求药，就等于放弃了留下来直接和施咒者谈条件的机会。"岳冷澜的思路始终清晰。他说得很直白，摆在他面前的其实有两条路，一条是用不思珉和十渡交换咒术的解药，办法再蠢，至少他可以肯定，十渡要的只是不思珉，她对离雎多少有些师徒之情，得到了自己想要的，自然会救离雎。而另一条路，就是远赴容魄城，向那位素未谋面的香老求药，因为时间有限，两条路只能择其一。不是他不信贺兰端，只是对于未知之事，心底总有惶恐。

他到底也只是个凡人，每每涉及和离雎有关的事，总免不了恐惧。十渡再令他鄙夷憎恶，她所求之物却是昭然若揭的，可那位香老，他又该拿什么去与她交换？

贺兰端沉吟片刻，神情也变得严肃："那你也该知道，当年我发冠上的五彩石代表什么，你应该相信我不会害小月儿。"他顿了顿，补充道，"我对她的关心不比你少。"

岳泠澜闻言骤然看向贺兰端，冷笑一声。

很好，贺兰端，无论你说这话是什么意思，是提醒，还是挑衅，你都成功惹怒了我。

他伸手按住桌角，关节因为用力隐隐发白，耳边回荡着七年前的容魄城晚宴上，少年少女尚未完全褪去幼嫩的声音。

"这块石头可不能随便给哦，要是你拿了我发冠上的石头，就要留下来给我做媳妇。"

"我才不要！"

"你不要我的石头？那你还直勾勾地盯着它吞口水干吗？"

"我说的是我才不要当你的媳妇！可这块石头我还是要的！"

"哪有这样不讲理的姑娘？你既然进了我们容魄城，就得守我们的规矩，这块五彩石可是留给未来的城主夫人的，你要了我的东西，就必须得当我的人……哎哎，老岳你从哪里冒出来的……哎哎你怎么打人啊……哎哟你打人别打脸啊……"

贺兰端似乎也正想到了这段往事，忽地捂住自己的脸颊，龇牙"咝"了一声。时隔多年，他脸上挨的那几拳痛感依旧清晰。作为东道主，被一位看上去比自己瘦弱得多的客人揍得毫无还手之力，这简直是他一生的耻辱！

于是贺兰端的牙根也不禁痒了起来，他毫不示弱地回瞪岳冷澜，两个人眼里都有火星子噼里啪啦争先恐后地往外蹿。

眼看他俩大眼瞪小眼，无形的战争一触即发，离雎虽然没听懂贺兰端的弦外之音，也不清楚这两个人正是为了她才起了冲突，但因为知道如果由着他俩继续僵持下去，除了浪费时间之外毫无用处，便干笑着开始打圆场："那个……那我们到底去不去容魄城呀？"

"当然！"两个男人异口同声，他们看也不看她一眼，继续进行无声的对抗。这下，头一回尝到被冷落的滋味儿的离雎姑娘也没辙了，她正想着要不要换别的办法来收场，只听身边有人大叫一声，震得她耳朵"嗡"了一下。

"我说卷毛，既然月姑娘的问题已经差不多有办法了，是不是可以先把棠的诅咒给解除了啊？"原来是夜明生身上的消声咒正好失效了，他一激动就喊出了声，倒也正好解决了离雎的苦恼。

"是城主大人！"贺兰端立刻转移了火力，"有问题都找香老！"

离雎刚松了的那口气又提了上来，夜明生更是傻眼："你不是说棠的咒不难解，难解的是月姑娘的吗？"

"没错，我是这么说的，可是甭管难不难，我都不会解啊！"

"那你刚才还吹得天花乱坠的？"夜明生气得忘了眼前的贺兰端只是个影像，冲上前就想打，棠和云岁成赶忙一人一只胳膊拦住他，他仍是气不过，嘴里直嚷嚷，"还城主呢，连个简单的咒术都解不了，看把你能的！"

"劳心者治人，劳力者治于人，我是城主，又不是咒术师，你懂不懂啊？一看你就不是当官的料！"

"那你刚才那什么什么'消声咒'……"

"我早些年光顾着玩了，统共就没学几个咒术，消声咒还是其中学得最烂的一个，谁知道你那么好糊弄……"

离雎看着这两人叽里呱啦地吵得面红耳赤，脑袋都有点儿发晕，她扭过头，却见岳泠澜唇边正淡淡勾起意味深长的笑容，不禁问道："是不是应该劝个架？"

岳泠澜扇子一转，揽了她的肩便往外走。有什么好劝的？一物降一物，闹得更响些才好呢。

不瞒诸位，有夜明生帮着整治贺兰端，岳公子觉得很舒心。

前往容魄城的命令下达得雷厉风行，别苑里闹哄哄的，所有人都在整顿行装，有的兴奋，有的紧张，其中唯独没有汐回。因为岳泠澜除了让她交出手边余下的所有梨约之外，只交代了她一件事，那便是让她即刻返回慕颜洲。他没有刻意补充些什么，下命令时的声音也是一如往常的冷淡无波，可汐回就在他轻描淡写的语气中，被四两拨千斤地排除在这场集体行动之外。

白天，当汐回第一次听到这样的安排时，她除了死死握住拳头，睁着眼睛极力不让眼泪落下来，其他任何多余的反应都没有。她知道他一旦有了决定便再无转圜的可能，因此除了佯装镇定，别的她什么都做不了，也什么都不敢做。

可是，在她的一生之中，几时受到过这样的羞辱？无论是和她相熟的还是陌生的，只要见过她的人，谁不夸她周到妥帖温柔贤德？现在岳泠澜当着大伙的面宣告她被隔绝在外，丝毫没给她留脸，这痛苦对她而言，不啻为奇耻大辱。可她不怪岳泠澜，她恨离睢。一定是这个女人跟师兄编派她，不然他怎么会突然疏远她，还当众给她难堪？

直到晚上，怨憎和不甘依旧在汐回心底纠缠生长，只要一想到岳泠澜他们明天就会启程，而她将会成为唯一被抛下的人，她便连着呼吸都痛了起来。她自觉是睡不着了，索性起榻跑到院子里。虽然已是夏季，夜间凉意仍是沁人肌骨，如针如钉，密密麻麻地扎来，让她无处躲藏。她极慢极慢地踱着步，看似漫无目的地游荡，最终却停在了岳泠澜的房门前。

屋里传来离睢的笑声，虽然汐回现在无法看清屋内情形，但盲猜都能知道尽管岳泠澜并没有发出什么声音，但看到离睢开心，他此刻的心情一定也很愉快。

哼，离睢高兴，她可不高兴！

汐回暗骂一声，鼓足勇气敲了敲房间。

离睢的笑声并没有因为这突兀的敲门声停下来，反而离汐回越来越近。门开得很快，只见离睢手上提溜着一串九连环，脸上的笑意还未完全散去，想必刚才，她就是在和岳泠澜解这串九连环玩。

汐回低眉顺眼地跟离睢打了个招呼，又怯生生地对撑着肘坐在桌边的岳泠澜道："师兄，我有些话想问问你，可以吗？"

她嘴上说着"可以吗"，一双脚早就抢先一步跨进门槛。岳泠澜自顾自地喝茶，既不抬头也不说话。离睢耸耸肩，他这人就是这样，从不掩饰好恶，想做什么就做什么，也从不顾及别人是不是会觉得尴尬。

算了，月生君随心所欲惯了也不怕得罪人，她这个做未婚妻的就帮他挽回一下呗。于是她不动声色地侧身给汐回让路，又指了指屋外对岳泠澜道："棠早几个时辰就嚷着要做辣子鸡了，我去看看她的进度到底如何了。"说着，还没等岳泠澜开口，她就一溜烟儿地跑了。

呵，平日里沾上点儿生姜就能辣得满屋子团团转的主儿，突然转了性对辣子鸡感兴趣了，说谎也不打个草稿，也不知是该说她聪明还是笨。

岳泠澜这样想着，不觉心中柔软，他小口啜饮的明明是茶，可这已经足够让他感到微醺了。

杯中水纹忽然荡了荡，岳泠澜不满地抬头，目光从汐回的脸移到她因为焦急而抓住桌沿的手上。汐回吃了一惊，迅速缩回手，她知道自己刚才用力猛了些，扰了岳泠澜喝茶，可她也是没有办法啊，她巴巴地喊了他无数次都没能换回他一个眼神，她能不着急吗？

再不把话说出来她就要憋死了！汐回实在忍不住，趁着岳泠澜现在好歹肯看她一眼了，便壮着胆子道："师兄，为什么不让我同你们一道去容魄城？我虽不曾去过那里，但看那日你和那位贺兰城主的交谈，想必此行甚是凶险，万一你们受伤了，有我在，至少也能及时为你们医治啊！”

“你不觉得你应该回慕颜洲吗？”岳泠澜语声平静。

汐回以为他已经有所松动，忙道：“回去做什么呢？师兄，你我同门，理应彼此照应，如今姐姐不在了，我只能跟着你了呀！”

她满脸委屈，说到后来，甚至含了丝哽咽，可岳泠澜似乎并不知道她在委屈些什么，也不想知道。

“回慕颜洲去，这是命令。”他淡淡道。

汐回愕然，微张了嘴，她实在受不了这种折磨，他的语气再平常不过，可他说出来的每一个字，一刀一刀的，都像是在将她凌迟。

“我不回去！”她的血气涌了上来，“一定是月姐姐跟你说了什么，所以你才要赶我走的对不对？她是不是告诉你，我不顾棠的安危，想要牺牲棠来获取‘睨天’？我早就知道她看我不顺眼，可她就这样急不可耐吗？她……啊！”

一滴水珠飞上汐回的额心，她痛呼一声，连连后退。

“第一，如果不是你现在主动提及，我永远都不会知道有这件事。”岳泠澜把面前的茶杯推到一边，刚才用这茶水教训了汐回，他可没兴趣再碰它了，“第二，没有下次。”

汐回咬住下唇，因为突如其来的疼痛，她的脸本就苍白，现下更灰败了几分。她很清楚，他说的“没有下次”，并不是指她对棠的利用，而是她对离睢的责难。她也真是昏了头了，明知他素来对万事不萦于心，唯有离睢一块逆鳞，多少年都忍下来了，怎么这一次就这么沉不住气，竟然当着他的面把心里话说出来了呢？

汐回掩去眸中恨意，低下头去。她才不信离睢真的什么都没有说呢，可她绝不能再让岳泠澜瞧出她对离睢的敌意了。她在乎岳泠澜，她做了他这么久的乖巧师妹，好不容易才在他眼里有了一点点分量……

可她忘了，恨意和爱意一样，都是藏不住的。因此当她重新温顺了姿态，柔柔问出“那么，师兄可不可以给我一个理由”的时候，岳泠澜用她熟悉到害怕的眼神扫了她一眼。

“你想要证明什么？”他起身向她走来，似玉树披雪，步步生寒，“或者说，你想要得到什么呢，汐回？”

她忽地意识到自己的愚蠢，他早已洞悉一切，而她无处可逃。

“我可以给你一个理由。来萱城之前，姑姑嘱咐我，务必尽快找到你，让你回慕颜洲。至于姑姑是有什么事要你去办，那是天知地知她知你知，而我……没兴趣知道。”

汐回短促地抽了一口气。她想起来了，就在源依殿深处的宫室里，在那张观音千辛万苦制成的冰榻上，常年躺着个容颜不改的活死人，一身白衣，长得和岳泠澜颇有几分相似。自她初学医理起，想尽办法唤醒这个人便是观音下达的最为神秘也最为重要的命令，因此尽管观音从未当着她的面唤过他的名字，她也隐约能猜出，这个人对观音的意义，恰如离雎之于岳泠澜。

这个理由自然再有说服力不过了，可只要一想到离雎确实没有在背后告密，汐回就觉得自己的一腔苦闷无处排解，眉头反倒锁得更紧了。

“知道自己最大的毛病是什么吗？”岳泠澜的声音紧随着他深冷的目光追来，不容她躲闪，“你的心太大。”

汐回被迫与他对视，心底像有什么东西应声而碎，竟无法开口反驳。

“人贵自知，而你，自私却不自知。”此刻，他与她不过咫尺之距。

她盼望与他贴近盼望了许多年，可如今，这愿望的达成竟让她浑身发冷。

“我自私？”人人都称赞她宽厚体贴，谁会把她和这个词联系起来？她茫然地抬头，眼睛睁得大大的，像听不懂话似的重复着他的评价。

“其实，你什么都想要。”岳泠澜微微俯身于她耳畔，唇边勾起的笑意温柔又残忍，“无论是我，还是柳非暮。”

汐回悚然一颤，差点儿就站不住了，一张脸，惨白如墙灰：“师兄，你为什么这么说？你凭什么这么说？”

“六年前长离三劫夜袭慕颜洲，当时正值夏夜，因着小玉钩爱看流萤，我便命人将枕菡榭所有的窗户都打开，抱她向左窗而卧。当日你为她例行诊脉，恰好也在榭中，我清楚地看见他们从若微溪那头过来，绕着枕菡榭飘了一周也没有停下，而是朝着源依殿的方向飘去，显然他们的目标并不是我，或者他们根本不知道这里便是我的住处，可为什么当他们再度掠过左窗、眼看就要离开的时候，你要发出尖叫呢，我的好师妹？”

“我那是一时情急脱口而出，绝不是你想的那样！”她狂乱地摇头，气喘如牛，“我不是那样的人，你冤枉我！”

“是吗？那就先说两个不冤枉的。”他依旧面无波澜，“慕颜洲无人不知萧渺钟情于你，他擅长易容换面之术，而你精通医理药性，你二人一表一里，相辅相成，自幼便被姑姑有意划为同组授艺，感情甚笃……”

“可那只是兄妹之情，我从未有一时一日喜欢过他！”汐回神色一紧，急急高声打断岳泠澜。

“可你也从未有一时一日拒绝过他。”他眸光微敛。

“怎么没有，”汐回像是在慌乱中抓住了什么，连忙道，“师兄你忘了？当年他在我的及笄宴上求亲，便是看准了师父在上，宾客满堂，料想我定不至于当众驳他的面子，可我依然拒绝了他，半点儿都没有犹豫啊！”

岳泠澜不置可否：“倘若我没有记错，那日你拒绝他的理由是挽溯和菱潭尚未婚配，你这个做小妹的不敢逾越，言语之中，并未有一字一句提及你对他的态度，他自然以为你不过是识礼自持，而并非对他无情，反倒对你更添了几分爱重。”

“爱重？”汐回霍地抬头，狠狠地咬牙，“三年前，在碧海青天发生了什么，你不是不知道，他若当真对我爱重，怎会做出那样淫邪无耻的事？”

岳泠澜好整以暇地欣赏着她愤懑不平的样子，唇角勾起讥讽的弧度。她不提这事便罢，既然提了，他便索性趁着今日的便利，同她摊牌算了。

三年前，他亲手放火烧了自己在碧海青天的屋子，更因为那场火伤了根本，以至于缠绵病榻数月，丝毫不见好转。观音到底无法眼睁睁地看着自己亲手带大的孩子把自己作践得人不人鬼不鬼，便不但以最快的速度修复了他的居所，还难得宽容地答应了他的全部要求。她允他继续常住碧海青天，允他随心所欲不被打扰，更允他仍然像离雎在时一样固执甚至苛刻地保留着月生楼的原貌，只希望他能解开心结，早日走出来。

汐回便是直到此时才有了踏入碧海青天的机会的。在此之前，她从未有资格被这块岳泠澜和离雎专属的领地接纳，而现下，她奉观音之命为岳泠澜医治，并被告诫在他痊愈之前都不得擅离，务必一天十二个时辰都保持清醒，以便随时应对岳泠澜反复的病情。

没有人知道，当她一脸沉静地伏地叩拜观音、领下这桩苦差的时候，内心涌动着的是怎样隐秘又强烈的欢喜。她终于可以名正言顺地同他朝夕相对了，要知道，这种待遇被离雎垄断了多少年，她便求而不得辗转反侧了多少年。

从暮春到入秋，在她的精心照料下，岳泠澜的病势渐渐有了起色，更令她暗喜不已的，是岳泠澜终于开始用正眼瞧她了。在此之前，他们之间的联系多数是为了离雎，因此尽管同门多年，汐回依旧很有自知之明，清楚自己在岳泠澜心中原本没什么分量，他对她既不了解，也毫不关心。可如今，他毕竟承了她的恩情，饶是再冷漠的性子，想必也多少生了几分感激。

而就在岳泠澜养病期间，萧渺暂领洲中诸事，风光一时无两，他得意久了，便有些飘飘然，仗着洲中弟子不敢声张，三天两头地往碧海青天跑，美其名曰替洲主探望少主，其醉翁之意自然是不在酒，而在汐回了。

自掌事以来，他的排场和架势便随着他的气焰水涨船高，回回他来碧海青天，人影还未见到，声音已经传了八百里，因此即便岳泠澜从不主动关心旁人的是非，还是猝不及防地撞见了好几回他同汐回的拉扯。

每每此时，我们的少主便会老气横秋地叹口气，心想现在的年轻人性子也太急了些，做事毛毛躁躁的，连表达爱意的方式都如此粗鲁，一点儿都不含蓄优雅，等把小玉钩寻回来，可千万要留心看好她，别让她跟着他俩学坏了。

那一年有太多变故接踵而至，他疲于应对，本以为最糟糕的事已经过去，不料到了落雪时节，汐回所说的那件“淫邪无耻”的事发生了。

人一到了冬天本就容易犯困，何况岳泠澜正值大病初愈，自然每每一过日暮，便早早地裹着件狐白裘瘫床上假寐了，可出事的那个雪夜，他连狐白裘的毛都没够着，就被噼里啪啦一阵乱响惊得打了个哆嗦。

经过之前一系列把他往死里整的破事儿，连岳泠澜自己都觉得他软弱了不少，这不，连这动静的出处都没来得及细想，手就已经缩回来了。可那阵突兀的响动并没有就此消失，反而离他越来越近，阵仗也越来越大，夹杂着桌椅倾倒和茶盏碎裂的声音，隐约还有人声，忽高忽低，难辨情绪，他略侧过耳听了，辨认出这些声音是来自汐回的房间无疑。

真是废话，如今整个碧海青天除了他就只剩汐回和萧渺两个了。汐回为了方便照顾他，就住在离他最近的厢房里，而萧渺……岳泠澜眼底漾出一抹哂笑，这家伙山呼海啸的随从都已经被打发回去了，偏他还死皮赖脸地留着，还不知分寸地闹腾出这样大的动静。

随他们闹腾去，岳泠澜无所谓地继续去捉那件狐白裘，他虽感谢汐回这段时间的照顾，可到底对她本人没什么特殊的兴趣，再者，单从之前几次汐回和萧渺的相处来看，他也无法确定汐回对萧渺的真实态度。女孩子嘛，谁知道是真害羞还是假矜持，是欲拒还迎还是欲擒故纵呢？

想到这儿，他自嘲一笑，人生本就艰难，对于自己不了解的事情就别瞎掺和了，他这条命还得好好留着等小玉钩回来呢，得珍惜啊！

他裹紧狐白裘，正要爬上床去，忽然清晰地听到了汐回的一声尖叫。他的动作立刻顿住，心头一跳，想也不想便往外冲去。

他跑得那样急，并不是因为汐回的叫声里隐含了多少恐惧，只因他听清了，她大喊的分明是“别碰我的梨约”。

什么她的梨约，那是离睢用来保命的东西，他才不管她二人如何纠缠，动了离睢的东西就是不行！

他大步跨进汐回的屋子时，身上还带着外面的寒气，屋内的嘈杂声在同一瞬间归于沉寂。他幽深的目光急速滑过凌乱不堪的地面，碎得四分五裂的酒壶、从中折断的茶案、遍地挣扎过的痕迹，还有……正被萧渺的浑身酒气呛得不断咳嗽的汐回——她满脸都是泪痕，眼神空洞地被萧渺压在身下，极力却又徒劳地推拒着萧渺的靠近……

汐回就这样在无声中望着岳泠澜向自己走来。他出门太急，裘衣早早地落了地，此刻身上只着一件单衣，连原本清淡的冷香都因失了遮挡而显得馥郁起来。她微微失神地沉浸在他的冷香里，她就知道，只要她喊出“梨约”这两个字，不过咫尺之遥的他必定会立刻赶过来。她刻意忽略吸引他过来的原因，继续肆无忌惮地盯着他随风四散的墨发，他紧抿着的薄唇，还有他极为不耐地将萧渺从她身上拽起又一把甩出去时干脆凌厉的掌势。

她的啜泣声忽地又响了起来，双手微抖：“师兄，幸好有你来救我，你若晚来一刻，我便要被这登徒子欺负了……”

岳泠澜眉头微锁，内心也有了些波动，却并不是因为汐回险些遭受的厄运，而是因为，他进了这屋子后的第一反应，竟然是庆幸——遍地狼藉中，并没有梨约。把这东西看得比汐回的名节和安危都重，他着实有些愧疚。

于是，他向前一步，微弯下腰，朝她伸出手。

汐回自然不会知道岳泠澜都想了些什么，她怔怔地盯着他骨节分明的修长手指，每一根都似乎是冰雪琢成的，莹白却又寒凉。多奇怪啊，她都还没来得及碰到他的手，怎么就能知道他身上的温度究竟是暖还是冷呢？

她的脑子一片混乱，好像失去了思考的力量，当她就着岳泠澜的手从地上爬起时，甚至没有意识到自己脸上有大滴的泪滚了下来。

就在刚才，在她奋力挣扎却被萧渺轻松制服、叫天天不应叫地地不灵的时候，她眼睁睁地看着他扯落她的腰带，绝望地想要一头撞死在这里，可即便是这样，即便他那令人作呕的酒气正混着鼻息喷在她的脸上，她都没有落下泪来。

她的手微微收紧，指尖在掌心意犹未尽地摩挲着，岳泠澜在她甫一站稳的那一刻便抽回了手，可这并不妨碍她暗自回味刚才那一场短暂的美梦。

萧渺被岳泠澜甩开后，晃晃悠悠地一路滚到了窗边，冷风迎面拍来，他一激之下，顿时清醒了大半。他撑着窗台，用力甩头，总算想起来刚才都发生了什么。他不敢看汐回，喘了好一会儿，才嘶哑着喉咙解释道，经过这些日子在碧海青天的相处，他发觉自己越发恋慕汐回，而汐回对他的态度也日益亲密，因此，他决定就在今日同她表明心迹。不巧的是，他再三思忖才鼓起勇气前来，汐回却正好不在房中，他见房门虚掩，料想她应该出门不久，多半又是替岳泠澜看诊去了，便索性留在这屋里等她回来。

室内滴漏一刻不停，他等得心焦，一想到汐回就快要回来了，又不免开始心怯。正在这时，他闻到一阵酒香，循着味道找去，果真在桌上瞧见一壶酒，大概是他思念汐回太过，竟觉得这酒香越来越像汐回身上的女子香。他虽胆怯，但恰好寻到了能壮胆的东西，便提起它不假思索地给自己灌了下去。也不知道为什么，这一壶酒下肚，他反倒比先前更加口干舌燥，觉得有股热气在体内一刻不停地乱窜，等到汐回推门而入时，他的脑袋已经胀痛到极点。他没有任何办法，他只知道，唯有制住汐回，让她再也无法逃离他的掌控，他这一身的燥热才能得以纾解。

他越说声音越低，直到再也说不下去。羞愧令他无地自容，他再也没有脸面为自己辩解，更无法直视汐回的眼睛，索性扶着门狼狈地跑开。

这便是岳泠澜对当晚的全部记忆。直到今天，他依然能清晰地回想起当时萧渺白得发青的两颊，还有满地酒壶碎片里，夺目的点点殷红。

“师兄，当年发生的事，你也是亲历者，你说我贪心，说我什么都想要，可难道我会要一个险些轻薄于我的无耻之徒吗？你这还不算是冤枉我吗？”汐回的唇抖了几下，情绪更为激动。

岳泠澜并没有回避她的质问，他嘴角微扬，可眸中全无笑意：“真相究竟如何，你不是最清楚的吗？”

汐回身子一僵，左手微微垂下，掐住右臂，像是正在极力克制着出声反驳的冲动。

见她的气势顿时消了大半，连神色都变得有些木讷，岳泠澜眼中光影闪烁，忽明忽暗，似乎是在迅速思索着什么，又似乎是在考虑到底该不该把话说尽。

汐回并不像她表面展现出的那样温良淳厚，这对岳泠澜来说从来都不是秘密。比如萧渺侵犯她的那一夜，她高声喊出的“梨约”，根本就是莫须有；再比如她先前为了挽溯来碧海青天求他时，总是有意无意地提及离睢，说什么是离睢嘱托她照顾他的，又故意叫他“泠哥哥”，这一切都是为了激他出来相见。

他不止一次领教过她的心计，但每一次都是看破不说破。就像汐回说离睢曾开玩笑地要她照顾他，用指头想想就知道这不可能。也不瞧瞧离睢的醋劲儿有多大，对他的占有欲有多强，一言不合就生气，二话不说没笑脸，他应了阿筝一声“月生君”，她就能玩出一全套的离家出走，就这还是在她已经失了记忆的前提下发生的，她连这点儿小事都无法容忍，又怎么可能把他托付给别的女人呢？

不过，汐回大概做梦也想不到，她自以为聪明的每一次玩弄手段，在岳泠澜面前其实都是无所遁形的，所以她很快就调整好情绪，用带了点儿疑惑和委屈的眼神望了他一眼，又迅速垂下头去：“师兄，你到底想说什么？你越说我越糊涂了。”

岳泠澜若有所思地点点头，同门一场，他本不想做得太绝，如果能让汐回认识到自己的自私和阴暗，能让她回到慕颜洲之后修心养性，他这次和她长谈的目的就算是达到了，可现下，显然是不能了。

片刻的沉默后，他轻轻笑了起来："有件事我一直想不通。萧渺虽然行事浮夸，好大喜功，但也正因如此，他若非已有十分把握，断不肯让旁人拿捏住他的不足之处加以取笑。那么，为何在他向你正式求亲之前，慕颜洲便已无人不晓他对你爱慕难舍？"

言语间，已有扇尖抵住汐回细长的脖颈，岳泠澜提着折扇，手下微微用力，托起她低垂的下巴，迫使她抬头："本派成器的男弟子本就不多，除我之外，姑姑最为倚重的便是萧渺。洲中上下仰慕他的人何其多，偏偏有一人能独占他的心不说，还能三番五次地拒绝他，这样想来，确实值得羡慕。那么汐回你说，会是谁，面上严词推拒，实则心中窃喜，将此事到处宣扬，唯恐有人不知？"

汐回如遭雷击，脸上露出恐惧的表情，她的喉咙被扇子顶着，声音干巴巴的，还带着点儿慌："你是想说，是我有意将此事传与人知的对不对？可这只不过是你的凭空猜测，你没有确凿的证据，又凭什么这样恶意地揣测我？"

事到如今，她还是要同他争辩，真是死不悔改。

"我知你惯会骗人，却不想你连自己都骗。"他神情淡漠，手下又添了一分力，将她逼至死角，"你要证据是吗？那晚我扶你起来时，衣角拖过地面，正好沾上了些残酒，后来我请菱潭看过，她说，这不是酒，这叫'玉人招'。"

他成功地看着汐回剧变了脸色，可他并没有为此感到痛快。

他不懂医，菱潭却是懂的。其实回溯到最初，如果不是她主动将接受弹指湖药浴的机会让给汐回，于学医这一途，天分更高的她是本该取代汐回的位置，拥有更为光明的前景的。有这样的前车之鉴，岳泠澜向菱潭询问时，特地隐去了这"酒"的来源，因此菱潭并不知道汐回与此事有关，也就无所顾忌，老老实实地将“玉人招”的事和盘托出。

别看“玉人招”的名字清丽雅致，它的用途实在叫人难以启齿——据说它是一种令大极皇室代代趋之若鹜又引为秘辛的……媚药。据某本不知名也不可考的大极野史记载，此药最初是由某位不甘寂寞的妃子制成的，一经问世便被皇室子弟们争相追捧，而其最离奇之处是它需要种植在女子身上，受女子肌肤滋养，该女子越貌美，这药的效力也就越强大，待到它成熟时，便会如同芙蓉泣露一般与宿主分离，凝成颗颗红珠，遇水即溶，更有趣的是，因它溶化后散发出的气味像极了酒香，所以外行人看着，只道是葡萄美酒，谁又能想到其中真正的妙处呢?

萧渺曾说，他在汐回房中闻到的酒香像极了汐回天然的体香，这并不是他的幻觉。因为这种玉人招的宿主正是汐回本人，因此它的香味自然和汐回身上的一般无二了。

“那晚，若不曾发生意外，那壶‘玉人招’，你原本预备给谁？”岳泠澜的声音轻飘飘地落了下来，汐回脑子里却“嗡”的一声响——她觉得自己心头霍地撕开了一道裂缝，她无措地揉着心口，那里像是突然扎进了一根刺，越扎越深，她吃痛，直想把它拔出来，好像只要她拔出来，他的诘问就通通不作数了似的。

岳泠澜面无表情地睨着连眼神都开始涣散的汐回，骤然抽回扇子，她原本直着脖子艰难地喘息，此时忽地失了平衡，踉跄着连退几步，还是禁不住跌坐在地。

“萧渺因为当年的事对你愧疚至今，你便也心安理得地这样认为了，每每见到他，便对他百般讥讽，甚至刀剑相向，原来自欺欺人这种事，可以令人眼盲心瞎到这种地步。”

汐回的脸色已经和死人无异，她多想大声嘶吼说不是这样的，你胡说，我怎么会是这样卑鄙的人？我才没有贪慕虚荣，明明不喜欢萧渺却故意晾着他，只为享受他的爱慕，我才没有妒忌离睢，才没有对你有非分之想，什么“玉人招”，我根本闻所未闻……

可是，她为什么心如死灰地发现自己完全无法发出声音……因为，他说的每一个字，都是真的啊！

萧渺阴差阳错成了冤大头，这是事实，那一夜，她原本想利用“玉人招”来引诱岳泠澜，这也是事实。

为什么她步步设局算计时从未有过犹豫，现在却无法面对这些板上钉钉的事？难道连她自己，都觉得这样的她面目可憎吗？

她连着手脚都开始冰冷发麻，可岳泠澜并没有因此便放过她，她之前的矢口否认已将他仅有的耐心都消磨殆尽了。常言道置之死地而后生，他今天非要把真相通通揭开，如果她听得进去，那她至少还有救。

“若你和萧渺说到底是一个愿打一个愿挨，那夜明生呢？他已有了顾姑娘……”

“可他几时说过棠是他的心上人？”汐回哑声打断岳泠澜，“他倒是无数次地对我说过，说他觉得我是这世上最好的女子，他对我十分敬慕，将我视作菩萨一般。”

“他与顾姑娘分明是两情相悦，只是他当局者迷，自己没有意识到罢了。”

“师兄这话说得未免太没道理，连阿夜自己都没能想明白的事，为何偏偏要来为难我？我先前并不知晓他与棠的关系，即便我有意与他交好，又有什么错？”她仰头恨恨地瞪着岳泠澜，越发不肯服软。

“依你之意，如若你一开始便知道他俩是一对，想必就不会介入了？”

“这是自然！”刚顺口接下话茬，汐回就发现自己怕是又中了岳泠澜的圈套。

果然，他非但没有被她的话噎住，反而现出了一副愿者上钩的神情，拢了拢衣袖，语声渐冷：“那么，在柳非暮和你两位姐姐的纠葛里，你又扮演了什么角色？你明知他倾心菱潭，为何不肯放手？”

汐回被他这一记回马枪杀得措手不及，她双手撑地，十指越收越紧，胸口起起伏伏，半晌，才嗫嚅着道："我只是为我姐姐感到难过而已……我何时揪着他不肯放了？这事原本就与我无关，他喜欢的又不是我……"

是啊，她明明知道的，柳非暮无论辜负挽溯与否，那都是他和挽溯、菱潭三个人之间的事，从始至终，他都不曾喜欢过一个叫"汐回"的女子，从来……都没有。

他们三人的爱恨纠葛，本与她毫不相干，她之所以如此激动，真的仅仅是为了替挽溯出头吗？

她颓然地怔了片刻，终于艰难地问道："师兄，你能告诉我为什么吗？"

为什么，第一个遇见柳非暮的是她，可他从未对她有过一星半点儿的喜欢？为什么，她对菱潭的恨意，在她得知柳非暮真正的心仪之人不是挽溯的时候，顷刻间就达到了顶点？

岳泠澜望着她眼底的波动，良久，长睫微垂："恃强凌弱，人性固此。"

他原本并不打算回答她，因为他不信她真的想不明白如此浅显的道理，她只是一直心存畏惧，不敢直视自己灵魂深处最肮脏的一角而已。但是转念想来，又有几个人真的有这样正视自身的勇气？他自己都无法时刻做到，又何必苛责汐回？她毕竟不是十恶不赦之人。

汐回唇瓣蠕颤，眼眶里已经涨满了泪，她觉得痛极，再不掩饰，索性一声声呜咽起来。岳泠澜说的都对，像柳非暮那样的男子，值得一千个一万个女子仰慕，她为什么就得是例外？

她也喜欢柳非暮啊，她只是从来都没有机会开口，难道她活得就不辛苦吗？最初，她以为他爱的是挽溯，她嫉妒挽溯，却苦于姐妹情谊无法表露出来，何况长姐如母，于情于理她都不敢也不能和挽溯去争，相形之下，菱潭是那样弱势，内不被姐妹接纳，外无亲友依傍，这样的软柿子，就算被排挤怨怼、被发泄不满，也都是……活该的。

没错，她就是恃强凌弱，可那又怎样？谁叫她的满腔怨恨本就无处发泄，菱潭偏偏要来撞这个刀口？谁叫柳非暮谁也看不上却看上了菱潭？谁叫菱潭孤苦无依，不欺负她欺负谁？

汐回摸了把脸上的泪水，刚才岳泠澜不是问，她都扮演了什么角色吗？她这就好好想想……从一开始她就打着保护挽溯的旗号，久而久之连自己都相信了，她有意瞒下柳非暮的真心，以至于挽溯至死都抱着虚假的幻想，一直以为柳非暮曾爱过自己，只是因为一时的意乱情迷才负了心，她们姐妹三人之间本就离心离德，经过此事之后矛盾更是雪球似的越滚越大，到如今，死的死，走的走，只留下她一个人。

在她心底，不是没有过其他声音的。有个细小的声音，尽管低弱，可一直都没有放弃过问她，听，它又在问了——

"汐回，你寂寞吗？"

怎么会不寂寞呢？无论是她爱的，还是她恨的，她都失去了，她已经没有姐姐，没有亲人了。

"那么，你后悔吗？"

已经是深夜了啊，风清露寒，寂然无声。汐回不知道该怎么回答，如果可以，谁愿意欺骗自己的内心？

她实在绷不住了，掌心也渐渐渗出了汗，她尝试着从地上爬起来，可又倒霉地踩到了自己的裙摆，反倒更狼狈地跌了回去。这一回，她摔倒的方向和先前有了些变化，正巧掀翻了一旁的烛台，烛火触地即熄，烛台却摇摇晃晃地滚了好几圈，直到连带着撞开房门才算停住了。冷风霎时呼啸而入，屋内一片漆黑，汐回下意识地一阵乱摸，不想摸到了岳泠澜的脚边。

更确切地说，是她正好拜倒在少主大人的白衣白裤之下。

岳泠澜没有防备，不禁微微讶异地轻轻"咦"了一声。

汐回捂着额上摔出的小包，含着泪仰起头，只见这无尽暗夜之中，不深不浅地浮着几缕月色，有少年发似流云，唇若点樱，瑰姿艳逸，冶艳照人。

美到极致的人，便是这微带了点儿疑惑的语气也是好听至极。

汐回心里顿时一片柔软，后悔也好，不后悔也好，在此刻都不重要了。她不错眼地望着岳泠澜，满眼都是希冀："师兄，无论我对别人如何，我对你从来都是真心。我通宵达旦地钻研医术，为月姐姐的病尽心竭力，只是为了让你高兴，这些你都是知道的对吗？"

她说着，像是忽地想到了什么，连眼眶都变得更红了，她膝行着抓上岳泠澜的衣角，神情显得那么柔弱无辜："既然我做的那些事你早就了然于心，为什么你从来都没有说破过？师兄，你容忍这一切，是不是就证明了，其实你也是在意我的，你对我也有情意？"

她苦苦地望着他，期盼他能给予她一个表示肯定的回答，哪怕他什么都不愿说，只是点一下头都好，她做着最后的自救，试图说服自己，她的所作所为不完全是毫无意义。

岳泠澜眸色一冷，指尖微动，那片被汐回紧紧攥住的衣角被倏然割开，他毫不犹豫地避到一旁，淡淡道："容忍？我虽不认同你的做派，但归根结底，那是你的事，与我无关，我不在意，更谈不上容忍与否。"

汐回愣愣地看着他，难道真的是她在自作多情？不，她不相信！

"如果那天我真的被萧渺欺负了，你也不在意吗？"

她问得凄哀，岳泠澜却笑了，反问道："旁人的事，我为何要在意？何况是你咎由自取。"

"旁人？"汐回像没听懂似的重复了一遍，忽然放声大笑，"那谁又算得上是你的自己人？你除了自己以外还关心谁？你一定会说是月姐姐对吧……真是太好笑了，你说我自欺欺人，你又何尝不是？那日在枕菡榭中，我的喊叫引了长离三劫过来，险些伤了她，如果她真有那么重要，你为何对我连半句责骂都没有？"

"你还是不明白，"岳泠澜摇了一下头，离睢出门已经很久了，虽然是夏天，夜里终归要凉一些，要是冻着她便不好了，因此他不想再和汐回多做纠缠，索性挑明道："我之所以待你与其他同门不同，恰恰是因为小玉钩曾受过你的照顾，帮过她的人，我自当替她感念在心。你虽德行有亏，好在尚未铸成大错，此时回头还来得及。”

汐回急促地倒吸了口气，手上微松，那一方衣角落了下来，她无暇顾及，只觉得自己散了架似的，连一丝力气都提不起来。原来，她被自己心仪的男子另眼相看的原因，竟一直都源自他对另一个女子深切的眷恋，还有比这更讽刺的事吗？

“可那次夜袭……”她圆睁着眼，依然不肯死心。

“倘若她真的因你所伤，我也不会责骂你，”岳泠澜坦然迎上汐回的盈盈泪目，“我会杀了你。”

这一次，汐回连自己出气的声音都听不见了，她觉得浑身上下无一处不疼，可又不知道该如何平息这种疼痛，她艰难地咽了口唾沫，脸上血色全无：“可师兄，我是真心实意爱你的啊……”

岳泠澜微微叹了口气，俯下身子，与她对视，“汐回，你并不爱我，你甚至没有真正爱过任何人，包括你自己。你根本就不懂什么是爱。”

晕眩感一波又一波地袭来，汐回无力地瘫倒在地，所有她信任的、坚持的、依赖的、用以长时间支撑自己的，都在这一夜之间尽数崩塌。

她无声无息地瘫坐了不知多久，再抬起头时，脸上泪迹已干。她专注地凝着岳泠澜，一派温柔模样，眼里却是滔天的恨意。她嘴角上扬，一字一句道：“师兄，那你呢？你以为你那就是爱吗？”

她笑意渐浓，语声轻柔无比：“你说，如果月姐姐知道，她脸上那道疤痕其实是拜你所赐，她会怎样？如果她知道，若不是当日被你的剑气灼伤了奇经八脉，她的病就不至于恶化到积重难返的地步，那她还会心无芥蒂地继续和你在一起吗？”

她挑衅地看着眸色越来越暗的岳泠澜，从地上慢慢站起来：“你那更不叫爱，那叫亏欠，叫补偿。”说着，她忽偏了下头，对着门口柔柔笑开，“我说得对吧，月姐姐？”

岳泠澜的身子僵了一下。他缓缓转过身，紧抿着唇，无言地望着正站在门口的离睢。她一动不动地倚着被那个烛台撞得半开的房门，手中仍提着尚未解开的九连环，汐回笑着，与她擦肩而过。

此刻月满中天，夜凉如洗，屋里却因为灯火俱灭的关系显得尤为昏暗。离睢和岳泠澜就这样隔着咫尺之距，两两相望。他们谁也看不清对方的脸，也谁都不敢去看。

平地有冷风顿起，离睢被呛得咳了几声，岳泠澜这才有了点儿反应，手略伸了伸，似乎是想拉她进来。

可他终究还是不敢动。

离睢吸了一下鼻子，悠悠开口，声音清润又温柔："我可以进来了吗？"

他再也忍不住，快步过去拉她，谁知她也正往里走，黑灯瞎火的，不知是谁先被门槛绊了一下，两个人都想去扶对方，结果谁也没站稳，齐齐摔了下去。离睢脚下看不清，没能按套路跌进岳泠澜的怀里，脑袋反倒直接磕上了他的下巴，只听"咚"的一声，他俩都痛得龇牙咧嘴，一时之间，竟分不清谁比谁更狼狈。

少主毕竟有美男包袱，率先爬了起来，捞过离睢就开始给她揉脑袋，揉了几下又想起她像是受了冻，忙又替她焐起手来。他似乎一下子变得多话，一会儿问她头还疼不疼，一会儿又问她还冷不冷，离睢任由他摆弄着，十分配合地回答着他的口水话，等到他实在挤不出什么新话题的时候，她才浅浅笑着问他："说了这么多，里面有一句是你真正想对我说的吗？"

她越平静，越温和，岳泠澜就越无措，他觉得自己嗓子发堵，尝试了好几次都开不了口，便是在这一片黑暗中，他都无法去直视离睢那一双满是星子的眼睛。

"你既不愿说，那只好我来问啦。"离睢依然温柔地注视着他，说话间，她已握住他的手，抚上自己右颊上的小小月牙："小山，这块疤，是你刺的吗？"

他的指刚刚触及她温暖细腻的肌肤上那块格格不入的凸起，此时听到她的声音，不由得战栗了一下。

他的眼睫垂得更低了："……是。"

"我的病也是因为这个，才变得更严重的吗？"

"是……"

"好，"她短促地点了一下头，又往前凑了凑，想把他看得更清楚些，"那你现在如此待我，是不是像汐回说的那般，因为觉得亏欠我，所以想要补偿？"

"不，"他心底一惊，张开双臂用力地箍住了她，他低头抵住她的前额，声音都有些哑了，"我和你之间所有的事，都只和爱有关。"

她紧紧挨着他，把脸埋在他的胸前，每一次的呼吸都比前一次更重，她好像完全无法忍受与他分离，可她长时间没有说话。

他开始有些发慌，想知道她现在究竟是什么样的心情，可又不敢强行抬起她的脸来看，好在他的衣襟依然是干的，至少，他不用害怕她哭了。

他忐忑了好一会儿，直到她轻轻叹了一声。

"你还不肯解释呀？"她在他怀里微微晃了晃脑袋，"还指望我瞬间恢复记忆不成？刺都被你刺了，讨个说法还要我三催四请的，怎么就这么小气呢？再等下去，我都快要睡着了。"

岳泠澜一时语塞。就刚才这一会儿的工夫，他已经想好了她可能会有的种种反应，哭也好闹也好，恼他也好恨他也好，无论是哪一种，他都有把握做出最恰当的回应，即便她要以牙还牙，往他脸上划出个乌龟来，只要她能解气，他眉头都不会皱一下。可他唯独没有预料到的是，她竟会用这样一种近似戏谑的口吻反过来安抚他，这倒让他无法招架了。

"你不恼我？"他低头去看她，难得地不知所措，"我以为汐回那样说……"

她眉眼一弯："为什么要去管旁人怎么说？我说过，我只相信你。如果换作是我，也不会希望你从别人口中了解我。"

这话说得岳泠澜心里暖融融的，可离睢自己却似乎不好意思起来，小手在他的衣襟上抠了许久，这才糯声糯气地接着说道：“和你在一起的每一刻对我来说都很珍贵，我们的时间不该浪费在对彼此的误会和猜忌上的。”

岳泠澜听得心头更热，可随即又是一酸，他知道她说这话的时候，定是又想起了十渡的那道咒，觉得自己已时日无多了。他本不敢面对这件往事，此刻突然生了股勇气，定定地看着她：“我是该直接说还是先酝酿一下比较好？”

这下，轮到离睢傻眼了：“说……说什么？”她刚才似乎说了不少肉麻的情话，难道他也想要效仿？那多教人害臊呀，真是的，起码该让她心里先有个准备嘛……

她迅速地准备好，眨着双含情脉脉的大眼睛，满怀期待地望着他。

岳泠澜扶额：“瞎想什么呢，你不是想听我的解释吗？我正准备说。”

离睢没好气地“哦”了一声，借着黑暗朝他连翻了好几个白眼。

他装作没看见，柔声问她：“之前给你讲过那么多过去的故事，现在就来考考你的记性，有个地方，叫作‘黄泉’，还记得那里是做什么的吗？”

“当然记得了，你说那是慕颜洲地牢的第十八层，也是最后一层，极其阴冷恐怖，是你姑姑专门用来折磨犯人的，暮雨就曾经被囚禁在那里。”

岳泠澜点点头：“那里尽管可怖，但用来锻炼心志却不失为一处妙境。”

他一直都未曾告诉过离睢，对“黄泉”，他其实远比暮雨熟悉。因为那个密不透光的囚笼，是观音特意为他打造的。他被抛进那里无数次，断水断粮、濒临死境无数次，每一次，都是靠着他自己的意志走出来的。观音将他关进“黄泉”时从不手软，对于他的困境也从来作壁上观，她告诉他，要么顺利炼成她要他掌握的术法，要么，就索性死在“黄泉”。

自岳泠澜刚刚记事起，他便知道，观音恨他，她投向他的每一个眼神都是冷的，对他显露的每一个笑容都是假的，哪怕他们正在同桌吃饭，他的神经也是紧绷着的，因为他不知道下一刻，观音会不会突然暴怒，对他一掌劈下。

那时他年纪尚小，对上一代的恩怨又一无所知，自然想不通观音为何会如此恨他，更不明白她既然恨他入骨，又为何要养育他。在遇见离雎之前，观音就是他唯一的亲人，所以无论她待他如何，他都不曾有过半点儿怨怼，他甚至天真地以为，只要他足够孝顺乖巧，总有一天，她会像一位真正的“姑姑”一样疼爱他。

可是他错了。她的命令一道比一道苛刻，他若做成了，她不会有只言片语的夸奖；可若失败了，总有严厉的惩罚等着他。他没有童年，没有玩伴，没有朋友，他曾养过一缸小鱼，闲暇时会对着它们吐露些心事，可被观音撞见一次后，他的这缸小鱼在当晚便翻了白肚。他从此再也不敢在身边留下活物，他一日比一日的沉默下去，心想，他大概生来便不配拥有这些尘世的幸福。

等到稍大一些，他的周围开始充斥着风言风语，在那些鄙夷的声音里，他渐渐勾勒出父辈和观音可能有的纠葛，或多或少了解了观音的心境。在那一年观音的生日宴上，他本想借机与她好好聊一聊，她却醉眼迷离地盯着他笑了一会儿，伸手紧紧掐住他的脖子，他那时到底只是个孩童，哪里拗得过观音的力气？眼看就快要窒息了。

情形如此危殆，满堂宾客却无一人相帮，连一贯疼惜他的拂衣此时也只是焦虑地望着观音，不敢劝说一句。他的脸越憋越红，双手渐渐地放弃挣扎，他想，死就死吧，反正这样活着和死去也没什么两样。可就在这时，他的耳朵里涌进了两种声音。

第一种声音很是响亮，是当年的那一批慕颜洲门人，对他极尽嘲讽的讥笑和谩骂，他背对着他们，心中毫无波动，眼里也全是冷漠。他虽名为少主，可从未受过半点儿尊重，他有着这世间最耀眼的皮囊，同时也背负着最肮脏耻辱的身份，如今他终于要死了，那些人幸灾乐祸也好，鼓掌欢呼也罢，都是再正常不过。

可是紧接着，他听到一阵细小却凄厉的哭声，那个声音上气不接下气地喊着“冷哥哥”，那个声音的主人几乎是扑了过来，往观音的腿上狠狠咬了下去……观音吃痛，抬腿就是一脚，可与此同时，她也清醒了几分，总算阴着脸将他放开了。

他落地后的第一件事，就是连滚带爬地把离睢扯进怀里护住。她已经被观音踢晕过去，他捧着她灰扑扑的小脸，眼睛忽地就热了。他捡到这丫头也有三年多了，因为生性多疑，更因为先前的种种遭遇，他习惯了冷漠处事，待她一直都不算好，她也总爱和他针锋相对，变着法子地给他气受，他怎么想都想不明白，当所有人都对他的痛苦冷眼旁观的时候，为什么会是她第一个也是唯一站出来，不顾性命地想要救他。

那天，他伏在观音脚边不住地磕头，低声下气地求她饶过离睢，他何时这样狼狈过？在此之前，他一直都把那个雪天和离睢的初初相见视为偶然，直到此刻，他才隐约觉出，那是命定。

自那以后，离睢对他的意义开始变得不同。他说不上来具体是什么变化，只是觉得，在这世上，至少还有一个人会关心他的生死，那么即使单单为了这一个人，他也不能再轻易地放弃自己。

天下何其煌煌，又何其空茫，他在慕颜洲飘飘荡荡许多年，此时才终于找到了扎根的地方。那一年，他还不满十岁，哪里懂什么男女之爱？只是觉得离睢重要，像水，像空气，他不能失去她，可又不敢在明面上对她好，他怕观音一旦发现，就会像害死他的那缸小鱼一样，轻而易举地把离睢的性命捏碎。那段日子，他如履薄冰，暗暗下了决心，他必须更迅速地强大起来，唯有强者，才有资格去谈守护。

于是，他更为刻苦地修习各种术法，有时在黄泉一待就是一季，要不是离睢会在他出关的时候特地换上当季的衣裙来接他，光凭慕颜洲那些不按时令任性生长的花花草草，他还真瞧不出春夏秋冬来。

但离睢受伤的时间，他却记得很清楚，那是十年前的春天，正值大极历史上最为传奇的公主紫宸游的忌日。对这位殉国的小公主，大极子民一直都十分尊敬，他们把她奉为英烈，百年来争相传颂她的事迹，可观音显然并不喜欢这位早已作古的传说人物。她从不掩饰自己对宸游的憎恶，每逢公主忌日，她的情绪都会变得阴晴不定，随时都有可能大发雷霆，稍不顺心就对手下人非打即骂，要是气急了，取人性命也是有的。

说起来，在神秘又恐怖的慕颜洲，排行神秘又恐怖的话题榜第一名的当属“公主到底长啥样”了。因为尽管隔了百来岁，我们伟大的洲主观音娘娘似乎对宸游的相貌十分了解，并致力于揪出洲中每一个在眉眼气度上和宸游有着些微相似的倒霉蛋，再一个一个地加以惩戒。然而观音的判断仅仅凭着女人不讲道理的直觉，所以慕颜洲的门人换了一拨又一拨，“公主到底长啥样”依旧是个不解之谜。由于人人自危，“今天你因为像紫宸游挨打了吗”同样盘踞慕颜洲话题榜前列，并与“公主到底长啥样”常年争锋。

在一众倒霉蛋中，首当其冲的就是离睢，随着年岁渐长，她被观音找碴的次数也越来越多，按照观音的话来说，其原因无一例外是“这丫头怎么越长越像紫宸游那个阴魂不散的鬼东西”了。在岳泠澜的记忆里，幼年的离睢总是皱着张小脸问他，她该怎么做观音才会不生气，他那时想的是，把你藏起来，姑姑瞧不见你，想必就不会老是罚你了。

他又一次为自己的天真付出了代价。那个春天，他的修习遇到了瓶颈，他被一种刁钻的术法困扰多日，百思不得其解，他天生傲气，自是不甘心，于是主动进入“黄泉”修炼。这种术法最难的地方在于环环相扣，修炼者必须在有限的时间内突破全部境界，只要一着不慎就会带累着满盘皆输，对体力和心神造成极大反噬。因此，岳泠澜在修炼时极为小心，唯恐行差踏错，渐渐地，他发现，每当他的修为更进一层时，眼前就会出现种种幻象，或是物，或是人，每一种，都等着他勘破。人都有七情六欲，他想要进益，就必须破除执念。

江山千里，破，玉海万顷，破，慕颜洲仙境一般的山水，破，他曾在脑海里偷偷描摹过的母亲的脸……破。

他就快要成功了，可是为什么就在最后关头，随着眼睛的一闭一睁，他持剑的手也开始微微抖动起来。他发现自己躺在若微溪边，身下是硌得他发慌的鹅卵石，身边是正揉着眼睛醒来的离雎。先前，类似的幻象不是没有出现过，可不管那些幻象有多么接近真实，他挥剑时都没有过片刻犹豫，可是这一次，他觉得心像是被什么揪了一下，一阵阵地发紧。

这是岳泠澜第一次看见离雎的幻象，可他并不意外，除了离雎，谁又配当他的软肋，谁又配成为他破境的最后一关？他从来都不敢承认他也是有软肋的，冥冥之中，他的心帮他承认了。他试着提起剑，可不知为何，这剑变得重如千钧，他微微别过脸，即便知道眼前的不过是幻影，他也不敢去看。

“泠哥哥！”

是那个幻影在喊他吗？

“你出关了吗？怎么都没人告诉我？”那个幻影似乎扑了上来，握住他持剑的手。

手上传来的触感过于细腻温暖，岳泠澜分了神，那柄剑竟“哐当”一声掉了下来。

“泠哥哥，你怎么了？”那个幻影还在喊他，“你怎么会在这里？还有……我怎么会在这里？”

他强迫自己和她对视，无数次地在心里默念，这不是离雎，这只是假象，岳泠澜，捡起你的剑，不要魔怔了，只要过了这一关，你就成功了，只要轻轻一刺就好了，不痛的……

可意识到自己在想什么的时候，他比之前更无措了。他是疯了吗，竟然会关心一个幻影痛不痛？

“滚开。”他听到自己的声音，像是从嗓子眼里挤出来的，他转头盯着地上的剑，手却没有动，更没有把那个幻影推开。

即使明知道那是假的，他也舍不得。

“你是不是还没有出关？”那只原本覆住他掌心的手稍稍松开了。

岳冷澜很想知道，为什么连一个幻影呼出的每一丝气息都能让他心神不宁，他再怎么重视离睢，也不至于如此没有定力。

他闭上眼，默念了几句清心诀，他不能功亏一篑，真正的离睢还在等他回家，若他因为区区一个幻象便放弃了，回去还不得被她嘲笑死？

慕颜洲报时的钟声响起，他正好定了心神睁开眼，发现那足以以假乱真的幻象也抬起头，往钟声的方向望去。

岳冷澜突然觉得有什么地方不太对劲。

“没有时间了是吗？”眼前的幻象往后退了退，“你还没有突破最后关口对不对？”

他心底有不安在渐渐放大。

“要怎样才能让你赢？”那个声音变得细如蚊蝇，像是在喃喃自语，“你要我滚，你一直都拿着剑……我明白了。”

几乎是在同时，岳冷澜也彻底明白了，可他已经制止不及——离睢先他一步抢过地上的剑，不假思索就往自己身上刺去。

那一瞬天塌地陷的痛感，连离睢自己都忘记了，可岳冷澜一直记到现在。他有多么痛恨当时的自己，就有多么庆幸离睢不通武功，要不是她连捧个剑都吃力，刺人也没个准头，他的反应再快，也救不回她的性命。

万幸，那一剑虽然重创了她的根本，好歹没有让她立时丧命，他抱着她一路飞奔至源依殿，抬脚狠狠踹倒了前来阻止的拂衣。观音冷笑着刚想开口，他已衣袂微翻，对着她一剑斩下。

相比被岳冷澜的剑气击伤，更让观音震惊的显然是被自己一手养大的孩子拔剑相向。

她按住自己的伤口，不可置信看着眼前满身杀气的少年：“畜生尚且知母，我养育你教导你，恩情重过你的生身父母，你竟为了一个来路不明的小丫头出手伤我？”

“母可以不慈，子不可不孝。”这是他第一次没有叫观音“姑姑”，“养育之恩重于天，若您想要我死，吩咐一声便是，可如今凌空一刀，我不明缘由，又毫无防备，凭着求生本能挺剑自卫，有何不对？”

自卫？观音指着他怀中奄奄一息的少女，厉声道：“你看看清楚！这不过是个连姓名都没有的野丫头！别忘了我把她捡回来是为了什么！你不是也一直当她是个包袱吗？最开始我把她丢给你，你宁可自请入‘黄泉’修炼一年也不愿养她，怎么，到了现在，你倒是对个累赘养出感情了？”

“她不是包袱，更不是累赘。”少年白衣染血，紫眸深邃，语声冷而坚定，“她是我的命。”

观音将离雎抛入局中，害她濒死，就等于伤了岳泠澜的性命，他如今反击，当然是自卫。

观音被他这几句话镇住，一时哑口无言，岳泠澜也不客气，逼退涌上前的门人，将离雎小心地安置在观音的琉璃榻上，再度提起剑。

“救她。”他漠漠地道。

观音气极：“若我不允呢？你打算再砍我一剑？”

“泠澜不敢。无论如何，刚才那一剑，都是泠澜不孝，这便还给姑姑。”他笑得轻快，手起剑落，寒芒过处，有血雾穿胸而出。

拂衣吓得尖叫，想要喊人替他包扎，这少年却没有痛感似的挑眉盯住观音，眼中尽是轻蔑，“姑姑既然决定要取了泠澜的性命，又何必如此拖延？榻上那半条命眼看便要去了，现在你面前这半条自是不甘落后，姑姑不妨猜一猜，哪半条命会先走？”

说罢，他握住剑柄，竟像是要将剑身拔出。

“够了！”观音的脸色霎时间无比煞白，连双唇的血色都流逝得一干二净，她怎么会看不出，岳泠澜这是在以命相挟，尚存几分慈爱之心也好，利用之欲也罢，他赌她做不到放任他死。

这一次，他赢得毫无悬念。

“所以这块疤，是你自己留下的。”离睢听完故事，愣愣地摩挲着岳泠澜胸口的旧伤，她知道有些话，问出口是矫情，可若是不问，便又如鲠在喉，于是终是没忍住，问道，“你想要你姑姑心软，必定下了大力气，以至于这道疤痕过了多年依然如此可怖，这不是小伤，现在是不是还会疼？”

“那要问你了，我的命，”他戳戳她的小月牙，眸中一片深紫之下，似乎翻滚着万种情绪，“你这里若是不疼了，我自然也不会疼。”

毕竟我们俩，同心同命。

“早就不疼啦。”她的手滑上他的脖颈，覆在他轮廓分明的下巴处，把他的头轻柔地转向自己，“你也不许再疼，十年前的小玉钩都没有怪你，难道今天的她会比十年前还不懂事吗？你对她的好，她比谁都明白。”

她原谅得如此轻易，是因为她从未真正怪过他，这一点，他一样比谁都明白。

自她重回他身边，他就想着该如何找一个合适的时机，把这件旧事告诉她，拖到现在，没等到时机成熟，反而等来了这一场闹剧，也不知是不是该谢谢汐回的猝然一击。

对了，汐回……

“为什么一直都没告诉我汐回对顾姑娘的所作所为？”他拨开她鼻尖上的碎发。

“你都知道了？”她撇嘴，“还能为什么？不希望你们师兄妹生嫌隙呗。”

“那为什么现在又这么痛快地说了？”

“因为不想对你说谎啊！”她眼底氤氲，故意凑近他耳边，低哑了嗓音，呵气如兰，“怎么样，是不是很感动？”

感动？感动死了！

他脑门一热，暗骂一句“该死”，低头便吻了下去。

夜色朦胧，月光迷离，九连环微微作响，一室融融暖意。

第四章 闻香识故人

尽管酷暑未至，林中天气已经很是闷热浑浊。人一热，就容易烦躁，这不，阿筝闭着眼睛趴在树荫底下整整三个刻钟都没有睡着，只要稍微生出些睡意，耳朵里便自觉地涌入岳冷澜赶她离开时说的那些话，她就会立刻从迷糊的状态里抽离出来，文明地在心里把岳冷澜的祖宗十八代问候个遍。

距离霁霏动用游魄珠控制离睢的心神已经过去了好几天，阿筝左等右等都没有等到什么消息，实在心痒难耐。她嘴上虽然责怪霁霏擅自将游魄珠带出宫，但私心里其实很期待游魄珠发挥作用，现在眼见日子一天天地过去，岳冷澜那头却半点儿风声也无，她再也按捺不住，偷偷赶到别苑附近，想一探虚实。

幸亏霁霏旁观者清，在别苑外及时拉住了头脑发热的老姐，让她老老实实地待在林子里等消息，探听这种事，由自己来做便好，即便被发现，最多也就是让离睢指着鼻子骂一通或者打一顿，不至于牵一发而动全身，白白地暴露阿筝的身份。

阿筝冷静下来后觉得有道理，便让霁霏放手去做，可她一方面依然急于知道那边的状况，另一方面又担心霁霏遇到危险，加上天气又热，本不适合午睡，因此便老是眯一会儿就往别苑的方向张望一会儿，磨磨蹭蹭的，自然更睡不着了。

身后隐隐有脚步声传来，阿筝闭着眼睛也能听出那是霁霏，这丫头半路出家跟着她学武，尽管很有天分，但到底不如自小修习的练家子，走起路来要比一般会武功的重一些。

不过，她今天的步子，怎么好像有些奇怪？这寂静的林子里，像是不仅有她一个人的脚步声似的，难道，她是被谁挟持了？

阿筝警觉地睁开眼，短箫飞旋而出，往身后击去。

“姐姐！”霁霏娇声笑道，短笛在掌中灵巧一转，迎着短箫的攻势轻轻一撞，那短箫顷刻间便又稳稳落回阿筝手中。

阿筝松了口气，方才她怕误伤霁霏，掷出短箫时特地留了几分力，好在判断无误。

“很遗憾，我们的计划失败了，游魄珠对离睢似乎没有起到任何作用，不过你也别太丧气，我给你拉了个盟友过来。”霁霏挤挤眼睛，推了个人到阿筝面前。

阿筝往来人脸上一扫，心下直道妙极。她歪头一笑，露出牙齿：“好久不见，汐回。”

在见到阿筝之前，汐回一度很犹豫，不知道自己这般轻易地答应结盟是对还是错。她从未见过霁霏，不知阿筝为何去而复返，又突然间多出了个这么大的妹妹，她不愿去想这些事的背后是否藏着什么阴谋，可心里到底是害怕的。虽然岳泠澜这般不留余地，害得她颜面尽失，可无论如何，他都是她的同门师兄，她并不想做出让他彻底失望的事情来。

但她又忍不住地想起自己出言挑拨他和离睢的那一晚，其实她话刚说出口就已经后悔了，无奈覆水难收，她也只得硬着头皮扛下去。她原本也认了，既然岳泠澜要她回慕颜洲，观音那边又确实需要她，她便听话回去就是了，可她次日起早向岳泠澜辞行时，却发现偌大的别苑早已人去楼空。

他非要做得这么绝吗？一夜之间带着离睢他们离开，连个道歉的机会都不给她，难道他已经厌恶她到了这种地步，连见她一面都觉得硌硬？还是说，他打从心里就对她没有一丝信任，生怕她会在明知他已经拒绝的情况下，还死皮赖脸地跟他到那个什么容魄城去？

只要一想到自己被这群人不由分说地抛下，连九曲都被带走了，而他们此刻正行在她一无所知的路上，朝着她一无所知的方向去找寻那个神秘的城池，沿途的欢声笑语里没有一句是关于她的，汐回就气得眼睛骨头都痛了。

她为什么要犹豫？她为什么要内疚？是他们先对她不仁，她不过是找了个和自己同病相怜的人罢了。对，没错，阿筝和她都是被离睢给害了，她们结交有何不可？

她并不知道，容魄城这一行，比她想象的要艰难得多。

容魄城虽赫然印在大极版图之上，但离大极腹地太远，城民容貌习性与大极人殊不相同，千百年来圈地自足，并不依仗大极的扶持。且城中子民以香老为代表，多少都懂些异术，为了保护容魄城不受强邻束孤侵扰，容魄城的城界特地以术法加以封印掩饰，城疆四周还布满大大小小的机关路障，因此普通人根本找不到入口，还很可能踩着路障一命呜呼，更别提进城了。

岳泠澜尽管过目不忘，自七年前来过容魄城一趟便记住了路径和解开路障的方法，可这一趟毕竟没有观音这样老到的前辈开路，身边除了离睢之外又尽是一帮拖后腿的，速度便慢了许多。

容魄城所处的地界极寒，萱城已是夏天，可众人越接近容魄城却越像是掉进了冬日的冰窖，沿途寸草不生还日益频繁地出现霜雪。白昼越来越短，为了少走夜路，他们的马车只好每日一大早便出发，天黑之前便早早停下，如此一来，又耽搁了不少时间。

偏偏此时离睢的身体也一日坏过一日，夜间睡得越发不好，整个人都病怏怏得没有精神，马车外一有响动就会从岳泠澜怀里惊醒。他见她肿着一对桃子似的眼，着实心疼得紧，只得吩咐云岁成他们赶车慢一些，山路不稳，尽量少些磕碰，省得离睢还未求到药，他这一颗心就被搅得七上八下，跟着入目一片萧索的风景一起凄凄惶惶。

这一路说是风餐露宿毫不为过，还出现了一段悚人的插曲。岳泠澜在清除某个路障时连带着触发了一个隐蔽的机关，地面骤然塌陷，山顶开始崩裂积雪，他护着两个姑娘避开，云岁成和夜明生则把霉运发挥到极致，扑腾着滚下山坡，一左一右挂在了坡边横亘出来的树枝上。天地间一片昏暗，地动山摇，一刻不停，瘦弱的枯枝晃晃悠悠，眼看就要折断，夜、云二人鬼哭狼嚎着，以为这下小命必然玩完。

尤其是夜明生，其实他这一路对岳泠澜憋了不少气。汐回是他梦中的神，他却一声不吭地跟着岳泠澜走了，连跟她道个别都做不到，愧疚之余，本就生了些后悔之心，而如今，堂堂相府公子赶了几天几夜的马车后，即将以这种极其狗血又极其不体面的方式离开他深爱的花花世界，这叫他怎么能甘心！

可再不甘心，死到临头，他能喊出的也不过是一句“公子，请你帮我照顾好棠”。

当时的情形万分凶险，离睢双腿无力，连想要站直都困难，整个人都只能靠在岳泠澜身上，棠虽然健康但终归没有武功，两个人全赖岳泠澜照顾。他若赶去救这两个小子，势必要将离睢抛在后头，夜明生的脸可没这么大，蠢到去挑战离睢的地位。更何况，一根树枝挂了俩，现在是靠着二个人相近的体重才堪堪维持了平衡，岳泠澜就算真是神仙也没法同时救下他们两个，一旦他抓住其中一个，另一个就会同时摔下山去，想想那个画面就让人浑身疼。

可岳泠澜竟然向他们奔来了，他没有犹疑，事态也没有留给他半分犹疑的余地，夜明生极力伸长脖子，看着那向来清雅的少年跑得毫无仪态可言，边跑边圈起手指置于唇边，发出一声口哨。

夜明生感动得热泪盈眶，刚要开口，身下却忽然一空，原来是那根树枝终于不堪重负地断了，只因岳泠澜一把将云岁成拽了上去，动作又快又猛，连个脑子转弯的时间都没给他。

夜明生不受控制地坠落，两个眼眶的热泪全都化成了一脑门的冷汗，云岁成离岳泠澜比较近没错，他选择就近救人也没错，但他要不要这么狠啊？稍微迟疑一下不可以吗？就当安慰一下被放弃的这个人幼小又脆弱的心灵啊！可岳泠澜不但没有半点儿不好意思，还一脸光风霁月地微笑着看他。

看看看，有什么好看的啊，这个人有看死人的癖好啊？

腰部骤然一紧，夜明生一头栽在了九曲的背上，坚硬的蛟鳞硌得他生疼，他这才敢确定，自己并没有死，死人哪里还会有痛觉？九曲不满地摆摆尾巴，挥开劈头砸下来的山雪，驮着夜明生往上飞。

主人的口哨声是越来越不走心了，它想。

夜明生好不容易重新踏了实地，刚想道谢就发现云岁成已经快他一步对着岳泠澜一把鼻涕一把泪地感激开了。

岳泠澜对着云岁成的态度很温暖，说什么云岁成放弃自由追随他，他单单出于道义都有责任确保他们的安全，又说什么对他来说，云岁成不是跟班，是同伴。可当他转头面对夜明生时，俨然又换上了往常那副冷冰冰的形容，睨着人丢下一句："自己的女人自己照顾。"

夜明生欲哭无泪地抹着满头虚汗，腹诽道，当初宁愿不要自由也要跟着你行走江湖的又不止云楂一个，不带这么厚此薄彼的。抱怨完毕，他低头看着正在转着圈儿帮他检查是不是哪儿擦伤的棠，又忽地觉得，能被这傻丫头关心一回，他也算没白受这份惊吓。

岳泠澜那边就没这么好过了，离睢一言不发地替他掸着衣上的灰尘，边掸边咳，他听得心头发堵，想到她身体不好，他方才却把她一个人丢下，虽然明知她在这么短的时间里总不至于真出什么事，她也绝不会为此责怪他，可他依然觉得内疚极了。因为，就在触发那个未知机关的一瞬间，他于仓促中做了一个更对不住她的决定。

他握住她的一只手，垂目不敢看她："小玉钩，我们分开几天，可以吗？"

那只冰凉的手轻轻颤了一下，又恢复了平静。

他心里越发难受，她现在这个凶险的病势，他该陪着她的，可是他不能。距离容魄城还有好几天的路程，虽然方向单一，没什么岔路，大家不容易走失，可这一路上还会遇到什么，谁也无法预料。今天是雪山，明天呢？沼泽？荒漠？深海？峭壁？与其大家一起慢吞吞地面对未知，不如由他先行探路，扫除前方障碍，也好加快大家的行程。

只是，如果这样做，他就必须和离睢分开，并且，如果他遇到什么不测，当下将不会有人知道。

他不是神，不敢拍着胸脯保证他一定不会出事，诚如他此刻根本就不敢和她对视。

可他必须这么做，才能尽最大可能为她争取活下去的可能，他也必须为她留好后路。

于是他没等她回答，便继续道："听我说，不需要太久，我估算了一下，以你现在的速度，如若前途畅通无阻，只需十天便可到达容魄城，我比你快些，五六天应该可以扫清路障，再回来见你，陪你同去。这几天我每晚都会为你放一支'清安'，那种像慢炮似的烟火，你还记得的对吗？它可小了，我袖子里就装了好多，你要不要摸摸看？"

离睢没有说话，一只手由他握住，另一只依然慢慢地替他掸着灰。

他等了一会儿，见她迟迟没有反应，只得继续小心翼翼地道："万一……我是说万一，万一有一天你等月亮出来都没有看见烟花，就赶紧跟着大家回去……不，那怕是来不及，我把九曲留给你，你跟着它回去。"

离睢轻轻笑了一下："回哪里去？"

岳泠澜闭了一下眼，艰难地开口："十渡身边。"

他说着，从怀里掏出个裹得严严实实的物件，想要塞给她，她却头一回发了火，眼皮都不抬扬手就将那玩意儿掷了出去。

"你这算是什么？交代遗言？"她冻得嘴唇发紫，可两颊因为生气涨得通红，"你死在前头，我带着不思珉去找十渡？我是很想活，但我之所以想活，是因为只有活下来，才能和你长长久久地在一起啊！"

她话都说不清楚了，可她没有哭，天寒地冻的，她若是哭了，眼泪还没掉下来就会结成冰，她可不想挂两条冰柱子在脸上让他笑话。

岳泠澜接过棠递来的大氅给离雎披上，俯身去捡可怜的不思珉，但她并不放过他，吸着鼻子在他身后大喊："不许捡！岳泠澜你信不信，你一天不传平安的消息过来，我就立刻咬断自己的舌头！"

她放狠话时，岳泠澜刚把不思珉捡起来，只见他的身子重重地抖了一下，然后，越抖越厉害。离雎眨眨眼，心想自己刚才是不是太凶了，把他吓着了，便很没骨气地凑过去，往他肩上戳了戳。

他立刻反手将她一抱，她这才发现，这家伙原来是在笑。

"相比之下，你更像是在跟我生离死别，"他笑得眉间的雪都落了下来，"咬断舌头不一定会死，你再也不能像现在这样伶牙俐齿地吼我了倒是真的。"

离雎扁着嘴，夺过不思珉塞回他怀里，又唯恐他冷，一面拂去他身上的残雪，一面将自己的大氅解下，扣子一颗接一颗，紧紧地替他扣严实了，这才柔了语气道："马车里还有别的棉被斗篷，你在外不必担心我，只要记着，咱俩都不会死的。"

岳泠澜揉揉她的发："记住了。"

"还有……"她故意拖长了声音，见他开始紧张，得逞地指指他的袖子，笑道，"别忘了给我放烟花，我喜欢看。"

如果岳公子能够预见被打肿脸的将来，他一定不会像现在这般应得飞快，因为仅仅是在他走后的第一天，"清安"就没有如期亮起来。

马车摇摇晃晃，云岁成勤勤恳恳地赶着路，离雎裹着被子靠在棠的怀里，和对面的夜明生大眼瞪小眼。

没有岳泠澜的护持，他们这一天过得比以往要辛苦许多，可再累，夜明生也不敢合眼。之前离雎的话他可是听到了的，一天没见着那什么烟花她就立马咬舌自尽，现在不过是第一天，雪花积了一车顶都没看见那烟花的鬼影子，万一她真的想不开咬了舌头，黑心爱骗人的公子又回来了，这责任他一个小虾米怎么担得起啊？必须提起十二分的精神盯紧离雎，决不能松懈！

正在这时，离雎眼皮子略微闭了闭，嘴也渐渐张开了，夜明生吓得不轻，刚想提醒棠，离雎就完整地打了个哈欠，懒懒道：“阿夜，你说要是搁在话本子里，小山会是个什么样的角色？”

“以公子的人品相貌，自然是主人公，还得是纵横天下无往不利翻手为云覆手为雨的主人公！”夜明生默默抱怨岳泠澜食言是一回事，吹捧他的时候真心实意就是另一回事了。

离雎满意地点头：“这不就结了，你见过哪个话本子的主人公，刚出场第一回就没戏了的？他答应过我不会出事，何况这才第一天，你尽管放心去睡，我的舌头还要用来说话呢。”

夜明生缩了缩肩，咧了几下嘴试图缓解尴尬，棠看看他又看看离雎，知道他其实并不算是多此一举，因为离雎嘴上虽然轻松，眼睛却一刻都没有离开过马车窗。

这样的情形持续了整整五天，或许是因为岳泠澜在前头开路，他们再也没有遇到什么阻碍，只是路越走越陡，雪越下越大，到了第六天，前方只剩苍茫一片，而他们这驾显得越发单薄的马车在苍茫中举步维艰。

入夜了，云岁成和夜明生用了吃奶的力气也没能把马车上的积雪清理干净，索性便不清了，反正雪就没停过，清了也还会满上。棠知道他俩已经尽力，不好再苛求他们，但又怕离雎现在的身子骨受不了冻，便将他们携带的厚被棉衣都一股脑儿地搬了出来，一床不落地给离雎盖上。

离雎想要阻止，但身上实在没什么力气，棠轻轻抬手便将她按住道：“安心，公子想得很周到，我们带的厚衣裳管够，你顾好自己就成，赶紧睡会儿，都连着几天没合眼了。”

见离雎依旧有些不舍地望着窗外，棠又道：“我替你瞧着，若是有烟花亮起，一定马上叫醒你。”

离雎感激地看着棠，心想离开一粟海不过数月光景，她竟能重遇岳泠澜，还能交到棠这样体贴入微的朋友，哪怕身上这病此刻便要将她的性命夺去，她也不觉得有任何遗憾了。

她不再推辞，耗了这些天，她又不是钢筋铁骨，岂会没有倦意？经棠这么一劝，便听话地闭上了眼睛。只是马车上终究比不得床榻，离睢翻来覆去，怎么睡都觉得不舒服，半睡半醒间，还似乎隐约传来一连串的爆破声，越听越像是烟花炸开的声音。

她分不清是幻是实，只觉得身子像是飘了起来，向着那声音追去。爆破声越来越响，她几乎就能肯定那是“清安”盛放时的声音了，可就在此时，她的步子被谁牢牢扯住，有人在急促地唤她，一个劲儿地要她回头。还没等她做出反应，迎面又猛地吹来一股冷风，她不禁在梦中连连皱眉，不情愿地睁开眼，却没想到，掀开车帘进来的人正是岳泠澜。

棠见离睢终于被唤醒，心有余悸地拍了拍胸口，又偷偷瞄了眼岳泠澜，便马上知趣地退了出去。不知是不是她和夜明生他们说了什么，马车也在她离开后停止了前进。长夜飘雪，周遭寂静，霎时间，车内只有岳泠澜和离睢四目相对，二人都微微有些发怔。

离睢是睡得迷迷糊糊，一时间反应不过来，岳泠澜却是看到她脸色惨白，纤弱的小身板缩在臃肿的被子里，瞬时心疼得说不出话。

愣了片刻，离睢的鼻子和眼睛便红了起来，他消失了近六天，别说什么烟花了，连个哑炮都没给她留下，她逞了这么多天的强，故作轻松地替他找理由找借口想尽办法地开脱，如今见到他，憋了许久的委屈再也压不下去了。岳泠澜赶忙坐到她身边，托住她的后颈让她好靠进自己怀里，不料她忽地发了狠，脖子一抬脱离他的控制，还伸手抓了他的臂，五指狠狠一收，微带了点儿哭腔道：“痛不痛？”

岳泠澜自知食言，理亏在先，哪里敢喊痛，可又怕自己若不回答，这小祖宗反倒会觉得他敷衍，思来想去，只得含糊地“嗯”了一声，随即又立刻盯着离睢，生怕她哭。

离睢推开他，胡乱地吸了几下鼻子，有几分赌气地回道：“痛才长记性！”

这句话，就在几天前还被他拿来教育她自作主张、不顾及他的感受，现在她原封不动地还给他，让他出尔反尔，害她担惊受怕地悬了这么多天心！

“你怎么回来了？我还以为你贵人事忙，早忘了这儿还有一车病残了！”她正在气头上，怎么挤对他都嫌不够。

岳泠澜不敢去抱她，只得握住她的一只手，有些讨好地轻声道：“这说的什么话？你一刻不在我身边，我便一刻不能放心。”

谁知离睢听了这话竟变得更凶，她没好气地甩开他的手，往车厢另一侧钻去，背对着他道：“你只会油嘴滑舌地哄我！这会子不放心了，一连五日你在外音信全无的时候，怎么不想想我有多担心？走之前信誓旦旦地说会放什么烟花，结果呢？我连个屁都没听到！”

岳泠澜原本正在自责这事做得极笨，白白地让她挂心了许多天，可听到她难得地说了粗话，心情激荡之下，反而一个没忍住笑出了声。

离睢一开始就没想真和他闹，她虽不清楚岳泠澜向来重诺，这次为何食言，可他俩心意相通，她不用猜便知道他必定有他的难处，只是眼下她身上不舒坦心里又难受，就有意使使小性儿让他来哄一哄。可他非但没有继续哄她，还笑得这样肆无忌惮，这叫她还怎么演下去嘛！

算了，她也不是爱抬杠的人，无论如何，他平安回来了就好。她刚想着怎么给他也给自己找个台阶和好，死皮赖脸的岳公子就凑了过来，不由分说地捉了她的小手塞进被子里，又从背后揽住她，将她连人带被子地纳入怀中。

他抱着她微微发抖的身子，哄小孩似的轻拍着她的背，随即低头，密而柔地一点点亲吻着她的脸，每吻一寸，便低低道一声“对不起”。

岳泠澜的解释很实在，像他这般学究天人的全才，竟也因为一时情切，犯了一个常识性的错误——“清安”的发作机制类似慢炮，可以延时，却不能远程控制，他在前方开路，离得太远，即便他本事通天，也无法让数里之外的离睢瞧见烟花啊！这些天，他在外又何尝不煎熬？好不容易将前途路障都清扫干净了，便没日没夜地往回赶，就怕她胡思乱想，因为没见着烟花便做出什么伤害自己的傻事来。

离睢气鼓鼓的腮帮子早已消了下去，她依偎着岳泠澜温暖的身体，反过来安慰他道："不要紧，我已经在梦里见过'清安'了，和你那晚在唐府放的一样好看。"

她一贯善良，可也一直在承受苦难。岳泠澜凝着她晶亮的眼眸，良久，轻轻道了句"睡吧"。他的心头软肋，只需负责好好睡觉好好休息，剩下的，都交给他吧。

雪夜天寒，无星无月，晦暗之中，人本就容易没精神，离睢睡着后，岳泠澜不知不觉间也有了困意。其实他一连数日为解决沿途路障劳心劳力，这几天和离睢分开后又时刻惦记着她，哪有不累的道理？现下心神松了些，人也觉出了乏劲儿，不一会儿竟拥着她合上了眼。

等到次日太阳升起，冰雪渐融，棠灌了一竹筒的水掀开车帘想帮离睢梳洗时，见到的便是二人七歪八倒地相拥而眠的情景。他们的样子比起平日里要丑得多，可也温馨得很。棠不忍叫醒他们，刚想先退出去，夜明生的大嗓门就在身后响了起来："公子，前面是一片海，我们过不去了！"

棠敲了敲额头，再一次想不通自己为什么会喜欢上夜明生这个咋呼鬼，转身恶狠狠地比了个噤声的手势。岳泠澜和离睢都太累了，马车之所以行得温暾，她之所以蹑手蹑脚，还不都是为了让他们能多休息一会儿？这个死阿夜，一声狮子吼害得她一番苦心都白费了。

"停车。"岳泠澜睡得浅，其实一早就醒了，只不过见离睢睡得沉，不愿惊动她，这才继续假寐。车停稳后，他往前方一瞥，万顷波涛拍岸而来，呼啸着将残雪吞入腹中，夜明生没有夸大，他们确实被一片大海阻了去路。

"棠，让我看一下窗外。"他温和示意着棠，连自己都没有意识到他刚刚和离睢一般，对"顾姑娘"唤了昵称。信任，大概真的会传染。

不过棠素来心细，此刻也自然感受到他的变化，默默记下了。

透过马车窗，岳泠澜看见雪融后的荒原上，闪烁着点点亮光，红的、黄的、紫的……那是容魄城独有的五彩石。他沉吟了一会儿，望着那些五彩石开口道："跳。"

他的声音不大，但因为四下空旷，醒着的几个人都听得一清二楚，夜明生愣愣地回头对云岁成道："公子让跳什么？"云岁成比他更蒙，茫然道："这里也没什么可跳的，除了……"

"海。"岳泠澜又好心地施舍了一个字。

夜明生几乎抓狂，刚要说话，脊背突然一冷，天瞬间黑了，马车被什么东西卷着腾空起来，他未出口的话就变成了尖叫，跟着九曲一起跃入海中。

九曲表示很想不通，主人明明是让它跳海，这人喊什么？

随着马车天降，海水被九曲的尾巴一搅，竟立刻分成两半，马车入海后，两边水墙又重新涌动起来，顷刻间便合融如旧。

夜明生重新恢复意识的时候，发现马车正踏在实地上，他身上滴水未沾，棠和云岁成依然安静地坐在他身侧，刚才的一切仿佛只是虚空一梦。离睢还在睡觉，岳泠澜掖住她被角的手也不曾放开。身后是碧海如天，身前是一座五彩斑斓的城门，上面歪歪扭扭地写了两个鬼画符一般的字，夜明生抻着脖子盯了许久，才勉强认出那是"容魄"。

他们已经进入容魄地界了，刚才那片海正是容魄城的入口——容魄海，而城门上毫无美感的文字，是容魄城城民对大极文的"改良"，丑着丑着也就看习惯了。

城门轰然打开，贺兰端带着一群卷毛迎了出来。自岳泠澜他们进入容魄海开始，蛟尾铃就没有停止过响动，它已经等了太久。

城主率众亲迎，这是容魄城至高规格的礼遇，最近一次享受这种待遇的还是七年前的观音。岳泠澜没有下车，他遥遥看着贺兰端向他们一行人走来，头上的海纹额带在阳光的映照下越发夺目，依稀间仿佛见到了当年的老城主。在他见过的人中，那是为数不多的令他佩服的人，一生为容魄城鞠躬尽瘁，毫无藏私，七年前甚至为了让岳泠澜留下平定天灾人乱，主动提出将城主之位禅让，这样的胸怀气度，隔了数年想来依然令人心折。

“老岳，你个没良心的，总算舍得来看我了！”贺兰端还是一副吊儿郎当的样子，嬉皮笑脸地钻进马车，刚想对沉睡着的离雎动动小手，岳泠澜就一扇子过来，差点把他的手指打折。

幸亏他的手缩得快，才不至于当场残疾。没等他发作，岳泠澜已冷冷道:“香老呢？”马车外乌泱泱地站了一群人,有前来帮着接待的官员，也有看热闹的百姓，但没有一个人，像是传说中的香老。

贺兰端不是说，香老已经重回容魄城了吗？他们这一路千辛万苦，不就是为了向香老求药吗？为什么香老没有在第一时间出现？贺兰端的表情变得有些不自然，他抓抓头发，突然道：“我们先把小月儿带回去住下吧，在马车里怎么能休息好呢？”

尽管心中已有了疑虑，但念及贺兰端的提议也有几分道理，岳泠澜暂且不与他计较，低头想唤离雎起来，却发现她小脸通红，额头鼻尖全是细汗，连呼吸也渐渐粗重起来。他本以为她是睡得太久把精神睡没了，抬手替她擦了擦汗，这一擦不要紧，他竟发现离雎的额头滚烫，像是点着了个小火炉。他的心顿时沉了一下，忙顺着衣裳探了探她的脖子和身体，发现她全身发烫，他又捉了她的腕子细看，等瞧见她腕口的金线又淡了许多时，他真的着了慌。

“小玉钩，快醒醒！”岳泠澜轻轻晃了晃离雎的身子，一贯冷静的声音已经隐隐透出急切，可无论他怎么喊，离雎都睁不开眼，只微弱地哼唧几声。

“她像是烧得半昏过去了，”这下，连贺兰端都觉出不妙来，劝道，“老岳，快别耽搁了，先随我入城，我好找人来医治小月儿。”

岳泠澜拉过被子再一次将离雎裹好，抱着怀里烧得厉害的小人不发一言。贺兰端知他默许，忙掀开车帘向着随从道：“快着人到偏殿候着，床铺什么的都收拾好，把医官都叫来，贵客病了！”

发烧是再常见不过的病，可离雎的情形十分骇人，她似乎浑身都不舒服，在岳泠澜怀里不住地乱动，嘴里除了低低的呻吟，连一句完整的话都说不清楚。

“小玉钩，你哪里不舒服？你说话……”他哄小孩似的轻声问她，可只换回她不成词句的嘀咕，像是在说梦话，又像是在喊疼。

岳泠澜知道她难受，心里又疼又急，可他没有别的办法，只能暗暗盼着马车再快些，自己则狠着心将她紧紧箍着，以防她因为疼痛踢落被子，再着一回凉。

幸运的是，容魄城的宫殿群离城门不远，不过半个多时辰，他们便下了马车。岳泠澜抱着离雎奔入偏殿卧房，一进门地龙烧得滚烫，医官侍女站了一屋，药香也绵绵不绝。他三步并作两步将离雎放到床上，脱去她的外衫，又扯过一床薄毯替她盖好，这才有工夫从医官手里接过药，准备喂给她。

不知怎的，离雎的神志在此刻突然清楚起来，她躲开药碗，转头就往岳泠澜怀里扎，边扎边轻轻地喊他“小山”。

岳泠澜心都被她融化了，忙连声应道：“我在呢，是不是很难受？”

她瑟缩着，不停地点头。

他更心疼，越发好声好气地问她：“哪里难受？”

她抓着他胸口的衣襟，每说一个字，都好像使了极大的力气：“哪里都难受……有人……在我脑子里放火……”

岳泠澜听得心乱如麻，托了她的后颈道：“那把药喝了好不好？喝了药，火就灭了……”

他的手劲儿刻意放得很轻，可离雎还是不停地摇头，嘴里断断续续地嚷着“不要”，还拼命地去推那药碗，他不敢硬来，更不敢碰她，渐渐地，连眼睛都红了。

“老岳，这样下去不是办法，你不能纵着她不吃药啊！”一旁的贺兰端战战兢兢地提醒道。

离睢此时的脸已经由红转青，嘴唇白得都有些裂开了，岳泠澜把心一横，捏住她的下巴便给她灌了下去，在她吐出来之前沉声警告道：“你再不听话我就去找十渡！”

离睢被他这一嗓子吓得更清醒了，她拧着眉强迫自己把药咽了下去，转眼间就呛出了满眼眶的泪。医官们如释重负地围了上来，岳泠澜轻轻放下离睢，扭头揪住贺兰端的衣领将他拎出殿去。

贺兰端的两只脚都还没落地，岳泠澜已咬牙道：“香老呢？”

他已经不是第一次问这个问题了，早在容魄城外，他看见贺兰端躲闪的眼神起，心里就已经有了答案，他只是不愿去承认，面前这个他唯一信任的知己好友也会骗他。

“老岳，你先冷静一下，听我……”

“我问你香老呢！”岳泠澜转手便将贺兰端甩了出去。

贺兰端的武功本就不能同他相比，对他又没什么防备，这一甩之下瞬间滚到殿外，额带磕在五彩石级上，顿时便裂了。

守卫军一拥而上，追着岳泠澜出来的夜云二人即使心知不敌也护在他身前，贺兰端捂住血流不止的额头吼道：“都给我滚！这是我和老岳两个人的事！”

话音未落，他胸口便又挨了岳泠澜重重一脚，堂堂城主，光天化日之下被人又推又踹，他不要面子的啊？这样一想，贺兰端的血气也上来了，见岳泠澜没施什么术法，便一把拖落他，两个少年扭打着齐齐从台阶上滚了下去，明明两人都会武会法，却偏偏用了最原始的方式，野兽一般地搏击着，以至于身上都挂了彩，场面一度让围观的守卫军们目瞪口呆。

“你也会说这是我们两个人的事，你为什么要把小玉钩扯进来？”

“我是不得已的，我实在没有别的办法……”

“你不是说你也喜欢她吗？你明知时间对她来说意味着什么，我们放弃了另一条生路千里迢迢地来找你，你就这么对我们？这就是你喜欢她的方式？”

“你以为我想这样？我说了我没办法！老岳你知不知道，千百年来，容魄之所以如此神秘，全赖历代香老的秘术为我们的入口设置了结界，常人连这沿途路障都敌不过，更别提冲破我们的结界发现容魄海了！可自现任香老失踪，容魄城的结界便失了维护，一日弱过一日，这些天来我们甚至发现了偷潜入城的柬孤细作，你知道这意味着什么吗？容魄城如今危机四伏，柬孤对我们的矿产和秘术又虎视眈眈，一旦结界彻底失了效用，柬孤又摸清了我们的底，率军攻下容魄城，直入大极腹地便如探囊取物！”

岳泠澜怔了一瞬，想起马车窗外那些熠熠生辉的五彩石，怪不得他当年随观音来时，所遇的路障远比此次艰险，未至容魄海更是连一粒五彩石都不曾看见，原来是容魄城早已风雨飘摇、大不如前了。

可是……

“这关我屁事！”岳泠澜破天荒地爆了粗口，往贺兰端脸上又挥了一拳。

“打人不打脸啊！”贺兰端都快被他揍哭了，“这当然关你的事！你还记不记得当年你是怎么遇到九曲的？记不记得我们是怎么找到香老的住所的？记不记得香老的‘行香’和你生来带的异香何其相似？”

岳泠澜的手指轻微地颤抖着，他记得，他和观音之所以被老城主奉为上宾，是因为他初入容魄城就替城中子民解决了一场祸延多年的水患，顺带着平息了因为这场水患而借机宣扬城主无德激怒苍天、理应另择贤人取而代之的内乱。那时的容魄海常年浊浪排空，阴晴不定，风潮频发，他少年心性、血气方刚，只身潜入海底，竟发现一座废弃已久的高台，上面拴了一只张牙舞爪的巨兽，它每摆一次尾，容魄城便是一次洪水滔天，这只巨兽正是九曲。他救下它，既得了一只忠心耿耿的灵兽，也因缘际会解决了容魄城的灾殃。

不仅如此，他还顺着那座锢蛟台的遗迹一路寻去，在容魄海边上找到一处隐蔽的住所，那里除了挂着历代香老的画像之外，还藏着也许是这世间仅剩的行香，因此那个屋子，极有可能便是现任香老的居所。

“当日九曲绕着香老的屋子徘徊哀鸣不愿离去，你我都说，它必定和这屋主，也就是香老相熟。可是老岳，你想过没有，你找到九曲、找到行香、找到香老的住处，是不是说明你或许也和香老有着极大的渊源？否则你该如何解释你身上的香味和行香那么相似？”

“我不知道该怎么解释，我只知道，贺兰端，你是个浑蛋！”岳泠澜提起贺兰端的衣领，上去又是一拳头，“你骗人的时候心里都想了什么？嗯？你一定什么冠冕堂皇的借口都想好了对吧？那你想过小玉钩会因为你的欺骗无药可医吗？你想过她会死吗？”

“我是浑蛋，可我并没有完全骗你，香老她确实回来了，她也确实是能救小月儿的人！就在不久之前，我们发现她的屋子有人来过的痕迹，那些木制机件都被清洗过，几个之前被我们破坏的机关还被人修好了，这个人一定就是香老，除了她谁还会有这样的本事？老岳，我是迫不得已，我只能想到你，你大概命中注定就是解救容魄城的人，七年前如此，七年后也是如此，只有你能帮助我找到香老，只要找到她，容魄城的危机解除了，小月儿和那位顾姑娘的病也得治了，这不是皆大欢喜吗？”

“你用我至爱之人的性命做赌注，为了一个虚无缥缈谁也没见过的所谓‘香老’，你这样威胁算计曾经倾力帮过你的朋友，还敢振振有词地说什么皆大欢喜？”岳泠澜都快被气笑了，他这一生之中从未如此刻一般一次性说这么多话，也从未体会过如此刺人心肺的寒凉。

“公子，离睢醒了！”棠冲出偏殿大喊。岳泠澜缓缓松开掐住贺兰端脖子的手，掸掸衣上的尘土，起身欲走。

“老岳，你要干吗？”贺兰端撑着胳膊爬了起来。

岳泠澜头也不回。

“你相信我，逼你是我不对，但我实在是需要你帮忙才出此下策，”贺兰端的声音低了下去，“我不会眼睁睁地看着小月儿死的，请你相信我。”

岳冷澜依旧没有理睬贺兰端，不知是没有听到，还是听到了也不愿再相信。

他大步跨入殿中，只抬眸一瞥便逼退了殿中诸人。离雎已经退烧，抓着毯子望着他，胳膊露在外面。他过去捉了她的手塞回毯子里，她像个木头人似的随他摆弄，软软地问他：“小山，是遇到棘手的事了吗？”

“哪有？”他说着，装出一副轻松的样子，蘸了点儿水替她润着发裂的唇，她忽然低低地叹息一声，眼里满是疲惫：“要不，我们别治了吧。”

岳冷澜的指在她的唇上蓦地顿住，然后微微蜷缩起来。一直以来，在他心里，只有他和离雎，才能被称作“我们”，因为彼此灵犀相通，甘苦与共，所以当听到她竟说出这种话时，他的眼睛也跟着热了起来。

“你烧糊涂了，净说胡话。”他哑声道，继续去蘸那碗水。

“你根本就没有见到什么香老对不对？”她平静地看着岳冷澜的瞳孔渐渐张大，“阿夜把什么都告诉我了，也许这就是命。小山，我还有几天？按这金线消失的速度，十天总该有吧？那这十天我们好好地在一起……”

她的声音被水碗尖锐的破碎声打断，岳冷澜一脚踢飞被他砸得粉碎的瓷片，粗暴地把她从床上拽起来：“好什么？我都没有放弃，你为什么要先放弃？”

他的每一个字，都似乎饱含痛楚，夜明生知道自己又多话了，缩着脑袋直往云岁成身后躲，生怕岳冷澜算账，可这一番动静，反而更有效地引起他的注意。

“还不快去容魄海把九曲给我找来！”岳冷澜说话极少用吼的，可事情到了这般田地，饶是强大如他，也已经乱了方寸。他要带着离雎即刻离开，去找十渡也好，去找观音也好，要他怎么做都行，只要能救她。

“小山，我没有放弃，”离睢呜咽着抱住他的腰，“我只是不想你这么辛苦！你从来不自欺欺人的，你知道我剩下的日子说十天都是长的，九曲再快我们也来不及回萱城，更来不及找到十渡他们，真的来不及了！”

岳泠澜眸中尽是痛楚，他俯下身，下巴抵着她的发，护着她后脑的手已经完全不稳了。他多想说“来得及”，跟从前自信满满的许多次一样，可是话到嘴边，变成了一句颤抖的“对不起”。

他陷入了无比沉重的自责，他痛恨自己，为什么会毫无保留地信任贺兰端，把离睢的性命交到除自己以外的人手里，他这一路每行一步都做好了防备，他想过在路上可能遇到的百劫千难，每一关都给离睢留下了全身而退的余地，唯独没有料到，最大的困难，竟然是在他成功进入容魄城之后，由他不是兄弟胜似兄弟的至交一手埋下。

他一遍遍地说着对不起，跟十年前被他一剑伤了经脉的小姑娘说对不起，跟十年后即使已经命悬一线却依然事无巨细为他着想的心上人说对不起。殿内分明围了许多人，但除了岳泠澜和离睢的声音，四周鸦雀无声。棠站在边上默默垂泪，不是为自己身上的诅咒也无人来解，只为了这对苦楚的有情人。

“老岳，为什么不试试跟我一起去找到香老呢？”贺兰端不知何时也已经进来，轻声道，“这真的是眼下最好的办法，你再信我一次。”寒光忽闪，他肋下一阵剧痛，鲜血涌出，无人能看见伤他的究竟是何兵刃，他却再清楚不过。

那是一把无形之剑，只有剑柄，没有剑身，是他和岳泠澜第一次比武时的赌注，名唤“无缺”，是容魄城传人才可佩戴的宝剑。他输了，受到满城子民的嘲笑，若再失了代表城主传人身份的剑器，便半点儿尊严也无了。但他二话不说，愿赌服输，将“无缺”拱手奉上，他和岳泠澜的友谊，也自此真正开始。

可如今，岳泠澜用他赠予的佩剑，反过来伤他。

都是他咎由自取。

记得那时，岳泠澜问他，这剑无形，所缺的太多，怎么偏偏取名叫“无缺”？他也答不上来，只觉得这剑特殊，佩带着分外神气，最后还是他爹出来解了惑，说此剑专配有德之人，人剑合一，自是完美无缺。

岳泠澜眼底冰冷，贺兰端忍痛走到他跟前，伸手去够无缺剑，安抚孩子一般慢慢接近它的剑光：“告诉你主人，我还值得他信任，好吗？”

无缺剑的光芒竟渐渐淡了下去。岳泠澜生出几分讶异，无缺剑极富灵性，且慕强善战，绝不会因为惧怕而失去斗志，何况贺兰端也远不是它的对手，它绝无畏惧之理，那么它不再呈现战斗状态，难道是因为它相信了贺兰端的话？

“老岳，我引你入局，不是为了我自己。”贺兰端在岳泠澜和离雎身前站定，说话间，额前的卷发被不时吹起，“我是一城之主，我有责任守护我的城民不受强敌侵犯。”

“倘若贺兰城主成功解决此次容魄城难，自然得以彻底坐稳城主之位，”岳泠澜眸中露出淡淡的讥诮，“可容魄城的生死存亡，与我何干？”

“我知道你现在觉得我心中只有权欲功利，可是即使容魄城与你无关，大极也与你无关吗？别忘了你是大极人，你的吃穿用度都是大极给你的，如果容魄城亡，束孤一路南下，攻破大极，百年前的清安事变就会重演，这是你想看到的吗？”

贺兰端说得恳切，岳泠澜还没开口，离雎已讽道：“欺骗就是欺骗，你又何必往自己脸上贴金，拿大极来压人？口口声声为国为民，但你连最起码的做人都没学会，不觉得这很可笑吗？你老是要小山相信你，可你又几时真正信任过他？你若是信任他，根本不必整这一出，你只要明白言说，告诉他容魄城有难，需要他帮忙找出香老，他一样会跋山涉水不远万里地来帮你！贺兰城主，你这几年的城主生活把你完全变成了另一个人，从前的你尽管言行乖戾但为人真诚，重信守诺，赠剑赠玉连眉头都不皱一下，可现在呢？你还认得出自己吗？”

离雎的话似是当头一棒，贺兰端愣了一瞬，扭头走了出去。

见自己以病弱之躯胜了这场口舌之争，离雎很是得意，冲一旁的岳泠澜挤挤眼，表示你媳妇我厉害吧快来夸我啊，不料岳泠澜看她的眼神却变得很奇怪，他目不转睛地盯着她，良久，突然一把抱起她，大笑起来。

离雎被他这一连串的举动弄蒙了，她敢肯定，如果不是夜明生他们离得近，岳泠澜还会抱着她转圈圈。

“小山，你疯啦？”就算还没转圈圈，她也已经有点晕乎乎的了。

“小玉钩，我没疯，是你！”岳泠澜揉着她的脸，都有些语无伦次了，“我的意思不是说你疯……我的意思是，你发现没有？你想起来了！过去的事，你已经想起来了！”

离雎捂住嘴，是了，她刚才对贺兰端说，他当年赠剑赠玉……赠玉之事，岳泠澜提过，可是赠剑，那是六年前的离雎才可能拥有的记忆啊！她失声叫了起来，抱着岳泠澜的脖子又哭又笑，老天待她不薄，在她生命走到尽头之前，让她陆陆续续地开始想起遗失的过去，让她找回了一个完整的人应有的自尊。

当日十渡被她诓着洗去了那些虚假的记忆后曾说，要寻回她真正的记忆，还需要最后一步，如果她没猜错，这最后一步，就是要她废去修为。她怎么早没想到？以织梦术为例，一粟海的幻术再强，对不通武艺的人来说也毫无作用，可想而知无论十渡如何费尽心机地在她身上动手脚，只要用的是幻术，那么一旦她没了修为，那幻术的效力也就自然而然地消散了。

只可惜，十渡编织假的记忆，用的一定是幻术，可后来在她身上下的却是咒术，若不是这样，他们这一行人又何必为此大费周章？

离雎自问是个容易满足的人，但是现在，她突然不满足于恢复过去的记忆了，已经感受过什么是温暖和快乐的人，怎么可能再度忍受荒凉和孤寂？她要想尽一切办法活下去，她要带着完整的记忆，和岳泠澜一起面对未来的无限可能。

不就是时间紧迫，现下唯有香老才可以救她吗？贺兰端千错万错，有一句话说得很对，那就是“为什么不试试呢？”如果真能顺利找到香老，她和她爱的人就不必经历蚀骨入髓的痛苦，如果失败了，也没什么大不了的，反正，没有比此刻更坏的情况了。

想到这儿，离睢发现身侧的岳泠澜也安静下来，他放下她，抚了一下她腕口浅淡的金线，郑重地捏了捏她的手。她立刻明白，他也做出了同样的决定，他必须要找到香老，他也一定会找到香老。

离睢很庆幸，那口被岳泠澜强灌的药虽然难喝，效力却很不错，她只花了半天时间就完全退了烧，并且能走能跑，行动上与往日无异。而这半天里，岳泠澜已经将容魄城的藏书阁翻了个底朝天，吃透了和香老有关的全部记载，因此一走出藏书阁，他就带着离睢他们直奔容魄海，毫不耽搁。

按说，香老的住处就在容魄海边，岳泠澜赶去并不奇怪，毕竟如果香老真的回来过，屋里的痕迹显然是唯一的线索。可岳泠澜只进去漫不经心地溜达了一圈，说了句“少了件东西”，便挽着离睢的手看海去了。

跟班们摸不着头脑，谁也不知道少主心里到底是怎么想的，少的那件东西莫非是大家的脑子？他们谁也想不明白，可谁也不敢问，一个个都只有面面相觑的份儿，其中最憋屈的当数贺兰端了。他死皮赖脸地跟着岳泠澜过来，一方面是为了香老这个共同的目标，另一方面也是为了修补被他作死的友情。因此这几天尽管得不到岳泠澜的一个眼神，可怜的贺兰城主依然做小伏低，只盼着这家伙能快点儿消气，哪知道他万年冰块脸不改就算了，都这节骨眼儿上了还有心思谈情说爱看风景，怎么看怎么故意。

尽管容魄城已入了冬，容魄海依旧一碧万顷，遥遥望去，浩浩汤汤，漫无边际。离睢自从逛了香老的屋子，就对她产生了浓厚的兴趣，于是一面看海一面一刻不停地问着问题，一会儿问现任香老是第几任，具体是做什么的，为什么容魄城城民对香老又敬又怕，一会儿又问可有人见过现任香老，若她真是个女子，是不是长得奇美……这本该是贺兰端的专场，可所有他能解答的，岳冷澜早就在藏书阁里了解得一清二楚，哪里还轮得到他来卖弄？于是他只能忍着内伤看着他俩一唱一和。

直到离睢突然指了水天相接之处的一块凸起，问道："那是什么？"贺兰端原本乖乖闭着嘴候在一边，可左等右等，岳冷澜都没有出声，他抬了头，这才发现岳冷澜正看着他，一副你再不说我都要睡着了的表情。

贺兰端顿时恍然，海上那座高耸之物，从未见于容魄城典籍，岳冷澜当然不会知道了。

"那是一座功德塔，立于容魄海风浪之尖，数百年前就起建了，可惜的是直至今日也未能完工。"说到这儿，贺兰端故意停了一下，想卖个关子等大家问他"为什么"，可这群人一点儿都不买账，依旧自顾自地四处看风景，他没辙，只得悻悻地接了下去。

"其实在最初，香老是享俸禄的官职，由城主直接管辖，以保卫容魄城为任。早年的香老恪尽职守，深受百姓爱戴，当时的城主为了表彰香老的功绩，特命城中最顶尖的匠师为其建造一座功德塔。谁料那位匠师心气也极高，执意在这容魄海上最险要之处选址，以至于这么多年过去，容魄城无一人得以窥见功德塔的原貌。听我太爷爷说，此塔不仅无一条路径与海面直接相连，塔身之下还是万丈飞瀑，极高极危。"

"为何最终没能建成？"离睢好奇道，"是那位匠师能力不济，半途而废吗？"

见离睢竟接了茬，贺兰端备受鼓舞，"这事倒真的怪不到那位匠师头上，只怪香老后来不愿再受功名羁绊，渐渐脱离了城主的管束，寄情山水，行踪不定，城主越想心里越不舒坦，再见那塔时，恨不得一夕之间就将它毁掉，哪还会再允人继续施工呢？"

"原是这样，"离睢若有所思，"可怜了那位匠师，只因为上位者的一句话，生平技艺便无法施展，本可完成的杰作也被迫中断，并且永无重启之日。”

岳泠澜凝着功德塔，忽然开口：“错了，此塔已成。”

他向水中虚虚一指，贺兰端疑惑地瞄了一眼，瞬间头皮发麻——波心有道五彩亮光正在微微荡漾，那是塔刹宝珠的倒影，要知道在建塔工序之中，塔刹为最后一道，连五彩宝珠都镶上了，这塔自然是已经筑成。可这是怎么一回事？祖祖辈辈都传言，那塔只完成一小半便停工了，他从小爱浪荡，便不曾有过些微时刻去关心这传言的真假，现在经岳泠澜一提醒，他脑子里似乎涌出了一些重要的念头，可他一时半会儿又说不上来具体的，只能眼巴巴地盯着岳泠澜。

“那是特地为香老建造的功德塔，”岳泠澜悠悠地帮他开窍，“除了香老本人或者是极其敬重他的人，谁又会费这样的苦心建成它？你该不会认为那位匠师敢冒着被城主责难的风险行事吧？”

“公子，依你之意，这塔很有可能就是香老给自己建的咯？”夜明生激动地插嘴道，“那香老会不会就住在里面？我们赶紧过去看看啊！”

棠扯扯他的衣角，小声道：“别丢人了，那塔底下是瀑布，现在天又这么冷，冰柱子说不定能找出几根，哪里住得了人？再者，刚才城主也说了，海上根本无路可通功德塔，难道你能飞过去？”

夜明生被她打击得噘起了嘴，岳泠澜却颇为赞许地看了他一眼：“阿夜说的不无道理，你们仔细瞧瞧那座塔，塔身是否有些异样？”

夜明生得了夸奖很得意，可他的眼神不太好，离塔又远，左瞧右瞧也没瞧出什么狗尾巴花来，倒是云岁成皱眉道：“不知是不是我眼花，那塔周围像是有一圈重影，海风一吹，似乎还会晃动。”

“云楂你没有看错，”离睢望着那处影影绰绰的东西，渐渐地兴奋起来，“我在一粟海时，相比同门喜欢的山水和鸟兽，我更爱和草木打交道，对它们也很熟悉，我敢肯定，那塔身上缠绕着的是花树之类的东西，映在我们眼中才会变成重影。”

“这么冷的天，就算海上会暖和些，若无人精心打理，这塔周围也断然长不出花草来，”云岁成朝着棠温柔一笑，“棠妹，阿夜这回没丢人，香老真的很有可能就在附近，你和月姑娘都有救了。”

棠又喜又忧：“可是我们还是过不去呀！”

离睢拍了拍她的肩，转身跑到海边，学着岳泠澜的样子吹口哨，可她都快鼓成河豚了，那只唯一可能带着他们飞越容魄海的大佬依然没有冒出头来。

岳泠澜按着眉心由着她折腾，见她总算泄了气，他才提点道：“九曲耳朵尖得很，它迟迟不出来，摆明了是在装死。”说着，他顺手拨了一下水面，波涛激荡，窝在水里的九曲“嗷呜”一声，可还是死活不肯出来。

“它在害怕。”岳泠澜淡淡作结。

“可这是为什么？九曲不是曾经围着香老的屋子乱叫吗？它既然很可能和香老有感情，怎么现在又怕她了？”

“你把我们关于九曲和香老的种种推断，都拆开再重组看看。”无论情况有多紧迫，我们的少主都没有放下教离睢思维拓展的爱好。

“你是在容魄海底下救了九曲的，那座锢蛟台有痕迹直指岸上，所以你们当年才依此找到了香老的住处。九曲应该和香老很相熟，可它又十分畏惧那座功德塔，不愿去接触它，根据贺兰和你的猜测，那座功德塔最终的建成者应该是……”她站了起来，“我知道了！九曲怕的并不是香老！那座塔或许根本不是香老建成的，而是一个和香老感情十分深厚的人建的，但这个人显然和九曲不对盘，甚至，他极有可能就是当年禁锢九曲的人！九曲已经感受到那个人的气息，或者，它也早就知道那座塔就是那个人建的，所以它才如此害怕，不敢带我们过去！”

“聪明。”岳泠澜点点她的鼻子以示鼓励，两个人都沉浸在窥破玄机的快乐里，似乎把周围的人通通忘了。贺兰端等不住了，凑上前提醒道：“我就说两点哈，第一，小月儿，你应该叫我兰兰；第二，老岳，你把这些关节全打通了也没用啊，现在的问题是我们过不去，不管是香老本人还是那个神秘的建塔人，我们都遇不上啊！”

岳泠澜漠然地睨了他一眼，扬手划了一个小圈，贺兰端顿时发不出声音了。

“之前你用‘消声咒’对付阿夜的时候，我随便学了一下，”岳泠澜毫无愧疚之心地趁火打劫，从哑巴贺兰城主额头上揭下他的海纹额带，“你太吵了。”

接着，他极轻柔地唤了九曲出来，用贺兰端的额带缚住它的双眼，又摸摸它的胡须道：“九曲，这回不用你找人，我们来玩寻物。你闻闻这个东西，在最快的时间内，找到相同气味的带回来，你不是爱吃五花树上的果子吗？奖励你十船可好？”

九曲“咕噜”一声吞了口口水，像是已经吃到果子似的，餍足地嚎了一声，扭头游走了。

贺兰端刚解开消声咒就冲了过来，骂道：“老岳，难道就因为我把你骗过来，你就可以对我为所欲为吗？”

岳泠澜满不在乎地冷笑一声：“不然呢？”

贺兰端气得想打人，可又知道打不过他，只得忍着气转移话题道：“你刚给那家伙闻的什么？”

岳泠澜收拢手心，懒得回答。

离雎倒是瞧见了，那是一枚绿叶，之前他们在香老的屋子里瞎转悠的时候，她被窗台上的一个紫釉花盆吸引了，不是因为那花盆上有许多牡丹花暗纹，而是盆中有一株刚抽了叶的植物。她对这冬天里长出的新叶感到新奇，就多看了两眼，结果岳泠澜也注意到了，撷了一片叶子下来。

当时，她还对他的行为不明所以，如今见他每一步都暗藏玄机，不禁更加高兴——瞧瞧，这么优秀的男子，可是她的人！

她尚在得意，九曲已扭着尾巴回来了，它讨好地对着岳泠澜晃脑袋，嘴里衔着一大束花朵。

岳泠澜接过那束花，除了贺兰端外，其余的大极人都瞪大双眼：“紫牡丹？”

离雎也吃惊不小，容魄海上除了功德塔周围，哪儿还有花树的影子？岳泠澜显然是诓着九曲去取塔身上的东西过来，她猜过那些或许是爬墙虎之类易于生长的植物，却不想那竟会是大极国花、娇贵无匹的紫牡丹。还有，功德塔塔身上的紫牡丹和岳泠澜手中的绿叶气味相同，不然九曲不会把它们带回来，也就是说，香老屋子里种的，也是这种紫牡丹。

久居容魄城却熟悉大极国花的习性，还如此不辞辛苦地精心培育它，这个香老，还有那位建塔人，究竟是何方神圣？

“不急，我们就快见到他们了。”岳泠澜温声安慰离雎，转头对着贺兰端时，立刻换上了惯常的冷脸：“给九曲准备好果子，要最干净的五花树上的，它挑食，不吃浊物。”

贺兰端气得冒烟，可也只能无可奈何地点头，谁叫他不义在先，还有求于这位大爷？只能听凭他折腾了。

这一日进展颇大，加上岳泠澜说很快就能见到香老，众人都异常兴奋，没有一个说要走的，因此到了傍晚，他们都还围坐在容魄海边，七嘴八舌地谈论着。

自从进了容魄地界，离雎变得比以往更嗜睡了，她耷拉着眼皮，靠在岳泠澜肩上直打盹儿。岳泠澜怕她在室外睡觉会着凉，特意点了支“清安”给她看，于是在浪高风急、人声喧嚣中，漫天烟火溢彩流光。

离雎原本半眯着眼睛看烟花，轰隆声中，她的头脑突然清楚了许多：“你做事从不平白无故，现下好好的放起烟花来，只是单纯想给我看吗？”

“之前在路上就允诺过你，此刻践诺而已。”

“真的没别的原因？”她越发怀疑，“那你干吗笑得跟只狐狸似的？”

“想知道更多的？那你也不能太小气，和我说说你都想起了哪些小时候的事，有来有往，这才公平。”“狐狸”反将她一军。

离雎害起臊来，红着脸不肯说，岳泠澜正想再逗逗她，容魄海忽然掀起了滔天巨浪，滚滚波涛中，竟有一人如履平地，踏浪而来。

那是个老者，白发银须，仙风道骨，他身形瘦削，手无寸铁，可每走一步，容魄海的浪花都被他逼退在后，他的脚印甚至刻在水面之上，久久不散。

众人震惊之下，那人已行至实地，大袖一挥，“清安”顷刻间便熄灭了。他掸掸袖上的飞灰，嘴角微微反撇着，阴沉的眼神里还带了点儿空。

“喂！你这老头懂不懂礼貌？莫名其妙把我们的烟花毁了，还摆出一副这么欠揍的表情，装什么蒜？”夜明生吊着嗓子开骂，他仗着自己离得远，想当然地以为不会有危险，谁料话还没落地脖子就感到一阵剧痛——那老者已锁住他的咽喉，枯瘦的指仿佛蕴着千钧之力，令他完全动弹不得。

这不过是一瞬间的事，连岳泠澜都看不清老人的动作，只觉得他形似鬼魅，飘忽不定，实在难以捉摸。

离雎不自觉地攥紧岳泠澜的手，低声道：“小山，你有把握救下阿夜吗？”

岳泠澜尚未回答，那老者已听到了离雎的声音，扭头瞧了她一眼，神情却骤然变了。他像是失了神一般盯着离雎，嘴唇轻轻开合，似是想说什么。

离雎正猜测他的口型到底是在比画什么，平地忽然起了一阵疾风，她被强行推着往那老者的方向飘去，待看清是那老者在驭风的同时，她也恍然发觉，刚才，他嘴巴一张一闭，说的分明是“师父……”

他为什么冲着她喊师父？他们素未谋面，他的年纪更可以当她的太爷爷了，她当然不可能是他师父了。那么，一定是她和他的师父长得太相像了。

离雎控制不住地想着，正如此刻她无法自控地靠近那老者，他像是急于看清她的模样，以至于早就把夜明生丢到一旁，只专注地想把她抓到自己身边来。

在她终于将他沟壑纵横的一张脸看得清清楚楚的时候，她也看见了他眼底枯败的失望，他摇着头，嘴里喃喃地说着“不是她，不是她”……

离雎突然有点儿同情这位老者，虽然她完全不了解前因后果，可当面对真正的伤心人的时候，但凡有恻隐之心的人，都会不由自主地难过起来。

不过她并没有难过多久，因为一袭白衣在此时欺身上前，将她挡在身后，她这才反应过来，那老者是在跟他们打架，她脑子里都在乱七八糟地想什么呢？

岳泠澜逆风扬袖，无缺剑出，那老者被迫收了掌，阴森森地看着他：“你是何人，身上竟会有我的行香？”

岳泠澜捋顺离雎的发，这才道：“大极人，生而带香，并不稀罕你的。”

那老者眼睛一眯，正要发作，贺兰端跳出来道：“你又是何人？等等……‘你的’行香？莫非你是……”

“城主不识老朽，老朽倒是识得你额上这条海纹玉带，”那老者虽然口称谦辞，神情却十分傲慢，“你爷爷求我师父重返城中的时候，戴着的也是这条额带，不承想都过去多少年了，城主的标志还是这般陈旧没新意。”

“你是香老？”贺兰端激动得忘了自己正在被对方挤对，话都说不利索了，“可香老不是一位女子吗？那间屋子，还有容魄城那些见过她的老人都口述过……”

“你也会说，那些都已经是老人了。”香老叹息一声，“那是我师父的屋子，她是第十四任香老，我是第十五任。”

“甭管你是第几任了，香老，如今容魄城有难，结界衰弱，北束孤猖獗，还望你施以援手！”贺兰端殷切地扶上香老的臂，却被他不客气地拂开。

“我不食君禄已久，对这种事既无责任，也无兴趣。”香老全当贺兰端是空气，只扬起下巴，惬意地吸了几下鼻子，像是正在享受什么，过了许久，他目光阴郁地紧紧盯住岳冷澜和离睢，弯着眼道：“你们也都闻到了吧？很香是不是？”

离睢撇着嘴，扯扯岳冷澜的袖子，小声道：“他是不是变态啊？哪有好好一个大男人喜欢闻另一个男人身上的香味的……”

“一个形似，一个神似，”香老笑得脸上的道道皱纹都跟着抖了起来，“还是你们这两个年轻人有意思。”

岳冷澜嫌恶地瞥了香老一眼，低头对离睢道：“是，此人多半有病。”

第五章 故梦了无痕

这间扁扁的屋子里没有窗，屋顶低而平，六道石门严丝合缝地贴着地面，除了香老手里的一根白烛，再无其他物事能发出些微光亮。岳泠澜他们是被封住五感后，由一群巨大木鸟驮到这里来的，尽管已经被丢到地上快半个时辰了，依旧没人知道这究竟是哪里。

香老虽然气量狭小，但这群人还真不是他强行捆来的。尽管连番被人说有病，可这也算是个事实，他病了一百年，直到行将就木的年纪依然执迷不悟，连他自己都承认，他不仅有病，并且早已病入膏肓。

因此他并没有生气，这群大极人也都是自愿被他带来此处的。其实，若不是后来贺兰端沉不住气，让他发现这些人有求于他，他还真没把握能这么顺利地将他们带来，毕竟那个白衣少年就算赢不了他，想要全身而退也很容易。

“你们且说说，我为何要帮你们？”香老的声音在这间大而空的石屋里显得尤为洪亮。

“你是容魄城民，抵御外敌是你的责任和义务，还需要什么别的理由？”贺兰端很是不满。

“笑话，我之前就说过，不食君禄，无责可咎，况且，”他走到贺兰端身前，烛光下，惨白的脸一晃而过，“我并非大极人，我来自……束孤。”

“你心心念念想要驱赶的北束孤啊城主大人！”香老笑得狰狞，贺兰端听得脊背发凉，连连后退，直到被岳泠澜一把稳住身形才回过神来。

“那么你呢？”香老得意地转向岳泠澜，“你又凭什么要求我帮这两个小姑娘解咒？”

“你错了，是我在等你提要求，”岳泠澜反客为主，“我们这些人身上也有你想要的东西吧？否则你不会煞费苦心地把我们带到这里，耐着性子听我们说完来龙去脉。”

“少年郎，你真的很聪明，不过什么都被你猜中那多无趣，我临时改变主意了，”香老皮笑肉不笑，“我可以答应你们的要求，什么报偿都不要。”

贺兰端欣喜若狂，岳泠澜冷冷睨他一眼，示意他切莫轻举妄动，对香老掏心掏肺。果不其然，见没有出现预料中该有的反应，香老幽幽地说：“不过，世间之事，难有双全，老朽能力有限，是加固结界、保容魄一方安宁，还是救这两位姑娘，两者只能择其一，你们自己选。”

“你不是说你是束孤人吗？你会这么好心反过来帮我们对付自己的国家？”贺兰端讥讽道。

香老长叹一声：“我是个苦命人，被束孤所弃，被容魄所忘，若非今日有难，你这小城主几时才会想起有我这么号人？所以我可以不偏不倚，两不相帮，也可以帮任何一方，关键看你想不想。”

贺兰端舔舔干涸的唇，做贼似的偷偷瞄了岳泠澜一眼，见他脸上没有丝毫波动，越发觉得自己卑劣。他不得不承认，尽管明知这老头是在挑拨，他还是可耻地心动了，他发愁容魄城的攻防不是一天两天，现下终于有了解决办法，他怎么能放过？可是，他已经骗了自己的挚友，把自己真心喜爱的姑娘推进雪上加霜的境地,说他一句不仁不义并不为过，他又怎么能一错再错，在这种时候依然只顾自己的利益？更何况，若非岳泠澜的帮助，他们又怎么可能这么快就找到香老……

“前辈可否告诉晚辈，你既已避世百年，为何会因为区区一支烟火出现？”岳泠澜像是压根就没有考虑香老给出的两种选择，反倒问了个风马牛不相及的问题。

“谁叫你们扰了我师父的清静？”这已不知是香老第几次提起他的

师父了，每一次，他都是一样咬牙切齿，好像“师父”这两个字就是没入牙根的刺，只要轻轻张嘴就足够他痛得抽气。

“是因为我们扰了你师父，还是因为这支烟火名叫‘清安’？”岳泠澜紧追着香老的眼睛。

“够了！”香老喝道，“这与你们要做的决定无关！我的耐性是有限的，赶紧做选择！”

“我们不选！”这回，是离睢顶了过去，“你都活了百八十年了，怎么还玩这种三岁小孩儿都嫌弃的把戏，幼不幼稚？会咒术的是你，选择救一城子民还是救我们都是你自己的事，救与不救本是你的自由，谁也无权置喙，可如今一旦将选择权交给我们，无论舍弃哪一方，我们都势必会欠下另一方的人命，换句话说，你的恶趣味，凭什么要我们来背锅？”

离睢姑娘骂得很痛快，骂完之后拉了岳泠澜的手就想走，可不知是不是她连日来乍悲乍喜消耗了太多精力，没走几步就一头栽了下去。她还兀自晕乎乎的，迎面又是一阵巨大的推力，只见一道满是利刃的石门由天而降，她被岳泠澜推开，瞬间堕入了另一重黑暗之中。

这道惊现的石门将众人的位置再度划分，离睢和夜明生他们不知被阻隔在哪里，香老更是不知所终。新的封闭空间里，只留下岳泠澜和贺兰端两个人，除了岳泠澜腰间若隐若现的无缺剑，再无一点儿光亮。

除了黑暗，更折磨人的还有死寂。这两个人谁也没有说话，更没有动，连呼吸声都几不可闻。

很久之后，贺兰端耐不住了，率先开口道：“看来这个糟老头是非要我们打一架决出胜负不可了，不然他那个鬼问题该怎么选？”

“那便打吧。”岳泠澜淡淡道。

“老岳，你什么时候才能不这么虚伪？”贺兰端在一片漆黑里挥起拳头，“你明知我打不过你！”

“那就闭嘴。”岳泠澜懒得同他废话，省点儿力气想想该怎么出去才是真，虽说离睢和香老无冤无仇，应该不至于有危险，但见不到她，他总归悬着心。

他借着无缺剑的光亮，一寸寸地摸索着四周的石壁，这里显然机关重重，所以刚才那道石门才可以灵活转动，那只要找到别的隐藏机关，想要出去便不是难事。

“老岳，你有几成把握出去？”贺兰端觍着脸问。

“自保不成问题。”

“那我呢？”

“自求多福。”岳冷澜的语气难得如此轻快。

“人与人之间的信任和友爱呢？”贺兰端气得七窍生烟。

岳公子若有所思地回过身，温温柔柔地“哦？”了一声，贺兰城主立刻羞愧地垂下高贵的脑袋，畏畏缩缩地道：“你是不是还在怪我诓了你，连累了小月儿？”

岳冷澜默了默，摇头道：“不怪了。”他蜷了指，在额前轻轻扫了一下，就像若干年前对贺兰端做过的动作一样，“我能理解你，因为她是我的不可舍弃，不是你的。你的不可舍弃，在这里。”

贺兰端感动得快要哭出来了，他朝着无缺剑发光的方向扑过来，想要拥抱岳冷澜，不想又一次扑了个空——岳冷澜躲得轻易，而他扑上了刚才那道剑锋林立的石门……

他没有被扎成刺猬，因为那道石门竟然在触到他的同时收起了遍身锋芒，地面霎时陷落，他稀里糊涂地坠了下去，临了还拉了一把岳冷澜。

好兄弟，一生一起走嘛。

头顶石板“砰”的一声合上，他们摔进另一间石室里，一样的六道石门，无窗无缝，不一样的是，这间石室明显比之前的那间要大得多，并且灯火辉煌，亮如白昼。

令人注目的远不止这些。这间石室布置得极美，尽管没有出口，可满壁都是妖娆生长的紫色牡丹，藤蔓重重叠叠，交错无尽。在一室醉人的馨香之中，有一方小巧的石案，上面摆了个花架子，却并没有安放牡丹，而是斜插了一双精致的绣鞋，鞋身上凝着团暗黑。

这情形，媚色缠绵中不免透着一股诡异。

贺兰端求助似的凑到岳泠澜身边，这回，少主倒是没有推开他，反而主动提示道："现下可以肯定，我们在塔里。"

贺兰端闻言抬头四望，怪不得这里的布局如此奇特，石室一层接着一层，层层变宽变阔，又都是六道石门，还藏着这么多紫牡丹，原来他们是在那座功德塔里。

"可这里又怎么会突然有双绣鞋？"

"这便是容魄海边香老的旧居里，少的那一件东西。"

那是第十四任香老，也就是现任香老口中"师父"的旧居，那是个无处不神秘的女子，只出现在百年前容魄城的旧书里，只留在年逾百岁的老人脑海里，却令人长长久久地挥之不去。

这双绣鞋，原本一直留在她的旧居里，如今被她的徒弟收进功德塔中，享香火供奉，可鞋身上那团疑似血迹的东西，无论如何都与"佛"扯不上边。

说是妖还差不多。

事反必妖。

贺兰端好奇心起，伸手去摸那绣鞋，忽听头顶传来一声巨响，石板瞬移，香老气急败坏地跳下来，大喊着"不要"……可为时已晚，贺兰端已拔出绣鞋，只听四方雷动，石壁震颤摇晃，一块连着一块从中破开，海水咆哮着涌入，将三人立刻冲散。

整座功德塔都在动，石头像长了脚似的往下方猛扎，世界仿佛也在跟着陷落。所幸的是，不知是不是塔身构造设计巧妙的缘故，尽管塔墙破损，海水也依旧在不断漫入，但它的速度明显减缓了不少，一时半会儿还淹不死人。贺兰端自负水性，扑腾了一会儿便贴着石壁站了起来，发现自己已被冲到另一端，而岳泠澜并没有跟着过来，香老更是没了踪影。

他胆战心惊地回头一望，只见岳公子静静站在方才放置绣鞋的石案边上，时不时地四下环视一眼，像是在想些什么。比起被淹死，这位仁兄显然更关心自己的形象，此刻还不忘用扇子优雅地挑起衣摆，以免海水将它过度打湿。

“老岳，你还不跑？都死到临头了还臭美呢！”贺兰端攀着滑不溜秋的墙，急得手上头上青筋暴突。

“跑到哪里去？”岳泠澜看他一眼。

贺兰端登时被问住了，是啊，该跑到哪里去？这塔可是建在海上，就算他能游出塔，他能游出这茫茫大海吗？

“那你倒是快想个办法啊，难不成我们就死在这儿？”

岳泠澜没这闲工夫照顾贺兰端的小情绪，他原本就深谙五行八卦之道，从确定他们身处功德塔的那一刻起，他便仔细打量了一番塔内布局，种种机关不但符合香老对木甲术的喜好，更暗扣了奇门遁甲的要义。

在贺兰端拔出绣鞋，无意中触发了沉塔的机关后，石壁中开，石门挪转，原本的六道石门拓展成八道，正与“休、生、伤、杜、景、惊、死、开”八门相合。岳泠澜敢肯定，香老一定是趁乱从生门逃走了，因此，只要他也找到生门，他和贺兰端就一样可以脱离险境。

他更专注地寻觅着生门的痕迹，可贺兰端只道他已经破罐破摔，越发惨烈地号个不停。岳泠澜不予理会，却琢磨出关键的一点——正常情况下，人处于危难之中，必然心绪起伏，和贺兰端一般哀号喊叫，即便再冷静的人，也断不会连一丝声响都不发出。要知道，这塔中除了他和贺兰端，按理说还有离睢他们，就算他的小玉钩足够沉着冷静，夜明生那家伙的嗓子他可是见识过的。但现下，除了贺兰端的声音，他没有听到一丁点儿其他人的动静。

只有一个理由可以解释这个现象，那就是现在这座功德塔中，只有他和贺兰端两个人，而离睢他们已经不在塔内了。

贺兰端所处之地相对岳泠澜要低矮许多，耗了这些时间，海水已经没上他的脖子，他一张嘴就吞进好几口海水，呛得肺都疼了：“老岳，再不想想办法，你最好的朋友就要淹死了！呸，这水真咸！你最好的朋友不淹死也要被齁死了！”

其他人是什么时候走的呢？岳泠澜兀自思索着，心想这一定是在他和贺兰端到达这一层之前发生的事，否则他不可能毫无察觉。在利刃遍布的石门出现后，场面一度十分混乱，他推开离睢，和贺兰端一起掉到这一层，想来，离睢他们应该就是在同样的当口离开功德塔的。

那么，他们又是怎么离开的？离睢绝不会丢下他自己一走了之，只可能是被香老强行带走的，至于路径……路径必定就是生门！想到这儿，岳泠澜紫眸一亮，从破壁中飞身而出，顺着塔檐一圈圈地盘旋而上，大片葳蕤的紫牡丹中，他找到一抹翠绿，晶莹剔透。

被抛在塔里的贺兰端欲哭无泪，既想不通岳泠澜就算飞出去了也飞不过容魄海，那到底有什么好飞的，更想不通他怎么就真的毫不犹豫地把自己丢下了，神情还很轻松。

贺兰城主已经完全没脾气了，他扣着石壁，想着自己死后被海水久泡的脸会不会很难看，又想着该怎样才能死得不那么难看，就在这时，破壁中突然伸出一只手，将他拽出了塔。

他哆哆嗦嗦地贴着岳泠澜站在塔檐上，整个人都因为连番的变故变得晕晕乎乎的，直到岳泠澜朝他喊了一声“跳”，他依然一脸茫然：跳？跳什么？我的亲娘啊，这可是在塔背面，底下可是万丈瀑布啊，从这里跳下去，这死相难道不比直接淹死更令人不忍直视？

“跳啊，”岳泠澜催促道，“这是生门！”他手上运了几分力，一把将贺兰端推了下去，紧接着，他自己也一跃而下。

他手里牢牢握着之前在牡丹丛中发现的那抹翠绿，跳下去的那一刻，唇边分明带着笑意——这是他送给离睢的那支翠翘，而它所插的方位，正是生门所在。他就知道，他的离睢向来聪明，就算被别人带走，也一定会留下线索，等他来寻。他习惯了寻找她，从前她无影无踪那么多年都熬过来了，现在这点儿波折又算得了什么？

下坠的时候，贺兰端全部的血液都冲到头顶，他紧紧捂住自己的脸，心想这样的话，即使脑袋先着地，他死便死了，脸终归是好的。

他闭目滑入瀑布，心中皆是视死如归的悲壮，却迟迟没有迎来劈面的痛感，因为谁也不曾料到，瀑布之下，竟是一个幽深的洞穴，他根本来不及思考，屁股就先落了地。他龇牙咧嘴地弓起身子试图站起来，可腰还没抬起来，双腿又被突如其来的重量砸了个半残——岳冷澜也掉了下来，正巧摔在他身上。

有没有搞错，岳冷澜到底是吃什么长大的，看上去腰都快瘦没了，怎么砸下来还这么重？贺兰端喷出一口老血，恨不得一脚把岳冷澜踹下去——等等，为什么接了一下岳冷澜他都觉得疼，可从高处摔到这地上的时候他却不觉得有多难受？还有，平地怎么踹人？他想把岳冷澜踹到哪里去？贺兰端后知后觉地看了一眼地面，这才发现自己和岳冷澜根本就不是落在地上，而是摔入了一只巨大的手掌中。

他压根儿就瞧不出这只手掌是用什么材料造就的，既非石铸也非木刻，摸上去细腻又柔韧。怪不得他摔在掌心里也不很疼，倒像是摔进了自家床上。它泛着柔光，莹亮的五指微微蜷缩着，似乎在召唤谁过来。贺兰端心有余悸地趴在它的掌纹上，若不是被这只质地柔软的手掌接住，他和岳冷澜恐怕早就摔成肉酱了。

他再抬头向上看去，发现这是一只女子的手，说得更确切一些，这是一尊人形雕像的手，那雕像身形婀娜，披散着发，长颈螓首，一手轻挽发梢，而正巧托住他俩的另一只手则伸向不远处，似乎是在示意谁过来。

这显然是尊未及笄的少女像，否则便该结发了，贺兰端握着“她”的一根手指站起，想把这少女的眉目看得更清楚些，不管怎样，这也算是他的救命恩人嘛！

他才不想承认他是因为直觉这少女甚美，才想看看“她”究竟长得什么模样呢。没想到，不看不要紧，这一看简直把他吓得魂飞魄散，这少女身上每一处都雕琢得分外细致，唯独没有五官！

“贺兰！”

哎？是谁在喊他？

“下来！”

贺兰端本能地一哆嗦，从指缝里听话地跳了下去。

“老岳，你什么时候跑下来的啊？”平安落地后，他咧着嘴问道，岳泠澜却不作声，只忽然皱起眉，把他往身后一带。

洞中惊起一片寒光，那只巨掌连着那尊人像向四面射出无数气劲，如刀锋裹挟着流火，所到之处顷刻间化为焦土。贺兰端瞠目结舌地望着那尊刚刚救了他一命的少女像，又看了看四周，这洞内坑坑洼洼，没有一处平整，他原本以为是天然山洞，现在细想，不由得一阵后怕。

“色字头上一把刀啊年轻人。”岳泠澜语重心长地一拍贺兰端的肩，眼底全是懒得遮掩的幸灾乐祸。

贺兰端摸了一把发凉的后颈，再看看那少女像头顶渐渐湮灭的刀光一般的寒芒，觉得岳泠澜嘴巴毒归毒，此言却不算虚。

等到洞中重归寂静，他缩头缩脑地往那人像身后看了看，嗫嚅着道：“它后面乌漆墨黑的，好像有东西，可我不敢多看，怕它又对我发光。老岳，你去看看。”

“是两扇洞门。”岳泠澜早就瞧清了。

“这山洞看样子深得很，里面一定大有乾坤，可这人像很可能被香老施了‘一心咒’，有它拦着，我们根本进不去。”

“‘一心’二字怎解？”

“这你就不懂了吧？一心咒并不算多高明的咒术，因此你在藏书阁里没有见过相关记载，可它却很难缠，被施了这种咒术的东西，与施咒者一心一意，精诚默契。它之所以会攻击我们，很可能是因为我们在一定时间内没有和它心意相通，它由此识别出我们不是香老而是外人。”

贺兰端得意地解释完毕，见岳泠澜犹自思索，又卖弄道，“至于这心意相通嘛，或许是一句话，或许是一个动作，或许是某些特有的暗号口诀，总之，是香老惯常对它说的做的，只要它接收到了类似的信息，就不会对自己的主人戒备了。”

“你其实可以把话说得简单一点儿，”岳泠澜礼貌地听他说完，才建议道，“只要让它以为是香老回来了就可以了。”

“你说得轻巧，”贺兰端哼了一声，“别看它不要脸，可鬼精着呢，死物倒比活人还凶猛，你怎么瞒过它？”

岳泠澜不答，径自走向那无脸人像，每离它近一步，他心头就莫名地生出一缕悲怆，就好像在很多很多年以前，他就认识这尊人像，他亲近它，也心疼它。他这样聪明的人，竟完全无法自抑自己的悲伤，更说不出其中缘由。

他在人像面前立定，缓缓闭上双眼。他在想，这人像究竟纪念的是谁，香老又为什么会把它安排在这里，这洞中究竟藏了什么秘密，如果他是香老，他会对它说什么？

紫眸微睁，他再看向人像时，那人像竟在霎时间现出了一张女子的脸。岳泠澜不知这是不是自己的幻觉，但他看得很清楚，那是离雎的脸！难道是他思念她太过？不，不对，这人像脸上干干净净，没有离雎的那道小月牙，它不是离雎。

那它是谁？再定睛时，那人像的五官已再度消失，可岳泠澜心里却隐隐有了答案。他伸手握住那人像探出的手，轻轻道：“师父，我回来了。”

那人像一动，似乎在微一颔首，几乎是同时，它身后的洞门徐徐打开。

大团大团的牡丹铺满地面和石墙，洞中刹那间紫光迸发，无限娇美。

贺兰端呆呆地看着人像让道，洞天大开，完全分不清是梦境还是现实，直到跟着岳泠澜进了洞，洞门猛然合上，他才敢相信眼前所见都是真的。

这山洞大得很，石室一个接着一个，外厅、厨房、药室……到了卧房时，二人发现里面的陈设和香老旧居里的所差无几，只是大床之外，还设了一张小榻，与岳泠澜当年的猜想一般无二。

大床上同样是团团簇簇的紫牡丹，中部深深凹陷下去，留出一人躺的空间，可里面只平平整整地放着一件淡紫色长裙。它由一道光罩护着，旁人根本无法触及。

岳泠澜料想这是香老为防外人闯入而有意为之，本不觉得奇怪，但待端详了此裙一番后，他发现上面沾满血迹，不知是香老将它保存得太好还是太及时的缘故，这衣裙的成色并不新了，血迹却宛若昨日。他想起了那双诡异的绣鞋，上面那团黑色的东西，先前他还不敢确定，现在，看着这件与绣鞋甚是相配的长裙，他越发笃定，绣鞋上的，也是血迹无疑，只不过时间久了，所以已成暗黑。

他本想再仔细看看，贺兰端碰了碰他的胳膊，他顺势望去，见那花榻旁还有一左一右两个巨大的柜子，左侧的柜子上摆满木件，无一不是少女像，或立或坐，或行或卧，它们也都没有雕刻五官，可体态装束都与洞口的人像相若，想必纪念的是同一个人；右侧的柜子上则存放着女子的小物件，花钿、发簪、手绢等一应俱全，无不极尽精美，而柜子的最高处，静静地躺着一本书。它被香老用特制香料做了防腐处理，因此虽然看着陈旧，却丝毫不见虫蛀破损。

“这是什么？”贺兰端翻了几页，见这书中皆是蝇头小字，迥异于现在的大极文，看得十分吃力。岳泠澜接过书，扫了一眼道：“这是古大极文，素来为皇室所用，民间早已失传。”他又翻回扉页，指着上面神清骨秀的四字，抬头对贺兰端道：“《清安旧事》。”

简简单单的四个字，听得贺兰端汗毛直竖。《清安旧事》？要知道天下之大，只有一本异闻录敢唤作《清安旧事》。多少年了，百姓口口相传，天之涯，海之角，有国曰“大极”，帝膝下唯一女，以年号“清安”封，宠爱殊甚，未可比拟。清安嗜书，慕异事，傅姆衿娘夜诵传奇抚之。自大极始，风月悲欢，公子红妆，皆化墨迹，是为清安旧事。

这就是传说中特地为清安公主紫宸游所搜集的《清安旧事》？众所周知，这本书独一无二，是公主专属，不曾有复刻本，更未曾流传民间，那么现在，它为什么会出现在这里？

“难道香老的师父是……”话未出口，贺兰端已深感匪夷所思，他指着那些木人，一时无法说下去。

岳泠澜则比他冷静得多，或许，这一切早就在他意料之中，如今，只不过是暗藏心底的揣测成真罢了。他点点头，接道：“是清安公主。”

贺兰端越发觉得不可思议，抓着一头卷毛道：“可她不是早就死了吗？怎么会出现在容魄城，还成了香老的师父？等一下，让我理理……她若是现任香老的师父，那她不就是第十四任香老？我的天，这是个什么世界啊？”

岳泠澜一挑眉，他并不觉得这事有多离奇，当年的小公主并未留下尸骨，众人皆传她去世也都是想当然的说法，现下细想本就疑点颇多。倘若香老的师父真的是她，那这些紫牡丹，还有香老对“清安”烟火的反应就都能说得通了。

“那她会不会其实还没死啊？”贺兰端忽地冒出一句。

“醒醒，真正的大极早在仙羡元年便亡了，距今已逾百年，她若不死，就该成精了。”

“也对，”贺兰端略略放下些心，“那这里究竟是什么地方啊？”

岳泠澜提扇碰了碰下巴，毫不顾虑贺兰端饱受摧残的小心脏：“如果我没猜错，这里负责存放紫宸游生前喜爱之物，俗称衣冠冢。”

都说宝塔镇河妖，可容魄海上的功德塔，绝不是为了镇压什么而建的，联系这座衣冠冢想想，功德塔的作用，并非镇邪，而在于守护。

“啊？我们在一个墓穴里？”贺兰端抖着身子，觉得四面都凉飕飕的。他不自觉地往岳泠澜身边靠去，不想下一刻便被无情格开。

岳泠澜没时间也没心思安慰贺兰端，他见卧室之后隔了一堵花墙，也不知之后还有没有新的石室，便一掷折扇，将周遭牡丹尽数拂开，只见紫色围堵的墙面骤然分开，面前竟立刻现出了三张白花花的脸——夜明生、云岁成和顾言棠。原来花墙之后，并非石室，而是又一堵石墙，只不过那上面再无任何装饰，而这三人正在上下左右捶打石墙，看来之前的花墙隔绝音声的效果极佳，以至于连他们的捶打声都不曾入耳。

“小玉钩呢？”他望着被香老掳来的同伴们，眸色转暗。找到了他们，他本该高兴的，可见其中独独少了离睢，又让他怎能不心焦？

夜明生和棠争着开口要答，云岁成见这二人一个赛一个地惶急，只怕他们越发说不清楚，便赶在前头对岳泠澜道：“我们和公子你，还有城主失散后，那香老就将我们带到了这里，说什么月姑娘和他师父长得一模一样，定是她的转世，非要她留下来一生相陪，月姑娘不肯，他便威胁说要杀了我们几个，逼她就范。月姑娘见他举止疯狂，便反过来诓他，说她最不喜被人强迫，若想要她答应什么，非得让她心甘情愿才可，又说自己反正也命不久矣，早死晚死都是死，大不了我们前脚被害，她后脚就跟上。香老果然中计，说他可以先替月姑娘解开身上的咒术以示诚意，否则若月姑娘活不了几日，也无法长久地陪伴他。”

“那小月儿的咒术得解了？”贺兰端插嘴道。

“哪有那么简单？”棠咬着唇，接口道，“香老围着离睢转了一圈，说她这咒术难解，需要费上好几天，离睢便让他也替我看看，他依言瞧了瞧我，说要为我解咒倒是很容易。”说到这里，她像是被什么东西哽住似的，竟无法继续了。

“所以她便要香老先为你解咒是吗？”

听到岳泠澜的声音，棠的头更低了：“是，我被香老拽进这后方药室，他在我眼前晃了几下手指，我便人事不知了。等我醒来的时候，阿珠和云大哥都被倒吊在墙上，药室里只有我们三人，离睢和香老在外面，和我们隔了一道石门，我当时没什么力气，连起身都做不到，更别提打开那扇石门了……”

棠越说越自责，只觉得无颜面对岳泠澜，腿一软，整个人都伏在地上："我听离睢在外头说，她只让香老先为我解咒，并没有答应如若解咒成功她便留下，香老受了骗，像是气急了，不知是打了她还是对她做了什么，总之我再也没能听到离睢的声音。阿夜说，他从门缝里看到香老拖着离睢出了洞……公子，我对不住你，要杀要剐，悉听尊便。"

夜明生听得冷汗直冒，下意识地护住她，唯恐岳泠澜真的动手。岳泠澜瞥他一眼，一脸的"我若想动手你还能挡得住？"

夜明生的冷汗流得更凶了。岳泠澜不再吓他，反将棠扶起，还略显生涩地安慰道："你放心，香老既然把小玉钩视为他师父的替身，必定不敢打她。你是她一心维护的朋友，我又怎会伤害你？"

棠心中感动，暗想就冲着岳泠澜和离睢对她的这份情谊，她也该以命相报。夜明生显然比她更激动，冲上来道："公子，我忘了跟你说，我在门缝里瞧见香老捶打石墙的手法了，他上下左右这么一敲，石墙就哗地开了，可我们刚才依样画葫芦，却怎么都打不开它，是不是因为我们武功不济，力道不足？"

岳泠澜的视线掠过他腕上脚上的红痕，摇头道："香老已是垂暮之年，纵然再强大，能有多大力气？阿夜，我问你，你是被倒挂着看见他的手法的对吗？"

"不错，为此我还特地对他的动作做了反向推演，确保手法无误。"

岳泠澜按照夜明生记忆里的手法敲了一遍墙面，石墙依旧岿然不动。

夜明生忙保证道："我发誓我没记错，那老头真是这么捶墙的！"

岳泠澜不语，从东走到西扫了一遍山洞，等到了药室前面时，他沉吟一瞬，将室门再度合上。只见他的扇沿往门缝中轻轻一插，抽回时，扇面上已粘上了些许墨色的粉末。

贺兰端凑过去一闻，笑道："小子，你没记错，可你的眼睛看错了。"

"你这卷毛胡说什么？"夜明生愤愤道。

"怪不得香老这么放心你们，这叫'覆手香'，他用它捏了个咒，你从门缝里看见的手法原本就是反的，再怎么推演都是枉然。”贺兰端头一回不用消声咒就将夜明生怼了个哑口无言，而就在这时，岳泠澜已用正确的手法打开了石墙，众人的世界顿时被天光和涛声覆盖。

原来这座山洞的出口正处于容魄海的中心，波涛如怒，不知疲惫地拍打着洞边礁石，声势浩大，入目难忘，令人即使身处平稳地界，也依然难以抑制内心的惊惶。

岳泠澜率先奔出洞去，海水茫茫，涛声震天，哪里有离睢的踪影？他双脚已迈入浅海之中，来来回回地寻找着，香老不久之前还和他们身处一地，也就是说在这老头前来阻止贺兰端拔出那双绣鞋之前，离睢已经被带离了山洞，这里除了石头就是水，她还能被藏到哪里去？

他急得五内都痛了起来，可几个同伴竟都开始高声呼喊起离睢，他一刻也听不下去，厉声打断他们道：“住嘴！”

这群自作聪明的家伙，先不说香老会不会蠢到不点穴就将离睢抛在这里，就算他真是脑子进了水还允许离睢说话，这群人的声音此起彼伏，她一个姑娘家，扯破喉咙也盖不过这些呼喊啊！

要是雪语和霜吟在就好了，它们对气味的敏感性远甚于他，定能派上用场。可惜此行过于遥远，容魄城又正值冬季，这两只鸟儿畏寒，他便将它们留在了萱城，眼下想召唤一声都做不到。

怎么办……

对了，气味，熟悉离睢身上气味的，不是还有九曲吗？岳泠澜心念一起，连口哨都忘了，只连连喊着九曲的名字，也不管它听不听得懂人话。不知是他的气场太强还是语气太厉，三声刚过，九曲的尾巴便出了水。岳泠澜来不及高兴，迅速命令道：“九曲，把这些浪都给我压下去，找到小玉钩！”

九曲果然没有让他失望，每一次蹿动，浪头都被它甩在后面。容魄海起起伏伏，岳泠澜举目寻去，忽地听到一声龙吟，他忙回过头，望见波心立着一根木桩，离睢被捆在桩上，垂着头一动不动，散乱的墨发将她的前额覆住，整个人无声无息，不知是死是活。

岳泠澜蓦地低头按上自己的心口，疼得喘不过气来，此时冰凉的海水也已经没过他的膝盖，他本该觉得冷的，可只要一想到海水已经到了离睢肩胛骨的位置，他就觉得自己的整颗心都快烧起来了。

什么是死是活，她当然还活着，她必须活着！他跳下海，随九曲一起，往波心游去。

离睢的情况只凭这远远一眼便知道极不乐观。现在正是涨潮时分，潮汐不会听从他们的心意减缓半分涨势，香老定是以此逼迫她留下，若她执意不肯，等潮水涨满，必定会被活活淹死。

“小玉钩，别怕！”他知道她听不见，可若不喊出来，他心里这团火又该往何处宣泄？生命何其脆弱，在天地的力量面前，即便是盖世高手也渺如尘埃，他让她别怕，可他自己已经怕得连自己的呼吸声都听不到了。

潮水又一次涌起，那根木桩摇了摇，竟被越发强劲的波浪拔了起来，向右侧倒去，而那里，是一个巨大的漩涡！岳泠澜抽出无缺剑，向九曲的尾巴击去，九曲被剑气一激，更一个劲儿地向前猛蹿，只盼能在木桩被吸入漩涡前拦住它的去路。

就在这九死一生的关口，海中冒出另一个人，他对着离睢不知念叨了句什么，她身上的绳索立时松开，人连呛了几口水后，终于渐渐醒转过来。此时九曲也已经赶到，岳泠澜紧贴着蛟背，单手将离睢拦腰一抱，她冻得发僵的身子撞入他的怀里，两个人同时冷得一抖，可谁也没想过松开。

九曲见离睢既已得救，扭头就想往回游，因为刚才帮着解开绳索的，不是别人，正是香老。它这颗蛟龙可胆小得很，万万不想面对老仇家，那座锢蛟台，谁爱去谁去，反正它再也不想回去了。

香老并不理会九曲，他头也不回地继续往前游着，岳泠澜纵目一望，见香老竟像是朝着漩涡的方向游去，而他拼命追逐的，正是那双诱发了这一切变故的绣鞋。离睢毕竟蒙香老所救，心下不忍，斜着身子探出手去，想拉他上来，岳泠澜会意，不管九曲有多不情愿，当下一拧它的背鳍，驱使它向香老靠近。

正当离睢的手够到香老的肩时，那双绣鞋已被卷入漩涡，香老滞了一瞬，疯了似的向着漩涡猛冲，嘴里近乎哽咽地喊着“师父”……

“你不要命了吗？”离睢按住他的肩头，急道，“前辈，让它走吧。”

香老猝然回头，一双眼尽呈血色：“那是我师父的遗物，是她唯一真正留给我的东西！”

“你放手吧，无论是这鞋子，还是你师父，都让她们走吧，你既敬爱她，就该予她自由。”离睢再度朝这老人伸出手，柔声道。

香老注视着离睢的脸，这张脸，其实他打从一开始就不曾认错，哪怕上面没有那道小月牙，他也心中透亮，知道她不是师父，而他的师父，再也不会回来了。

他就着离睢和岳泠澜的帮助攀上九曲的背，枯槁的脸上早已老泪纵横。

这一番折腾下来，每个人都伤了元气，幸好就近还有个山洞可以休养生息。整整一宿，香老都昏迷着，像一摊泥，再无先前的杀伤力，可当大家想搀他躺到大床上时，他又像再清醒不过似的连连摇头，直到瘫倒在床边的小榻上才安静了。

棠照顾着香老，离睢服下了身上最后一颗梨约，暂时止住了浑身不适，伏在岳泠澜膝上休息，夜明生和云岁成轮流出洞找吃食，贺兰端则观望着功德塔的情况，时不时地进行传达。到了翌日清晨，贺兰端告诉大家，功德塔只有底层沉入了海底，上面几层依然稳固，滴水不进，这座巧夺天工的建筑总算保住了，怎么说也是值得开心的事。

香老一直没有醒来，棠有些害怕，攥着湿帕不敢下手。岳泠澜上前想要探探香老的鼻息，不料这老头竟忽然睁眼，扣住了他的手腕。岳泠澜眸光一凛，刚想挣开，离睢已抢先一步抹下香老的手，喝道：“你这老不羞，我不愿陪你，你难道还打起小山的主意来了？”

她本以为香老会大发雷霆，可他不但没有恼羞成怒，看向她和岳泠澜的眼神也变得出奇的柔和。见他如此，离睢反倒不好意思起来，想到他们好歹也算共患难一场，本就没什么恩怨，现下更应彼此友好些才是。

她刚想说些什么来缓和一下气氛，香老圆睁着眼睛失神地看着洞顶，长长地叹出一口浊气："师父，对不起。"

"一天到晚师父师父的，这老家伙该不会是喜欢他师父吧？"贺兰端从岳泠澜身后探出头来，认真地问了句废话。

香老似乎是听见了，咳咳地笑了起来，他喉咙里咕噜噜的，直叫人毛骨悚然。这笑声如老鸦夜啼，每一个声调都像是在讽刺，更像是在说，岂止是喜欢，若深爱有极限，怕再也没有人可以越过他身前去。

"别笑了，你们是不可能的。"岳泠澜冷冷道。

香老的笑声戛然而止，他慢吞吞地转过头，盯住岳泠澜不动了。

岳泠澜并不怵他，接着道："她是大极公主，而你是東孤余孽。"

香老满脸的皱纹一颤："你都猜到了？"

"紫色牡丹，华美绣鞋，《清安旧事》，未及笄的少女，这些难道还不够明显吗？"

"那你又知不知道，我这个東孤余孽，为了她终身再未踏进故国一步？"香老支起半边身子，喘着粗气道，"我与她相依为命数十年，不曾违逆她半分，她虽远离皇都若清，可从未有一刻放下过对大极的想念，就因为她爱大极，我便陪着她一起巩固容魄城防，直到她死去！她死的时候，半身浴血，瘦得不成人形，陪着她的只有我这个東孤余孽，你们这些爱戴公主的大极人又在哪里？"

离睢听得心颤不已，想问又不敢问，岳泠澜上前将她拥住，不让她再看状如疯鬼的香老。

在香老歇斯底里的吼叫里，他们渐渐理清了这桩百年前的大极国难。

当年北堂氏勾结東孤国主，倾覆紫氏江山，国破后，東孤军队先于北堂氏冲破宫门，在月生殿后山捉住了正欲自尽的紫宸游。清安公主的美貌既然可倾天下，常年居住蛮荒之地的柬孤人又怎会是例外？当时的国主嫡子，也就是柬孤统领当即决定将公主带回柬孤，强占为妻，为防北堂氏阻拦，先人一步将一名宫女烧死做替，对外则宣称公主已死。而在前往柬孤的途中，宸游碰巧救下了被兄长视为眼中钉的国主庶子，这名不过八岁的孱弱小童，正是今日满面沧桑的香老。

他自小受尽欺凌，早就恨极了父兄，连带着对柬孤全无好感，在帮着宸游逃离柬孤军队之后，他也不愿再回去，两人一路相互扶持，风餐露宿中生出了深厚的情谊。他至今仍然记得，最艰难的时候，他们身边只剩下一个玉米，两个人都想把它留给对方，到后来，竟生生挨到玉米干了，他俩相视一笑，同食这一个干玉米，竟也觉得分外香甜。他清楚，他爱宸游，宸游也爱他，但他更清楚，宸游把他当成弟弟，甚至是孩子来疼爱，可他对她却不是的。

途经容魄城域时，他们误入城障，险些困死，幸好被当时的香老路过救下。那一年，第十三任香老已鸡皮鹤发，他知自己命不久矣，又对生来带香的宸游十分好奇，便收了宸游为弟子，传以炼香之法和种种咒术。香老之职，一代只传一人，继任者终身不得离开容魄城，宸游既然有了新的归处，为防泄密，伴她同行的“小弟”便不得继续跟随。可二人相伴多时，甘苦与共，羁绊已深，“小弟”更是抵死不愿离开，宸游便想了个双全之法，自己收他为徒，这便是一切的开始。

众人听得咋舌不已，谁能想到大极公主竟金蝉脱壳，还引出这样一段奇缘？离雎也听得入神，可仔细想想，又小声道：“那她又是怎么死的呢？”

香老抬起的头一下子垂了下去，嘴唇也开始哆嗦起来，很久之后，他才有气无力地回答：“是我害死她的。”

宸游的师父不久之后便去世了，他们在一起整整十二年，他已弱冠，而她总笑着说自己不再年轻，处处回避他越来越炽热的目光。直到某一天，他发现她之所以不愿接受他，是因为她早就有了心上人，他刻骨又绝望地嫉妒着，没有任何办法阻挡，他可以为宸游做任何事，唯独她喜欢的模样，是他再怎么努力都变不成的。

再后来，从若清来了几个人，竟辗转找到宸游。从他们口中，他得知宸游那位过继的弟弟已经安顿下来，又疑姐姐未死，派人来寻，希望可以迎姐姐回去，共谋复国大业。那些人还带来了宸游心上人的消息，原来亡国之时，宸游将那男子藏于身后山门之中，自己挺身面对烽火和刀剑，他们说敌军并未找到那人，让她放心。

宸游从来都是心如止水的，可当听到那个男人的消息时，他看见她的手指紧紧揪着自己的衣裙，脸上重新浮现出少女才有的灵动俏色。

他问她，那男人若逃出生天，为何不来找你？你被抛下也不要紧吗？不会有一丝一毫的怨怪吗？如果那人和百姓一样以为你死了，便心无愧疚地另觅所爱呢？

她笑着道："只要他好好活着，我便欢喜，他若另有了心上人，想必会过得更好，他欢喜了，我自当更欢喜。"

他又问，她会回若清去吗？

她抚着他的脸道："你我名为师徒，实为姐弟，无论我走到何处都会牵挂你，但太子也是我的手足，我同样牵挂他。即便我厌倦争斗，若能再见他一面，让他知道我未死也是好的。"

"可你答应了你师父，既然做了香老，便须终身留在容魄城。"他惧怕她的离开，只得搬出她的师父来压制她。

她却笑了，似乎觉得他的话说得幼稚又可爱："傻瓜，我不走，他可以来啊！"

他彻底慌了，一旦她见到大极的故人们，会不会被他们说动，会不会丢下他离开？不行，他决不允许！

"所以你就杀了她？"棠颤声道。

离雎摇摇头："他应该还不至于这般丧心病狂。"

"不，我的确是丧心病狂，"香老闭了闭眼，"是我逼死了她。"

第六章 与君相决绝

那段日子，于香老的漫长人生而言，不过是蜉蝣之于天地，短暂得不值一提，可他根本不敢再想起。

他到底是東孤人，身上流着東孤子民桀骜偏执的血，在他还很小的时候，就曾为了留下一只羽色独特的鸟儿不惜折断它的翅膀，如今，宸游是他全部的执念，他更不可能允许任何人将她从他身边夺走。他天资过人，青出于蓝，如今又功法大成，便暗暗将那些妄图带走宸游的大极人除去，他做得很小心，可纸终究包不住火，当他正要杀死最后一个人时，宸游发现了一切。

他已经杀红了眼，根本无法停下来。这个山洞，是他们一起发现一起装饰的，他把宸游囚禁在这里，用那个人的性命要挟她嫁给自己。面对他最自私丑陋的一面，宸游并没有做出任何过激的反应，她没有叱骂他，甚至没有流泪。她只是静静地看着他，目光里都是怜悯。他不舍得伤害她，便一日疯狂过一日地折磨那个可怜的大极人，想借此逼她低头。

她始终没有低头，只是自他软禁她开始，她便也拒绝进食，一日日地消瘦下去。那个大极人死在了她前头。终于再也不会有人知道清安公主尚在人世了，可他也失去了最后的筹码。他正不知该如何面对她，她却头一回主动将他叫住，说："既然你想娶我，怎么连件像样的聘礼都没有？"

他以为她回心转意，欣喜若狂："师父尽管说，弟子无有不应。"

她柔柔地凝着他："我打小便喜欢一种吃食，叫做'燕美人'，父皇嘴上说这是粗食，是农人才爱吃的，但到底拗不过我，隔三差五便命尚食局准备一些，专为替我解馋用。不知为何，现下特别想吃呢。”

但凡是她想要的东西，他自当尽心竭力为她得到，哪里需要什么理由？可等到他将整个容魄城翻过，问遍城民依然一无所获的时候，他望着天边低垂的夜幕，心里突然敲起了鼓。

他怎么能因为宸游此刻居于劣势就忽略了她的聪慧呢？她简简单单的一句话便冲昏了他的头脑，他一心想找的所谓“燕美人”，会不会根本就不存在？他冲回山洞，看见她紫色的衣裙已被鲜血浸透，她撑着最后一口气，和从前一样平静又怜惜地望着他，胸口插了把匕首，深深地没入心窝。

他痛哭流涕地忏悔，撕心裂肺地喊叫，她没有怪他半分，只求他，将她的尸体烧了，骨灰撒入容魄海，她不愿在泥土里枯萎成一堆白骨，被虫蚁噬咬，那未免太不体面。除了想娶她为妻这件事，他在她生前不曾违背她分毫，纵然有千般万般不舍，她的遗愿他又怎会置之不理？

古书上说，死于非命的人需要天地相护，上下皆有庇佑，灵魂才能安息。于是在依言把她葬于海中之后，他重建弃置多年的功德塔，又将她曾救下的一条幼蛟，也就是今日叱咤风云的九曲禁锢在海底，只为了它们能与他一起，守护她的亡灵。

“七年前，小蛟不知所踪，我多番追寻无果，如今功德塔底层又沉入海里，我为师父殚精竭虑所做的一切，竟都毁于你一人之手，冥冥之中，因果循环，像是老天爷从一开始就注定了的。”香老对着岳泠澜苦笑，支起的身子重又瘫软下去，他累极了，不想再关心任何事，“更或许，是师父想要告诉我，万物皆有尽，我能为她做的，都已经到头了，她想我去陪她，别再记挂这人世间。”

他话中大有死志，岳泠澜的脸色也随之一变，若他死了，那离雎怎么办？走到这一步，香老已是她唯一的希望，他绝不能死。想到此处，岳泠澜忙道：“你师父并不恨你，更不愿你就此消沉，你若真心爱她，何不完成她的未竟之志？”

香老冷笑道："我知你们各有所图，贺兰城主是想要我修复城防，而你，希望我救这个丫头，既如此，又何必拐弯抹角，拿我师父做幌子？"

"我们确实对前辈有所求恳，可清安公主从始至终都没有怪过你，这也是真的。"岳泠澜扫了众人一眼，"在场的大极人都知道，'燕美人'是什么，你若不信我，何不问问其他人？"

香老长须一抖，"蹭"地坐了起来，指了云岁成道："是什么？你来说！"

云岁成并不惧他，只是觉得他可怜，叹了口气道："是玉米。"

古时有大极人将"玉米仁儿"讹称为"燕美人"，因为听着雅致，这别称便渐渐在民间流传开去，而柬孤和容魄城都远离大极腹地，方言习语互不相通，自然不会了解这个典故了。

香老如遭重击，愣在当场。燕美人，竟然是玉米？一瞬间，他想起了很多事，想起他第一次见到宸游的时候，她笑着对他伸出手，眼睛弯弯的，就像天上的月亮。他在心底把这个笑容描摹了千遍万遍，可面对着那一尊尊人像，他手里的刻刀却一次都落不下去。他不敢刻出宸游的脸，因为他根本就不敢面对她，她眼里的温柔和悲悯足以让他羞愧至死。

除了无法以他想要的身份来爱他，她其实从未拂过他的愿望啊！他们曾继承前一任香老的居所，住在容魄海边，宸游貌美，每每出行都会招致围观，惹出不少烦心事，他一肚子醋意，又不好发作，只得像孩子一般对她撒娇，她竟爽快地遂了他的心意，同他搬到现在这个不通人烟的山洞里居住。

他更想起他们山水相随，一路历尽坎坷，再苦再难都没有放弃过彼此。在手边只剩下一个玉米的时候，宸游眨眨眼，说想起了一件有趣的事儿，当时他没有追问，现在想想，她一定是想告诉他，别看这玉米干巴巴的，它可是有个极有意思的绰号呢。

她哪里是在向他讨要"燕美人"，她分明是抱着必死之心，只是想告诉他，她始终记得他们患难与共的日子，他也不该忘记。

岳泠澜没有说错，至死都心存善念的小公主，又怎么会去恨一个人。

“她的未竟之志，是什么？”香老喃喃自问，可答案又何须旁人告知。他身处的这座城池，她守护了一生，他眼前的这群大极人，她惦念了一辈子。

长时间的沉默后，他再度抬起头：“我可以为你们重塑城防。”

贺兰端忐忑地等了一会儿，见香老迟迟没说条件，挠挠后颈道：“前辈，你是不是漏说了什么？”

瞧这没出息的样儿！香老白了他一眼。

贺兰端瞬间转忧为喜，可念及离雎，他又忍不住道：“那小月儿的病……”

离雎咳了一声，示意他别说了。她看着洞外望不到边的容魄海，轻声道：“前辈，请看在海上同生死的情分上，为我们指一条离开这里的明路。生死有命，我认了，但我的这些朋友，不该随我困于此处。”

她说这话时，岳泠澜一直默默望着她，倘若行至此时仍旧避免不了死局，他便依她所愿不再强求，待大家平安离开后，碧落黄泉，他伴她到底便是。

“谁说我不愿帮你？”香老又甩了他们几个白眼，他不过把话说得慢了些，年纪大了这不是很正常吗，怎么就一个个的要死要活了？

在众人惊喜的目光里，他站起身来，捉过离雎的手腕，盯了会儿她腕上的金线，道，“丫头，你救我一命，我为你解咒本是理所应当，可你的情况特殊，此咒又极为复杂，单就确定解法这一条，我就需要耗上至少七天时间，而你现在的身体，顶多只能撑上五天。”

“我听说有一种咒术，可以在短时间内将人的性命相连，分享寿数，”岳泠澜的脑子转得很快，完全不考虑离雎越来越沉的脸色，“前辈不妨一试。”

香老没有应声，因他不愿承认，自愿折寿不说，连眉头都不皱一下，这大概真的是年轻人才有的胆魄。

“干嘛这么惨兮兮的，”贺兰端打破沉默，从怀里摸出一个小锦盒，递给香老道，“你看一下这个东西，是不是对小月儿有帮助。”

香老打开那锦盒，失声道：“会神丹？”

贺兰端点头。会神丹是一种极为珍稀的灵药，服用后，病人的身体状态会即时冻结，二十日后方能复苏，在此期间，病人无知无觉，不能说话也不能动，如同睡着了一般，但依然能听到外界的声音并保持思考能力，对离睢而言，这简直是为她量身定做的救命仙丹。

岳泠澜和贺兰端对视了一眼，彼此都是心照不宣。离睢到底是贺兰端心甘情愿奉上冠顶五彩石的姑娘，他曾说过，不会眼睁睁地看着她死去，他说了一堆谎话，可这一句，比真金还真。

“会神丹当然可以解决最大的问题，但除此之外，我还有一个条件，”香老避世久了，对人情冷暖早已看淡，他无视几个年轻人之间涌动着的可贵情谊，盯着岳泠澜道，“待这丫头无碍后，你须得留下来陪我几日。”

“前辈，不如让我陪你吧！”离睢紧张极了，天知道这老头在算计些什么，想一出是一出，当初执意要她相陪，威逼利诱都用上了，现在倒好，把主意打岳泠澜身上了，害得她比之前还要手足无措。

“你既不是我师父，我还要你留下做什么？”香老觉得好笑，“丫头，别想多了，我留下你的情郎，只为解我一桩心愿。”

“心愿？不不不成的，”离睢结巴起来，“你师父是个女的，小山是男的，就算他们都身怀异香，也不代表他们就有渊源，更不代表小山是你师父的转世，你清醒清醒啊。”

香老被她的一席话堵得啼笑皆非，许久才缓过来，从柜上拿下一幅画卷，慢慢铺开，低声道：“这是我师父倾心的男子，你看看，是不是和你的小山长得很像？”

离睢怔了怔，画上的男子，白衣无垢，风姿清雅，眉眼间的韵致也确实和岳泠澜很有几分相似，可是……

“小山比他好看多了。”离睢嘟囔道。不知为何，她和这画中人一对上眼，便觉得此人有些眼熟，但绝不是岳泠澜，倒像是很久之前，在展锦端的幻境中，让两个女子都痛苦不已的负心人，他叫什么来着？她瞄了眼岳泠澜，见他也是一副若有所思的神情，知道他定是也记起了这桩旧事，便同他很有默契地齐齐垂眸，不再与香老争辩。

“我让他留下，只是想借此多看看师父爱慕之人的模样，看看……我比他差在哪里。”香老抖着手，浑浊的眼珠里沁出了一点亮光。

四下无声，谁也无法接话，因为这里除了香老，谁都不曾活到白发苍苍，又怎么能知道，垂垂老矣之际依然怀揣着一腔无望的深爱，究竟是上天给予的恩赐还是惩罚。过了很久，只有岳泠澜开了口，他接过会神丹喂离睢服下，把盒子递还给贺兰端，温声对香老道：“我答应你。”

接下来的事情一度异常顺利，香老将驭使木鸟的办法教给了大家，飞渡容魄海便不再是幻想。贺兰端做回了他的城主，夜明生嫌山洞阴冷，吵着要跟贺兰端一起去城里住，云岁成怕他惹祸便陪他一同去了，倒是棠记挂着离睢的病，不肯离开，常驾着木鸟来回穿梭，从容魄城中带些新鲜吃食回山洞。

行至此处，原本是各偿所愿，皆大欢喜，可世事又岂会尽如人意。随着离睢的入睡，变故也接踵而至。

那是容魄城雪后的第一个晴天，棠揣了一兜儿新摘的梨子趴在木鸟身上打盹儿，快飞到山洞上空时，木鸟的翅膀一阵抖动，险些把她甩下来。她忙抱紧怀中的梨子，往下方瞄了一眼，而这一眼，让她差点儿惊叫出声。

容魄海边，有女子蓝衣翻飞，手中执了面莹光四射的镜子，闪烁着挥向前方……

是汐回！她怎么来了？这架势又是想做什么？

不祥的预感涌了上来，棠来不及多想，刚喊了声“汐姑娘”，便看清了她镜子所指的方向，正对着功德塔下的那道瀑布。

棠顿时明白了一切。这几日香老已将城防重筑，结界的设置也与以往大不相同，其中最大的改变就是容魄城的入口方位。别看此时棠和汐回可以望见彼此，但她们中间隔着透明的新结界，根本无法触及对方，而若想打开结界，首要任务便是穿过眼前这道瀑布。棠虽然不知道汐回手里的镜子有什么特殊威力，但看她的阵仗，也能猜出她是想靠这面镜子击退瀑布，冲破新结界。

可这万万不行！功德塔与瀑布彼此依托，承载了香老的半生修为，机关密布不说，地理位置又设计得极为巧妙，站在汐回的角度，只能看到瀑布，完全看不到功德塔，一旦她强行破坏瀑布和功德塔之间的稳定性，后果必定不堪设想。

“汐姑娘，别莽撞！”棠又喊了一声。汐回轻蔑一笑，心中暗道，你算是什么东西，也配阻止我？

她此番前来，是奉了观音的指示来帮助岳泠澜集字的，她手里这面分水镜，便是观音亲自赠予的宝物，这一路上披荆斩棘，全都仰仗于它。尽管她在回慕颜洲后，对观音的交待多有不实，只说岳泠澜是为了集字打开不思珉才去的容魄城，丝毫不提他已找到离睢之事，但那又如何？现在她利器在手，横行无忌，谁能拦她？

她越想越得意，手腕微转，将分水镜抛了出去。这镜子果然是个宝贝，所到之处，结界也应声而开，可就在它划破结界的同时，天边炸开一阵霹雳巨响。汐回大惊，想要收手却已来不及，功德塔轰然坍塌，断壁碎石劈头盖脸地砸下来，但凡是她视野所及，尽成黑色。

她完全无法站立，跪在乱石中看着棠驾着木鸟俯冲下来，刚想求救，喉咙就僵住了——镶着五彩宝珠的塔刹滚落，而她正好被穿胸而过。

胸前瞬时溅出一股鲜血，剧痛之中，汐回的视线也开始模糊，她只能隐约感知到自己被棠拽出了残石堆，丢在了木鸟身上，而棠一边驱使着木鸟，一边猛烈地咳嗽着。

当晚，瀑布之下的山洞中，灯火一刻不熄。闻讯赶来的夜明生守在汐回身边，目光胶着在她苍白如纸的脸上，攥着湿帕的手，抖个不停。

汐回的眉眼间天生蕴着愁绪，哪怕此刻她昏迷着，也依旧是蹙着眉的。每每看到这种令人痴迷的忧愁，夜明生总想让她变得快活一些。在他的内心深处，虽然早就认定了棠，可面对汐回这张符合他全部想象的温柔面孔，他的心底仍然会时时泛起无法抗拒的悸动。

药室门忽然开了，香老和棠走了出来，夜明生一个箭步冲到他们面前，抓住香老的衣袍道："前辈，你快救救汐姑娘吧，求你了！"

棠一言不发地盯着他的手，又是一连声的猛咳。夜明生这才意识到自己的行为有些不妥，松开了手，可神情还是无比焦急。

香老睨了眼不省人事的汐回，又看看身边的棠，才对夜明生道："我这几日消耗太大，短时间内只能配出一副药，你要我给谁？"

夜明生茫然道："什么意思？除了汐姑娘，还有谁需要用药吗？"

香老怒道："顾姑娘也受了伤，难道你看不出吗？"他拉过棠，正想再说些什么，棠已停止了咳嗽，轻轻摇了摇头，示意他不必说。

"棠，你也受伤了吗？伤在哪儿了？"夜明生也急了起来，握上棠的手仔细打量了她一番，忐忑地凝着她，"听你一直在咳，不要紧吧？"

棠微皱着眉望了他好一会儿，突然笑了起来："不要紧，很快就没事儿了。"

夜明生松了口气，撇嘴道："那你还一副闷闷不乐的样子，害我瞎担心，以后别这样了，我还以为你怎么了呢。"说着，他放开棠，重新坐回汐回身边，对香老道，"前辈快让汐姑娘服药吧，她伤得很重，一直没醒。"

香老沉着脸不做声，棠走到夜明生身旁蹲下，挽住他的胳膊道："阿珠，你不是说你喜欢我吗，我不许你这样关心别人，她受了伤，是咎由自取，为什么非要救她？"

夜明生瞪大了眼睛，在他的记忆里，棠极少撒娇，今日她模样娇憨，他本该喜欢得不得了，可她说出来的话如此恶毒，又让他感到极度的不舒服。

他挥开棠的手，呵斥道："你怎么变成这样？她是我们的朋友，你怎么能见死不救？"

棠深吸一口气，笑出了泪："傻瓜，我如果成心害她，又怎么会千辛万苦把她带回来？你连这样浅显的道理都想不明白，一定……一定是非常喜欢她了。"

夜明生一心扑在汐回身上，并没有听清棠的话，只道棠是因为吃醋闹了脾气，因此在为汐回擦了汗后，他转头看着棠，正色道："现在不是你使性子的时候，棠，你身上的诅咒已经解开了，你又有自愈能力，晚些再吃药不妨事，汐姑娘如今命在旦夕，你能不能别这么自私？"

棠愣了愣，踉跄着退了一步。她按住腕上那副丑不堪言的金丝玉镯，低低问香老道："前辈，汐姑娘如果再不服药，性命难保是吗？"

"是，"香老看着她欲言又止，"可是……"

"没有可是。"棠抬起头，对着他笑，"我确实不能太自私，人总是要学着长大的。"

她捂着胸口，边咳边走，到了洞口时，她回头看了夜明生一眼，他仍是专注地照顾着汐回，并没有留意到她。

"阿珠，"她柔柔喊他，"我给你煮了新鲜的梨子，一会儿记得喝，是你喜欢的味道，没放糖。"

"知道了。"夜明生实在想不明白，都什么时候了，棠还要说这些鸡毛蒜皮的琐事，还前言不搭后语的，简直莫名其妙。

当时的他还不知道，这些他不懂的事，以后也不用再懂了。

洞外积雪已化，比落雪时还要冷上一些，棠漫无目的地走着，脚步深深浅浅，越来越慢，终于，在想要迈上一个斜坡时滞住不动了。

"棠！"

是谁在喊她？无比清透又疏离的声音，像冬日里抽出的第一枝梅。

不会是夜明生，他的声音里总是带着不加掩饰的热烈和天真，何况他现在正寸步不离地陪着汐回，哪里顾得上她呢。

棠再次急促地咳了起来，高而单薄的影子晃了晃，雪地里，蓦地开出了一瓣殷红。

是血。

她倒在地上，已经咳不动了，习惯性的身体反应却没有放过她，胸口每经历一次起伏，唇边便涌出一股鲜血，像是永远都流不尽似的。

她缓缓合上眼，红衣散在残雪里，入目是令人近乎心碎的妖冶。

如何才能证明自己被爱呢？其实很简单的，如果一个人真心爱你，你不费吹灰之力就可以把他伤得体无完肤。

她爱夜明生啊，爱会吃人，她被自己的爱吃了。

她的眼前已经开始出现眩光，看不清来人是谁，只能勉强感觉到那人把她扶了起来，他手心冰凉，贴在她的背上为她输着真气，她忽冷忽热，身体不可抑制地衰败下去。到了这个地步，她的身体已经沦为了一只漏了底的木桶，无论他有怎样的神通，都挽回不了了。

可她的视线到底清晰了一些，她感激地望着来人，和平时一样明明媚媚地笑："公子，怎么会是你？"

"别说话了，我带你去找香老。"岳泠澜想搀起她，可她的精气神全散了，连配合他站起都不能。

岳泠澜的神情也越发凝重，他刚从离睢那里出来就发现棠要离开，只瞥了她的脚步一眼便觉得不对劲，这才匆匆跟上她，现下近距离地看她的模样，怕是比他先前猜想的更糟糕。她是离睢的朋友，他必须尽力救她。

可是，该怎么救？他不懂医，懂医的汐回自身难保，而棠不但性命垂危，眼中还毫无生意，显然已经不想再活下去了。

"没用的，香老那儿只有一副药，他救不了我了。"她艰难地喘着气，可脸上依然挂着笑。

那座功德塔凝聚了香老毕生最强大的愿力，当它倒塌的时候，她扑过去将汐回推开，自己挡下了万箭穿心一般的力量。汐回受的只是外伤，她受的内伤看不见，却以疾如雷电的速度将她的五脏六腑都撕裂了。

难道她不想好好活着吗？难道她不想活得和汐回一样，柔柔弱弱的一抬眸，就会让夜明生心疼到骨子里去？可是她天生就是这样一副硬性子，做不来似水温柔那一套，无论她对夜明生多好，在他眼中都是理所当然，她不需要呵护，不需要体贴，甚至不需要过多的了解，她是不会痛的。

可当她面无血色地站在他面前时，他为什么都不肯想一想，就算她是不会痛的人，重伤之下，她也是会死的。

“公子，求求你，”她的手伸向岳泠澜腰部那一截剑柄，“杀了我吧，太疼了。”

“你坚持一下，”岳泠澜素来不会安慰人，对人情也很是淡漠，但见她这副形容，他的心也开始难受了起来，“没有香老，还有贺兰端，会神丹，你忘了吗？”

“那样的神药，整个容魄城也只有一枚，贺兰城主说过的，公子，你怎么糊涂了……”她的目光开始涣散。

“还有阿夜！”岳泠澜架住她的身子让她不至于再度倒下，“棠，你想想阿夜，他很喜欢你的，你们之间已经没有任何阻碍，你们就要在一起了！”

棠怔怔地看着远处，是啊，还有夜明生，比起刚才他的态度带给她的苦楚，她现在不算很痛，真的。

“怎么会没有阻碍？”她的声音已不能再轻，“最大的阻碍，现在不正躺在他怀里吗？”

“你是说汐回？阿夜被你和云楂宠坏了，他还不明白自己的心意，但是我瞧得出，他喜欢的是你。”

“他应该要长大了，”她继续吃力地去够那截剑柄，“他用那样的眼神看她，他抱着她，小心翼翼地喂她吃药，他呵斥我，完全没有顾及我的感受，甚至没有发现我也受了伤……公子，我惯着他太久了，真的太累了。”

如果她的死，能换取夜明生的长大，她是无比愿意的。她希望陪伴他后半生的女子，内心不用再经历和她一样的折磨。

有些东西，是即便讨要了也不能给予的，那是应该专属于一个人的特殊对待。所以，当夜明生做出选择时，她也暗示香老，什么话都不用再说，因为这一次，她不想再原谅他了。

“公子，还有一件事……”她试图凑近岳泠澜的耳朵，可又没有力气，岳泠澜心中酸涩，俯身去听，她抽着气，好不容易才说完了，五官拧在一起，疼得手指都张不开，她又一次哀哀地看着岳泠澜，眼里全是恳求。

岳泠澜低头沉默了一刻，终是扶稳了她，轻声道：“棠，我和小玉钩这一生都不会忘记你的恩情，谢谢你愿意做我们的朋友。”

他一手抚着她的背，让她能略微好受一些，另一只手，抽出了剑柄，无缺剑的剑气磅礴泄出。

那双戴着金丝玉镯的手慢慢垂落，她遵守了她的诺言，这双镯子一旦带上，就再也不会摘下来。

“他会清醒，他会长大，”岳泠澜微抬起下巴，手依然抚着棠的背，“你放心吧。”

太阳出来了，万物重现生机，唯独这株海棠花，没能等到它。

——本季完——

意林·轻文库
【美少年系列】
青春作家 惊歌
携"龙子"第三部，
再度回归！
拜托了，龙子！
3
大家长之战
一次次催泪的离别，
一场场艰辛的交锋，
一段段破碎的过往，
编织成龙子家族的秘密之网
也编织成一段让你落泪的爱恋
当红偶像隐姓埋名重返高中，
竟三番五次算计林陌桑，原因未明。
险中逃生的林陌桑再遇裴西林，
他竟然对别人温柔体贴。
裴西林表白真心，
却被指为杀害大家长的凶手！
林陌桑再遇难题，
救下裴西林的唯一方法竟然是
竞选家族大家长？